高票经典美文

做自己而不解释自己

每个人的傍晚郁住着故乡的晚霞

读者杂志社 编

读者出版社

图书在版编目（CIP）数据

每个人的傍晚，都住着故乡的晚霞 / 读者杂志社编.
兰州 ：读者出版社，2025. 3（2025. 7重印）. -- ISBN
978-7-5527-0848-6

Ⅰ. I267

中国国家版本馆CIP数据核字第20244PJ169号

每个人的傍晚，都住着故乡的晚霞

读者杂志社　编

总 策 划　宁　恢　王先孟
策划编辑　赵元元　张嘉轩
责任编辑　王宇娇
助理编辑　李鹏蓉
封面设计　张月明
版式设计　甘肃·印迹

出版发行　读者出版社
地　　址　兰州市城关区读者大道568号（730030）
邮　　箱　readerpress@163.com
电　　话　0931-2131529（编辑部）　0931-2131507（发行部）

印　　刷　天津鸿彬印刷有限公司
规　　格　开本787毫米×1092毫米　1/16
　　　　　印张12　字数284千
版　　次　2025年3月第1版
　　　　　2025年7月第2次印刷
书　　号　ISBN 978-7-5527-0848-6
定　　价　59.00元

目 录
Contents

1
这路遥马急的人间，
你我平安喜乐就好

2

等风来，不如追风去

3

我站在父母的肩上，
触及我们都向往的春天

4
事常与人违，事总在人为

5
偶尔怀念旧时光，只是当年风不在

第一章

这路遥马急的人间，你我平安喜乐就好

细味那苦涩中的一点回甘

● 杨绛

曾听人讲洋话，说西洋人喝茶，把茶叶加水煮沸，滤去茶汁，单吃茶叶，吃了咂舌道："好是好，可惜苦些。"新近看到一本美国人做的茶考，原来这是事实。茶叶初到英国，英国人不知怎么吃法，的确吃茶叶渣子，还拌些黄油和盐，敷在面包上同吃。什么妙味，简直不敢尝试。以后他们把茶当药，治伤风、清肠胃。不久，喝茶之风大行。1660 年的茶叶广告上说："这种刺激品，能驱疲倦，除噩梦，使肢体轻健，精神饱满。尤能克制睡眠，好学者可以彻夜攻读不倦。身体肥胖或食肉过多者，饮茶尤宜。"莱顿大学的庞德戈博士应东印度公司之请，替茶大做广告，说茶"暖胃，清神，健脑，助长学问，尤能征服人类大敌——睡魔"。他们的怕睡，正和现代人的怕失眠差不多。怎么从前的睡魔，爱缠住人不放；现代的睡魔，学会了摆架子，请他也不肯光临。

传说，茶原是达摩祖师发愿面壁参禅，九年不睡，上天把茶赏赐给他帮他偿愿的。胡峤《飞龙涧饮茶》："沾牙旧姓余甘氏，破睡当封不夜侯。"汤悦《森伯颂》："方饮而森然严乎齿牙，既久而四肢森然。"可证中外古人对于茶的功效，所见略同。只是茶味的"余甘"，不是喝牛奶红茶者所能领略的。

浓茶搀上牛奶和糖，香洌不减，而解除了茶的苦涩，成为液体的食材，不但解渴，还能疗饥。不知古人茶中加上姜、盐，究竟什么风味，卢仝一气喝上七碗的茶，想来是叶少水多，冲淡了的。诗人柯勒律治的儿子，也是一位诗人，他喝茶论壶不论杯。约翰生博士也是有名的大茶量。不过他们喝的都是甘腴的茶汤。若是苦涩的浓茶，就不宜大口喝，最配细细品。照《红楼梦》中妙玉的论喝茶，一杯为品，二杯即是解渴的蠢物。那么喝茶不为解渴，只在辨味，细味那苦涩中一点回甘。记不起英国哪一位作家说过，"文艺女神带着酒味"，"茶只能产生散文"。而咱们中国诗，酒味茶香，兼而有之，"诗清只为饮茶多"。也许这点苦涩，正是茶中诗味。

法国人不爱喝茶。巴尔扎克喝茶，一定要加白兰地。《清异录》载符昭远不喜茶，说"此物面目严冷，了无和美之态，可谓冷面草"。茶中加酒，或可使之有"和美之态"吧？美国人不讲究喝茶，北美独立战争的导火线，不是为了茶叶税吗？因为要抵制英国人专利的茶叶进口，美国人把几种树叶，炮制成茶叶的代用品。至今他们的茶室里，顾客们吃冰淇淋、喝咖啡和别的混合饮料，内行人不要茶；要来的茶，也只是英国人所谓"迷昏了头的水"而已。好些美国留学生讲卫生不喝茶，只喝白开水，说是茶有毒素。茶叶代替品中应该没有茶毒。不过对于这种"茶"，很可以毫无留恋地戒绝。

伏尔泰的医生曾劝他戒咖啡，因为"咖啡含有毒素，只是那毒性发作得很慢"。伏尔泰笑说："对啊，所以我喝了 70 年，还没毒死。"唐宣宗时，东都进一僧，年百三十岁，宣宗问服何药，对曰："臣少也贱，素不知药，唯嗜茶。"

因赐名茶 50 斤。看来茶的毒素，比咖啡的毒素发作得要更慢些。爱喝茶的人，不妨多多喝吧。

一个人，也要活成一个春天

● 单 读

一个人，也要活成一个春天
在一朵桃红之上，提取甜蜜
让生活破土而出浓浓的诗意

我们从未像今天这样期盼春天的来临，静止后的松动，收缩后的伸展，春天超越了自然范畴而存在。在那里，土壤松软，野草丛生，围栏和篱笆都被越过，"你听到每一个诗人的内心都在低语或呐喊"。

《一个人，也要活成一个春天：快手诗集》是一本来自我们附近的诗集，从短视频平台上的大众创作者中搜集而成——那个平台上有超过 60 万人在写诗，这些"诗人"的本职工作涉及 40 多个行业。

"村上诗蔓"是一名德州的菜农，她在土地里、菜摊前写诗，"卖菜的路上，脑子里会蹦出诗句来"；"滴水穿祁石"是工龄 30 年的油漆师傅，他在工地上写诗，有灵感了，就放下手中的喷枪或滚筒，马上打到手机上；"任嘲我"上一份工作在汽车线束厂，他把流水线上的骂声、哭声和机器轰鸣声写成了诗；曹会双是山东莱芜某钢铁集团的一名矿山女工，她习惯在日记本上写诗，从 20 世纪 90 年代到现在，记了 354 本日记；"微雨诗路"退休前是副食店营业员，4 年来，他坚持每两天写一首诗，用最质朴的语言，去描绘东北最真实的生活……

他们写下自己体验的现实与狂想，这些自然、真挚甚至粗粝而不加修饰的文字，记录着细琐日常中的不安、脆弱、喜悦与勇气，为我们讲述了许多值得被看见的生活。

"长风 @ 物语"

33 岁，在贵州山村长大，现于贵州毕节当历史老师。他上大学时，家里被迫卖掉养了 20 多年的水牛。现在，他想写诗怀念它。

父亲的春天

当他，扛起沉重的犁耙
仿佛春天，生来就是老相识
他教我学会耕耘，不误农时
将松散的日子，打理得井井有条
像泛黄日历上有节奏的时令
阳光穿过晨雾，照进小院
早起的父亲，开始劈柴喂马
用他的方言俚语，算计着如何
才能在贫瘠的地里种出黄金
而今，他的春天，不再诗意
那些曾经闪亮着光辉的岁月
被生活，紧紧压在箱底
直到生长出，淡淡的霉衣
在某个午后，才被阳光发现

"zhw 夜公子的诗园"

51 岁，陕西人，现居包头，在发电厂担任高级工程师。一年有 360 天与机器相处，诗里却有山川湖海。

3

故乡和四季

一个没有故乡的人
怎么会拥有春天、夏天、秋天
更不可能有冬天了
城里的季节只是花开了，叶落了
我心中的四季
有田野、窑洞、庄稼、野草
有鸡犬相闻，有云有烟有人
告别村口的那棵树
我已不知有几次
而每一次的回归
我都当是旅行和重生
每次我都心怀一个季节
有春天、夏天、秋天
有一年的春节是冬天，那时父母还在

"冷冬年"

48岁，湖北荆门人，以摆地摊为生，售
卖日用百货。

把春天摁进大地

雨点在奔向大地
黄叶在秋风中飘落
这样的季节里
连我的头发都变得干枯
早已不再恐惧于对着镜子
我知道镜中迟早都有雪会发生
我们只不过像黄叶和雨点一样
把春天，深深地摁进大地

"村上诗蔓"

"60后"，菜农，居住于山东德州。她在
土地里、菜摊前写诗。

一个人的黄昏

不管我身边有没有人
这也是我一个人的黄昏
我现在就是一个舞蹈皇后
抱着风跳，踩着水跳
在金色的光里跳
像极了那只站在田埂上的鹊

"翻手的雨"

42岁，出生于河南省舞钢市尚店镇李楼
村，牧羊人，因儿时患脑膜炎导致残疾。他
写了5年情诗，终于追到了爱人。他和妻子
有时会在野外对诗。诗，在他们的言语间成
形。

断章

……要么，就在稿纸上建一个果园吧
你的经历、所见和飞鸟
振翅的余音，是最好的养料
——像奥拉夫·H·豪格那样
在人字梯上修剪着枝杈
并把一枚芳香的苹果放在小诗中

我们不应忘记依然有人在写诗，写肉身
活出来的诗、年景显露的诗。这些带着野生
蔓草般勃勃生机的诗篇，让我们想起诗人就
在我们当中，亦可能是我们自己。

短的是故事，长的是人生

● 王小蔷

2013年4月1日早上，爸爸从老家打来电话，声音颤抖，说妈妈突发脑出血，正在抢救。深夜，我们从东莞赶回老家，爸爸正守候在妈妈身边。医生给我们看妈妈的脑部CT，脑出血面积太大，我们都被吓住了，只有爸爸那么坚定，说了三句话："全力救她。""用最好的药，请最好的专家。""瘫痪不要紧，只要她活着。"

那一刻，我的眼泪哗哗直淌，不仅仅是因为躺在ICU里的妈妈生死未卜，还因为那天之前，我从未觉得自己的父母之间是有爱的。

从有记忆开始，爸爸永远都是白衬衣、中山装，整齐干净，头发纹丝不乱，说话轻言细语。老了，依然衣着讲究，我从未见他像别的老人那样穿着老头衫和短裤出过门。一辈子做宣传工作的他，戴着眼镜，有着骨子里的骄傲。而做保管工的妈妈，有着让我们姐妹俩羞惭的大嗓门和夸张表情。退休后，妈妈忽然恋上了花衣裙，隔三岔五地去扯上几尺繁花朵朵的绵绸，混搭得让人不知说什么好。

爸爸把一套《红楼梦》看了一遍又一遍，我猜他的心里一定一遍遍幻想过他自己的"林妹妹"，但肯定不是这个和他跌跌撞撞过了40多年、到60多岁才把自己弄得花枝招展的女人。在我看来，他们两个人，语言没有交集，生命各有各的状态，总像是相互容忍着才能把日子过下去。

手术后，妈妈只能说出只言片语，却能认出爸爸来，能缓缓站立，能用一只手吃饭。我们请了人在家里帮着护理，但只要爸爸在，他都会帮她挤牙膏刷牙，为她梳头。这时，我才知道，这几年来，爸爸每晚都为妈妈做头部按摩。

这有点颠覆我的认知。年轻时，爸爸晚上睡觉不能离人，妈妈上夜班的夜晚他很难挨，所以妈妈特意从厂里的核心部门换到了边缘的保管部门。那时，妈妈是强壮的，爸爸是羸弱的，总是妈妈照顾爸爸。最终，生活让他们服膺。妈妈的老年疾患频发，从子宫肌瘤到高血压，再到装了心脏起搏器，而爸爸那原本并不强健的身体，在岁月的磨砺下，变得平稳和充满耐力。

妈妈开始变得依赖爸爸，常常在夜里把他叫醒，让他坐在一旁陪着。我们劝她有事就叫我们或叫阿姨，让爸爸休息好才能好好照顾她，她却像孩子般委屈："不行，我就要叫他来。"白天，他要是出去一下，她看不到他，就会很着急，吵着让我们叫他回来；他回来了，她就说要翻身，脚不舒服要捏捏，要喝水，要坐一下……或许，她只是要他陪在身边。

半年后，妈妈的主治医生上门来看她，感叹说："你们照顾得太好了，真没想到她能恢复得这么好。"那一天，我家就像过节一样，满是欢声笑语。爸爸紧紧握着妈妈的手。前几年，妈妈突然当着我们的面，抱怨爸爸从不牵她的手，过马路也不牵。当时，我不以为意，觉得挺矫情的，一辈子没牵手都过来了，现在才在意，太晚了吧？可是，某个傍晚，他们从鹰岭公园散步回来，妈妈悄悄跟我说，过斑马线时爸爸牵了她的手，声音里满是娇羞。

那天，我去鹰岭公园散步，看到合唱队的老人们在练歌，想起爸爸曾在那儿唱歌排练的情景。那时，妈妈每天闲逛于各大商场，爸爸则每日打扮整齐，西装革履地参加各类表演。相遇在一起的时候，他们就互相指责对方："你妈又买了一堆没用的东西回来！""你爸吃饭太慢了，总嫌菜不下饭，他自己来做好了。"现在，我才明白，那根本不是要我解决问题，而是他们在互相发嗲。

我给爸爸发了条短信，提起他的合唱队。很快，他回复："那些都是无事时的消遣，我现在完全不需要了。守着你妈妈，就够了。"

原来，短的是故事，长的是人生。故事填充的只是些微小的空隙，人生大段的空白需要包容和陪伴。他们的、我们的，都一样。

没有人是一座孤岛

● 毕淑敏

生活是由无穷无尽的关系组成的。

你应该从中分辨出最重要的关系和相对次要的关系，比如你和食物的关系，就比你和小学同学的关系更密切。

食物是你每天都要与其发生关联的事物，它们要进入你的身体。小学同学，除了极个别的，都已成了回忆。

六十多年前，美国作家海明威说过："谁都不是一座孤岛，自成一体。任何人的死亡都使我有所缺损，因为我与人类难解难分。所以，千万不要去打听丧钟为谁而鸣，丧钟为你而鸣。"

人是一定要有一种连接感的，这就是我们的命运。

每个人都与他人相连，断裂的时候才感到空茫无助。不过，不要失望，还会有新的连接发生，这是自然法则。

爱自己是终极浪漫的开始

● 潘向黎

有时候，得到一个好消息，想告诉一个故人，但是信息输入了一半，又一个字一个字地删掉，因为不想打扰人家。这样的时刻，扪心自问，每个人都有吧！

这是成年人的无奈，也是成年人的好处。对于某个特定的人，我们动的念头，不再是亲近，而是体谅。所以，我会这样安慰自己，那么多没有音信的故人里面，肯定也有一两个，是这样对我的。不是忘记了，只是出于体谅，没有来打扰我。

此刻的我，感到一种深深的凄凉，混合着隐隐的暖意。这样与世无争、与人无碍地持一点妄断，即使有点自欺、有些可笑，也没有什么不妥吧。

"心平气和"这个词不是一种状态，而是一个过程：心平，气才会和。

但是，心平是一件很难的事。飞鸟的心，走兽的心，我们不知道，但人的心，是不容易平的。

长恨人心不如水，等闲平地起波澜。

人心就是水，人心就是险滩和乱石，所以随时随地等闲就可以起波澜。

"与家里人不和更辛苦，还是与单位的人不和更辛苦？"一个朋友问。

"与自己不和最辛苦。"

大家都沉默了。

中老年人看年轻人总觉得他们冲动，其实这正是年轻的特点，也是年轻的好处。

中老年人自己不冲动，是因为能量渐渐不足，更因为吃得亏多，已经满心怵意。

所以温和大方的年轻人、刚毅果决的中年人和热情单纯的老年人，都具备了自己所处年纪通常不具备的优点，最是难得，也最值得珍惜。

请活成自己喜欢的样子

● 王学富

昨天，读初中的儿子放学后向同学借了一辆自行车，从位于市中心的学校骑车回到市郊的家。他骑行25公里，穿越半个南京城，又经过一段郊区路，最终回到家里。因为是一辆旧自行车，途中链条时而脱落，他几度下来重装。回到家时，他的妈妈看到他一手的油。

他骑车回家的表面理由是：放学时发现口袋里没钱搭车了。但这个行为的真正动机却是出于一种少年激情，一种冒险的冲动。

儿子的这个行为得到了妈妈的赞赏。他妈妈一直觉得儿子非同一般，对儿子说："儿子真有勇气，凭你这样的勇气，有什么事不能做好！"我赞赏儿子，更赞赏他妈妈。

由此，我想起儿子读幼儿园时发生的一件事。那天的课上，老师讲了一个故事，教育孩子们要讲礼貌。

故事说：冬天到来之前，小松鼠在树洞里贮存了许多食物。冬天来了，小松鼠邀请小白兔到家里来做

客，拿出小白菜和胡萝卜招待小白兔。

故事讲到这里，老师问："小朋友们，小白兔要对小松鼠说什么？"

孩子们一致回答："谢谢。"

只有一个孩子不是说"谢谢"，而是问小松鼠："你还有什么？"

这个小朋友，就是我儿子。

显然，他的回答出乎老师意料。老师就指着我儿子对其他小朋友说："这个小朋友很贪心，不讲礼貌！"

小朋友们一致说："是！"

但是，这不是"贪心"，

而是孩子的"好奇心"。

我们常说，要培养孩子的创造力，却不知道创造力是从好奇心里长出来的。可惜，我们的教育常常不自觉地压抑孩子的好奇心，压抑孩子看似与众不同的表现。

独特性被压制

每个人生来就是独特的，但是，当一个人生下来，迎接他的文化有太多的"一致性"的要求，这会压缩孩子成长的"独特性"空间，他的创造力也一并被压抑了。

一位幼儿园老师曾经这样告诉我："在幼儿园里，如果一个班上的孩子循规蹈矩、整齐划一，上级领导来检查的时候，就会赞扬这个班上的孩子，赞扬带这个班的老师。而在另一个班上，老师用自然的方式带孩子，领导来视察的时候，看到孩子们在教室里玩耍，自由自在地走来走去，领导会提出批评，说：'太散漫了。'"

但是，这位幼儿园老师说，前面一个班的孩子中总

有人会憋着大小便，不敢对老师说。后面一个班的孩子不会压抑自己自然的需求。

这看起来是件小事，却有着重要的区别。

规则训练是必要的，但是过于强调整齐划一、安全，过于要求孩子听话、顺从，就可能影响孩子的自然成长，甚至造成压抑和损伤，使孩子不敢表现自己的独特性。

什么是独特性？它至少包括两个方面：一个人生来就与众不同，一个人敢于活得与众不同。

据研究，孩子在两岁的时候就开始有了明显的自我意识，他开始意识到，自己跟母亲是分开的，跟环境是分开的，是一个单独的个体，并且要表现出自己跟别人不一样的一面。这就是一种独特性的需求。

而我们的文化心理渗透着这样的观念："枪打出头鸟"，"出头的椽子先烂"。我们的文化和教育缺乏对"不同"的容忍、认可、欣赏和培育。

不做赝品

一个人要成长，需要有勇气坚守自己的独特性，并与压抑自我的因素战斗。这种反抗行为被人称为"叛逆"，合理的叛逆对于一个人的成长是必要的。我曾遇到一位心理学家，他把孩子成长中的叛逆称为"小鸟试翅"。

不敢试翅的小鸟一直待在窝里，无法成为能够飞翔的鸟。没有经历过反抗的孩子，很难有勇气和能力成为自己。当我们有了勇气，我们就敢于活得真实，活出真实的自己。这就应了陶行知的话：千教万教，教人求真；千学万学，学做真人。

因此，在孩子的教育方面，当孩子做出某种非同一般的行为的时候，不要急于做负面的评价，更不要强制他们改变。父母、老师需要让自己的心变得柔软、宽容，去理解、接纳、欣赏和支持孩子们，帮助他们确认自己。

父母不一定永远要赢，有时候我们可以输给孩子。那些征服了孩子的父母，也可能是失败的父母。

有这样一个案例：有一个年轻人前来寻求帮助，原因是他出现了性功能障碍。我发现，这是一个被父亲征服（又自幼被母亲过度保护）的年轻人。虽然心理问题的背后有复杂的原因，不能过于简单地归因，但父亲对儿子的压制与当事人的心理症状存在本质的关联：他的父亲是一个"成功者"，永远看不起自己的儿子。儿子上初中的时候，因为一次考试成绩不好，父亲把儿子的书本撕碎了。那个夜晚，这个孩子把父亲撕碎的书从垃圾箱里找回来，在自己的房间用胶带把书黏起来，第二天带着黏起来的书去上学，仿佛这件事没有发生过。这位父亲永远不会明白，他撕掉孩子书本的同时，也损伤了孩子的自我，他儿子的性功能障碍是其生命功能受到扭曲和损害的象征。

我想到一句话：每一个人生下来都是"原创"，长着长着就成了"赝品"。在这个世界上有许多人，因为各种各样的原因，他们的生活故事还没有机会展开，就销声匿迹了。要让人生真正开花结果，我们最需要的是敢于与众不同的勇气。但是，勇气是要培育的。

我有两个期待，一个是对个体的期待，就是活出独特的勇气；一个是对公众、文化和教育的期待，给每一个个体留下独特成长的空间。因为生命没有标准答案。

不是每一场归来都满心欢喜

● 闫 红

小时候读《木兰诗》，最喜欢那个结尾。花木兰载誉归来，爷娘仍在，姐姐没有变得沧桑，弟弟似乎只是长大了一点，东阁西阁的陈设依旧，她还能穿上旧时裳。

好像她只是在织布机前打了个盹，一觉醒来，开头让她愁眉苦脸的问题已经解决，梦里获得的东西都还在。有这样一场出走真是太好了，不出走，不能验证自己的力量，不归来，不能找回初心。每个人都需要一场出走与归来。

然而再看别的诗，出走固然不能那么顺滑轻捷，归来也不是从此再没有问题。花木兰是传奇，活在世上的大多是普通人，普通人走到哪里都有问题，在家有在家的问题，出征有出征的问题，归来有归来的问题。普通人的一生就是与问题相伴的一生。

《诗经》里有三首诗，可以看作关于"归来"的三个维度。

《陟岵》里，那个人还在异乡："陟彼岵兮，瞻望父兮。父曰：'嗟！予子行役，夙夜无已。上慎旃哉，犹来无止！'"

他登上高冈，遥望家乡，想象父母家人都在念叨他，体恤他白天黑夜不得消停，期待他早点归来，不要身死异乡。这个疲惫的行役者，把归来视为终极解决方案。他想着，等到回家，一切都能好起来。

《采薇》里，主人公已经踏上归途，但感觉并不美妙："昔我往矣，杨柳依依。今我来思，雨雪霏霏。行道迟迟，载渴载饥。我心伤悲，莫知我哀！"

当年我出发时，正是杨柳依依，如今我已归来，赶上大雪纷飞。道路泥泞难行，我饥渴交迫，心中如此伤悲，这哀愁谁能够懂得。

我试着去体会他的感受，哀愁可能是因为梦碎了。这个平平无奇的老兵，没能建功立业，他两手空空地归来，只是更加衰老，像

一口被挖掘过的废矿井，不知如何自处。

所谓"近乡情怯"，也许是因为身处异乡时，家乡成了"别处"。深感无力的我们，习惯于认为答案在"别处"，眼看着"别处"就要转化为"此处"，我们不得不面对一个现实：可能我们到哪儿都不行。

《东山》这首诗里，这种情况展现得很具体。

终于能归来，那个士卒一开始是喜悦的："制彼裳衣，勿士行枚。蜎蜎者蠋，烝在桑野。敦彼独宿，亦在车下。"

我脱下军队的制服，换上家常衣裳，再也不用衔着小棍行军，不用像那些蠕动在桑野之上的蚕，缩成一团，睡在战车底下。

他对未来充满憧憬，非人的日子已经结束，即将回到日思夜想的家园。到家才发现，归来不是一件容易的事。

"鹳鸣于垤，妇叹于室。洒扫穹窒，我征聿至。有敦

瓜苦，烝在栗薪。自我不见，于今三年。"

鹳鸟鸣叫于土丘，妻子一边收拾屋子，一边感叹我还不回来，我就在这一刻抵达。我不见这一切，已经三年。

曾经司空见惯、熟视无睹的事物，此刻竟然触目惊心。这里虽然是他的家，他离开它太久了，那种暌隔，不只是时空制造的，还缘于两种生存方式的不同。当他在遥远的地方，像个牲畜那样活下去，已经忘了曾经为人的感觉。如今他归来，举动之间，便有一种做了新客的胆怯。

花木兰对家中的谙熟，也许是出于自信，出于在征伐中建立的掌控感。但这个平平无奇的士卒，出生入死之后，心里落下的，更多是恐惧和退缩。就算回到家，战争带来的损伤，也不能像破旧的衣服一样被脱下。

不过，只要家还在，早晚会熟悉，也许要不了多久，他就能端着酒杯，跟亲朋好友讲战场上的故事。可能还会放大自己的战功，怡然享受他们的崇拜。

最悲伤的归来，还是在乐府诗《十五从军征》里，一点余地也不留地断了所有

念想，只剩空茫。

老兵十五岁被征召——应该和木兰从军时差不多年纪，不同的是，他到八十岁才归来。不知道中间这几十年他都经历了什么，不大可能混得很好，不然他的家人不会没人管没人问地相继死去，化为松柏下一座座坟茔。

在时间里，我们常常会有一种错觉，认为我们告别的人，会永远保持着离别时的样子。也许在这个老兵心中，妈妈还很年轻，弟弟妹妹都还是孩童，家里洋溢着欢声笑语。就算那些场景在岁月里磨出了破碎感，也没有新的图景能够取代。这几十年里，除了恐惧与孤独，伴随着他的，也许就是那些不太清晰的影像。

当然，他也知道，这么多年，他牵挂的那些人大都不在了，但总会有人在，代表整个过去在那儿等着他。所以他问"家中有阿谁"，答案很残酷，一个也不剩。他的想象不过是刻舟求剑，记忆的锚，早已锈蚀，抓不住河底。

家园毁弃，兔子钻入狗洞，野鸡飞过屋梁，院子里长着野生的谷物，井台旁长满野葵。居住者消失之后，家园处处失序，曾有的家人

闲坐，灯火可亲，像是梦一场。看到这里，旁观者都很难不悲从中来，而那个老兵又是什么感受呢？诗里没说，只说他："舂谷持作饭，采葵持作羹。"

他在做饭，而且很得法，就地取材，将野谷的壳捣掉做成饭，采来野葵煮成菜汤。总之，给人的感觉就是老兵有条不紊，该干什么干什么。

也许是军旅生涯让他的神经变得迟钝，也许人类面对现实的能力本来就比想象中强，他需要在失序之上建立秩序，生火做饭正是建立日常秩序的一种方式。但是就在这个过程中，关于家园的感觉渐渐被找了回来。

他到底是没有把握好一人的食量，羹饭热气腾腾，却没有人跟他分享。他走出门，向东看，为什么要向东呢？可能哪个方向对他来说都一样。他期待着，能从某个方向看到点什么，但他能看到的，只是一片空茫。

他的眼泪终于落下来——没有家人的家园，和异乡也没什么两样。不是每一次归来，都心有所归，都满心欢喜。这个老兵的归来，不过是换了一种方式，继续在世间漂泊。

我很喜欢《千与千寻》中的一个情景：在浩瀚无边的宁静的水世界中，千寻坐在一列夜行火车上，从一个车站到另一个车站。天空中繁星点点，大地上，是无边的水和看不到头的铁轨，还有比铁轨还遥远的未来……我以为，人的一生，就是这样一列火车上的这样一次旅行。

人生是一场没人相伴到底的旅行

● 曾　颖

通常，我们是从医院这个站台走上人生这趟列车的。这个迎来新生命、送走老生命、连接生与死、集合欢乐与悲伤的地方，很像迎来送往、见证悲欢离合的车站。

接生员一双温暖的手，将我们接引到这个略显冰冷的世界上。那时候，我们不知道，我们初来乍到的世界已是人满为患。那些人离我们太过遥远，因此，我们感觉此时此刻，我们所在的车厢里空无一人。

其实，这时我们的感觉和知觉是有限的，因此，我们忽略了车厢里为我们诞生而奔忙的人们——产床上忍着剧痛的母亲，产房外除了扯指头便什么也做不了的父亲，屏住呼吸、大气不敢出的医生和乐呵呵地去准备热水的护士，还有病房外准备尿布和小衣服的奶奶，以及不知该买手枪还是蝴蝶结的心急的爷爷。

他们是我们最初的旅伴。他们中的多数人，将在我们人生的车厢中，陪我们走很远的路程。

之后的几十年，我们的车厢里，会来来往往、进进出出各种各样的人。从让我们心动的邻家小妹到专抢我们糖果和玩具的大胖；从托儿所的阿姨到学校门口卖糖葫芦的白胡子老爷爷；从爱给我们讲童话故事的小学女老师到中学课堂上那位眼镜片上能闪出寒光的数学老师；从那个让我们半夜起来弹吉他的美丽女孩到终于让我们想有一个家、想要一盏灯的温柔女人……然后，在下一个车站，我们迎来了和我们长得很像，甚至和我们有着相同的搞怪或忧郁表情的儿子或女儿。在同一个车厢里，我们经历着相同的春夏秋冬。在看着儿女成长的快意中，我们体味着渐渐老去的忧郁。

当然，还有更多的人与我们在同一个车厢里，一同往前走着。他们中有的是我们的知己好友或同事，陪我们走很远很远的距离。有的，是我们在路上匆匆一瞥却令我们流连很久的美丽少女；也可能是与我们做过一次快乐或郁闷交易的小贩；也有那些和我们曾经有过亲密感情，最终却因为各种各样的原因断绝了往来的情人、朋友和伙伴……

这就像一次漫长的旅行，在春花秋月、夏雨冬雪的窗景之中，很多人来了，在车厢里和我们上演了各式各样悲喜酸甜各不相同的人生剧。有人带着微笑，与我们一路上讲着笑话度过一段快乐旅程；有人带着鲜花和蛋糕，与我们分享甜蜜的行程。

有人莽撞地带着烈酒和心事，与我们一醉方休；有人抽着几乎令我们窒息的雪茄，很无礼地瞪着我们。甚至有不怀好意的小偷和骗子，深藏于众人之中，稍不留意，便会给我们制造伤口，令我们痛不欲生。

来来往往的人群，反反复复的表情。无论多么快乐的同行，都有忍泪诀别的时候；无论多么痛苦的经历，都有最终结束，让我们长舒一口气的时候。上苍不会永远让爱我们的人与我们相拥，当然也不会让恨我们的人与我们永远相对。那些爱我们的人的世界是天堂；那些恨我们的人的世界则是地狱。

而人间，爱我们的人和恨我们的人各占一半。

我们从医院出发，经历了一场漫长却又匆忙的旅行之后，又到了另一个车站。我们发现，人生的车厢里，除了我们之外，便空无一人。

世界从此归于沉寂。我们的身后，也许会因为我们在人生这节车厢里的表现，传来惋惜声、恸哭声或幸灾乐祸的笑声。但这一切，都与我们无关了。我们将以一抔土或一朵花的形态，重返我们爱过或恨过的风景中。对于泥土和花来说，赞美和责骂是无意义的，这些，与我们已毫无关系了。就像路对于我们的脚没有记忆一样，天空没有留下痕迹，却见证过数不清的飞翔……

人人都有资格开心

● 侯文咏

我曾经接诊过一个50多岁患高血压的病人，开控制高血压的处方药给他，并且对他强调控制血压的重要性。

病人有点沮丧地问我："这药我是不是要吃一辈子？"

"有可能。"我点点头。

"如果一辈子都得吃药，"他说，"我的人生不是完蛋了吗？"

我意味深长地看了他一会儿，心想，我得跟他谈谈，否则他不会好好吃药的。

"你吃饭吗？"我问他。他点点头，有点莫名其妙地看着我。

"只要药没有副作用，你就把它当成饭好了。"

"当成饭？"

"是啊，我们一天要吃三顿饭才能活下去，从来也不觉得难过，不是吗？"

"可是，饭是帮助我们的啊。"

我对他说："药也是帮助你的啊。"

他笑起来，对我说："我懂了。"说完拿了处方笺，开开心心地去领药了。

生而为人，谁不需要依靠一些什么才能活下去？我们都需要喝水，也需要空气、阳光，或许还需要一朵小花呢。转个念头，就算吃药，也不代表人生就没有资格活得开心、活得有滋味啊。

真正的领导力是做自己

● 万维钢

怎样做一个真正的大人物？哥伦比亚大学商学院教授希滕德拉·瓦德瓦在新书《内部掌控，外部影响》里特别引用了达·芬奇的一句话："你永远都不会有比对自己更大或者更小的支配权。"就是说，你得有一个强大的精神内核。你能在多大程度上掌控自己的内心，才能在多大程度上支配外部事物。

有个青年女化学家叫芭贝特，她所在实验室的老板叫戈登。戈登是行业大牛，但是脾气不好。有一次，芭贝特找戈登讨论前一天交给他的论文，戈登一见面就说："你这篇论文纯属垃圾，我已经扔垃圾桶里了。"

一个小人物被老板这样批评，该怎么办？芭贝特接下来的这段话，可以写进教科书。

芭贝特说："我写得的确不行。我每次读您写的论文，总会想您怎么能写得如此清晰明了，这也是我想要跟您一起工作的原因。去年秋天您给我提供这个职位的时候，我真的太兴奋了。咱们现在这项研究成果非常重要，如果我这篇论文能写好，可能会产生巨大的影响。论文已经这样了，您看看能不能给我一些建议？我想跟您学习怎么把论文写好。"

戈登态度立马好转，把论文从垃圾桶里翻出来，跟芭贝特一起修改。

我们从芭贝特这段话里至少能找到5个谈话技巧。1.先用认同提醒"对方咱们是一伙儿的"；2.表达赞赏，调动情感力量；3.帮对方看到事情的另一面，虽然论文写得不好，但研究做得不错；4.重申双方共同的价值观，都是为了让论文产生影响力；5.提出具体行动方案，以此建立起共同成长的伙伴关系。

你可能很熟悉"谈判技巧""非暴力沟通"等谈话技术，但这些都不是最重要的。我们真正应该注意的是，在这番对话中，芭贝特和戈登两个人，究竟是谁在领导谁？

答案显然是芭贝特在领导她的老板戈登。这就是领导力。领导力比的不是岗位指令顺序，而是内核的大小。芭贝特真正了不起之处并不在于她使用了哪些话术，而在于她内心强大，可能比戈登还要强大。

瓦德瓦有个女学生，13岁的时候得了一场重病，在医院里等待手术。有一天，医生将她的父亲叫到病房外，说了两个坏消息：第一，你女儿的病情已经非常严重，原计划一星期之后的手术必须得提前到今天晚上；第二，医院出现了一个状况，没法给孩子提供麻醉，手术只能在没有麻醉的情况下进行。

没有哪个父亲受得了这样的打击，但是回到病房，父亲带给女儿的，却是两个好消息：第一，医生说今天就可以做手术了，不用再等一星期，这意味着3天之后你就能出院回家了！第二，医生们一直在观察你，他们认为你是最勇敢的少女，所以手术甚至不需要麻醉！

很多年以后，女孩才知道这番话背后的真相。她早就忘了当年自己是如何经历那场手术的，但是她永远都记得父亲给她带来的两个好消息。

这是广义上的领导力。

领导力不是说你非得指挥谁、调动多少资源，也不一定是使用什么套路或者权谋。领导力是你能不能、敢不敢让人、让事情产生积极的改变。

真正的领导力是做自己。多数人都是按剧本走，别人安排什么就干什么，那等于是工具人；只有当你跳出剧本，表现出主动性的时候，你才算活出了自己。

给人生留一个缺口

● 雷茂盛

巴尔扎克有一个癖好，只用有缺口的杯子。买了新杯子，他会用调羹在杯子上轻轻敲出一个小小的缺口，而且无论是在家写作还是参加宴会，巴尔扎克都带着它。

雨果有一次去拜访巴尔扎克，巴尔扎克用咖啡招待雨果，但将书房找了个遍，也没有发现完好无损的杯子，他只好用有缺口的杯子给雨果冲咖啡。雨果很好奇，就问巴尔扎克，为什么他的杯子上都有一个缺口。巴尔扎克停下手中的笔，微笑着说："我用有缺口的杯子喝咖啡的时候，会想，上一杯还没有喝完，所以接

着喝下一杯，再下一杯，喝得越多，流掉的咖啡就越多，我也永远不能把一杯咖啡喝完，所以就不满足，总想把流掉的咖啡喝回来，这样我就会不停地喝咖啡。"

雨果轻轻端起杯子，微抿了一口咖啡，终于明白了，巴尔扎克用有缺口的杯子，是想提醒自己，无论他写了多少作品，这些作品上都有一个缺口，以此来激励自己，写下一部，将这个缺口补上。正是抱着这样的心态，巴尔扎克在20余年的写作生涯中，写出了91部不朽的传世之作。

老家一个小朋友来成都读大学。他在国庆节前联系我，想确认我们假期有没有时间见一面。我说，正好和几个朋友约了烤饼干，你就一起来玩吧。他很开心地答应了，最后又补了一句："我去方便吗？"这句话让我惊异，也有几分感动，"00后"的小孩，即便在农村长大，也懂得所谓大都市的交往礼仪了。

我们父母那一代，拜访亲友多喜欢"空降"。

前段时间回家，父亲想组一个饭局，邀请舅舅过来。我让他提前打电话预约，他不以为然，坚持只提前几小时联系。为此，我们争执不下，甚至有点不快。

我的经验来自繁忙的大都市，因为每个人都很忙，"未来"也安排得满满的，突然拜访会被认为是一种打扰。

当然，父亲是对的。在老家，他即便不见舅舅，也对舅舅的生活了如指掌，因为大家都一样。没人认为突然拜访是一个问题，也不存在"寻人不遇"的情况，如果人不在家，到田里去找就是了。

这两种"经验"，其实代表两个世界。

一个是传统的，相对稳定的；另一个则是现代的，瞬息万变的。从乡村到城市读大学，就是从传统世界跨进现代世界。

人们总是在谈论读大学是否可以实现阶层跃升，这种做法实在太过功利。所谓财富和阶层，都是宏观的、外部的，而如何从传统到现代，则更多是一个人的内心感受，关乎个人生活习惯和世界观的变化——更细腻，更不为外人道，有时候也更艰难。

中国人都很熟悉的朱自清的《背影》，讲述的就是这样一个故事。

文中的父亲无疑是"旧世界"的代表。在月台分别，父亲给作者买了几个橘子。但是，作者观察的重点是父亲的背影，而真正隐藏起来的，面目更模糊的，则是作者自己，一个即将奔赴新世界的"新人"。

20多年前我去外地读大学时，父亲送我到商丘火车站。我一个人上车，放下行李后，买了一瓶啤酒。那是我第一次一个人喝酒，啤酒真是难喝啊，苦。后来我意识到，当时自己的状态，是恐慌多于期待，或许喝一瓶酒，就是面对新世界时为自己壮胆吧。

一觉醒来已经是第二天早上，耳边全是胶东口音，一句话都听不懂，我知道，一个全新的世界已经摆在我面前了。

变动的时代，成为"新人"是每一个人都面临的课题。在中国社会，这是100多年来最常见的主题之一。

鲁迅在《故乡》中对这种变化进行了最经典的描述。小说刻画了少年伙伴闰土到中年后的变化，其实，闰土的"变"，只是生

在更广阔的世界『成为自己』

● 张丰

理意义上的衰老，在"传统社会"反而是一种常态。如果我们站在闰土的角度看，在北京打拼的"迅哥儿"，变化一定更大，因为那是另外一个世界的人。闰土的那一声"老爷"，未必全是阶层差异的反映，可能还来自对"大地方"工作的人的敬畏。

在鲁迅生活的那个时代，离开故乡到大城市打拼的人还是极少数，连1%都不到。如今，中国每年有几百万上千万大学生，要离开家乡到"更大的世界"读书。他们和外出务工的人是不同的，因为他们有着要在新世界立足的决心，有"改造自己"的热情。在传统社会，乡村精英通过科举考试谋取功名后，都有"告老还乡"的一天。鲁迅的《故乡》中，主人公回到老家卖房，这一幕意味深长，他们知道，不管"新世界"如何，自己再也不会回到"旧世界"了。

最近20年，这种对自我的改造发展成为有关个人成功的叙事。"超越自己"成为每一个人对自我的要求，而这一过程，通常也伴随着痛苦。这样一个"新世界"，不仅是更大更广阔的，也是更复杂的。成为"新人"，除了获得新的知识和技能，也需要以一种无情的态度来对待过去的自己，那不是决裂，而是一步三回头的告别。

放弃也是一种投资

● 于国源

1989年，陶华碧用省吃俭用积攒下来的一点钱，在贵阳市的一条街边开了一家"实惠餐厅"，专卖凉粉和冷面。为了招揽生意，她制作了一种麻辣酱作为拌凉粉的佐料，客人非常喜欢，她的生意也红火起来。

后来她发现，很多顾客吃碗凉粉，回去时还要买些麻辣酱，甚至有人不吃凉粉，专门来买她的麻辣酱。她觉得蹊跷，就到其他卖凉粉的餐馆转了转，结果发现别人家的佐料中都有从她那儿买来的麻辣酱。她首先想到的就是不再单独卖麻辣酱，可转念一想，大家做点小生意都不容易，跟他们抢什么呢？既然那么多人喜欢我的麻辣酱，我还卖什么凉粉呢？于是，她办起了麻辣酱生产厂，这就是现在"老干妈"品牌的起源。

很多时候，放弃也是一种投资：在与同行竞争时，适时放弃，作出另一种选择，同样是一条通往成功的道路。

你的光照亮了我的世界

● 张 爽

春光总是让人眷恋

"你想哭，我会陪你掉泪，尽管前一刻我的心情其实是雀跃的。你要笑，我会陪你笑出声，尽管我上一秒其实是沮丧的。"在写给妻子村上阳子的情诗里，村上春树温柔多情。

与阳子初识时，村上春树刚刚过完19岁的生日。作为独生子，他最好的朋友是一只猫。他不爱和人打交道，喜欢躲在图书馆里看雷蒙德·卡佛、杰罗姆·塞林格的作品。那年春天，村上春树在早稻田大学图书馆看见长发及腰的阳子，年轻的心瞬间震颤。村上春树发现阳子和自己一样爱看《世界历史》系列图书。图书馆里，这部书只有一套，为了让阳子每天都能看到想看的那一册，他总是早早来到图书馆，抢先把阳子即将看的那一册书取出来，等阳子来了，再给她。

村上春树每天告诉自己鼓起勇气表白，但他每次把书交到阳子手上后就害羞地走开。直到阳子读到最后一本《世界历史》，村上春树终于拿出纸笔，写下"我在图书馆门口等着你"的纸条，夹在书的扉页。他把书递给阳子，转身走出图书馆，坐在门口，沐浴阳光。村上春树希望爱情的阳光也能如此洒在自己身上，暖意洋洋。

但当时阳子并不喜欢村上春树，婉拒了他。村上春树非常气馁，不过很快又恢复了自信。遇见阳子，始知眷恋。他偷偷抄下阳子的课程表，每天和她在课堂上打照面。若阳子遇到什么事情，他总是第一时间去帮助她。一次，阳子因为牙痛满脸愁容，医生也没有更好的止痛办法。村上春树得知后，想到了家乡京都的习俗：当有人牙痛时，另一个人步行5小时走到他身旁，告诉他牙齿收下了，就能够让牙痛的人康复。当村上春树大汗淋漓地跑到阳子面前，喊出"牙齿收下了"时，阳子觉得眼前的男孩着实可爱，便约村上春树在除夕之夜一同听钟声。

相处后，两个喜欢离群索居的人，都发现了心的归宿。1971年，尚未毕业的村上春树决定和阳子结婚。两个年轻人面临的最大问题就是生存。阳子喜欢爵士音乐，村上春树便想开一家爵士乐酒吧。为此，村上春树和阳子每天打几份工，终于攒够了开店的钱。位于东京西郊的国分寺爵士乐酒吧生意不温不火，在冬天也开不起暖气，村上春树和阳子只能裹着很多衣服睡觉。"虽然现在面临困难，可是这样的经历也能滋养我们的生命。"阳子的鼓励让村上春树对未来充满信心。到了春天，生意渐渐有了起色，几年下来，债务还清了，阳子和村上春树决定把酒吧开到城里最好的地段。

"我从来没有想过他会成名，到现在我还觉得很意外。"多年以后，当村上春树已经成为日本文坛最著名的作家时，阳子说道。

1978年4月，春暖花开，看着在酒吧厨房里切菜的村上春树，阳子喊他出去走走。村上春树决定去东京明治神宫球场看棒球赛。场上，击球手希尔顿打出一记漂亮的二垒打，村上春树非常激动。棒球运动员最大的价值是击球，而戏剧专业出身的村上春树瞬间觉得，自己的价值应该是写小说和剧本。"心情好的日子，倚倚卧卧喝点啤酒，忽然就涌起想写点什么的冲动，于是就去买来稿纸和自来水笔开始写了。"村上春树很难解释那一刻的联想，但他实实在在地在那一晚，伏在餐厨桌上，动笔创作《且听风吟》。刚写完几页，村上春树就迫不及待地让阳子作为第一位读者。

不过，刚写出的文字并不有趣，在观察妻子阅读的表情时，村上春树有些失落。阳子没有说不好，而是打开身边的留声机，播放起爵士乐。内心还在波涛起伏

的村上春树一下沉浸到音乐中。"爵士音乐是一种即兴的表演，我的创作也需要找到合理的节奏。"

"我觉得，你的文章像西方人写出的日语。"阳子的话让村上春树灵光一现，他开始用英文创作，再翻译成日语，这种独特的习惯，使他形成了整个日语文坛中最为别致的风格。

你的光照亮了我的世界

在村上春树把《且听风吟》的原稿寄给出版社后，他一直没有收到回音。当他把小说原稿直接寄了出去时，他告诉自己，如果没有消息，那么自己就再也不写小说了。

他和阳子继续过着如常的日子，每天照看酒吧生意、听爵士乐、散步。一天，他们散步回家，突然接到日本群像新人奖组委会打来的电话，告知他《且听风吟》获得了大奖。村上春树难免有些骄傲，幻想起未来的日子。"我们现在的生活也很好啊。"阳子只说了这一句话，就让村上春树从幻梦中醒来，他更加笃定阳子就是自己的精神归宿，说："我可以离开我的编辑，但不能离开我的妻子。"

1981年，村上春树将酒吧卖了出去，决定全职写作。当时，很多人劝阻他，只有阳子支持他做出的选择。在妻子的鼓励下，村上春树决定"拼尽全力试试写小说，如果不成功，那也没有办法，从头再来不就行了"。

村上春树和妻子搬离东京，每天一起跑步，一起创作。阳子对村上春树的作品提出了很多要求，有时候会要求村上春树把某一章节改五六次，甚至重写。正是这些挑剔的建议，使得村上春树的作品质量越来越高，声名也越来越大。村上春树成名后，阳子却更加低调，连齐腰的秀发也剪成了短发。很难有人捕捉到阳子的身影，除非在村上春树的书里——那些插图都是她拍摄的风景。

村上春树和阳子没有要孩子，他们把生命完全投入对彼此的欣赏和爱中。不久前，有网友偷偷拍下了村上春树和阳子在京都一家小餐厅吃饭的场景：阳子用手撑着头，眼睛望着村上春树，村上春树望着阳子，目光里透露着真情。二人的头发虽已经花白，眼神却依然那么炽烈。这道光，也照亮了他们彼此的世界。

人生就是一场旅行

● 李雨凝

〔编者按〕2012年，年仅8岁的翟乃馨和父亲翟峰、母亲宏岩一起，开启了航海生活。她在不同的港湾之间漂泊，享受自由的同时，也体会着生活的无序。前途无迹可寻，未来的一切，全靠自己探索。

一

2012年，我们一家卖掉房子去了马来西亚的兰卡威。在那个漂亮的葫芦状海湾中，我们买下了属于自己的帆船。那一年，我8岁。

那是一艘长12米、宽4米的单体帆船，被我们命名为"彩虹勇士"号。我的床在船舱最前面，呈三角形，我仰面就能看到一扇很大的天窗。船中最有特色的地方是厨房，刀具全部吸在墙上，料理台可以随意移动或倾斜。这样就能确保做饭时，炉灶一直保持水平状态，汤和菜不会洒出来。

在船上，每个人都有各自的任务。我的外号叫"小木棍"。因为锚的铁链长二三十米，下锚时容易打结，所以需要一人盯着，另一人用棍子戳开打结的部分。我就是负责解开"绳结"的人。只要他们一喊"小木棍"，我就拿着棍子戳、戳、戳。

我的另一项任务是"值班"。尽管我们可以设置自动舵，但公海上总会不时漂过垃圾或渔网，需要手动操作绕行。翟峰和宏岩值夜班，我被排在早上——日出后3小时内。在那3小时中，我就是船长。这听上去很有压力，但我只觉得好玩，像过家家一样。

海上的生活并不总是风平浪静。记得有一次，我们途中遇上暴风雨，我被翟峰和宏岩锁进船舱，他们俩分别去船头和船尾收帆。风浪很大，他们根本听不到对方的喊话。我在船舱中帮不上忙，干着急。终于没忍住，我打开一扇窗，探出头去替他们传话。他们吓坏了，以当时的情况，我随时有可能被海浪卷走。

也许因为年纪小，我几乎没有感觉到大人身上的焦虑。白天，我躲在船帆下画云彩、睡午觉，帆遮挡了太阳，却挡不住海风，暖阳笼罩、清风拂面，让人觉得舒适惬意、无拘无束；到了晚上，星光璀璨、浩瀚无垠，我们就坐在甲板上看电影。

就这样，我来到了一个由鱼、海洋，以及云朵构成的世界。

二

在两年的航海时光中，我经历更多的是心性上的成长。

小时候，我是一个内向的女孩，从不主动与人搭话。抵达澳大利亚前，我会讲的英语不超过5句——"叫什么""来自哪里""几岁了"，这几句代表着我会说的全部英语。

启程前，我们在兰卡威的港湾里练习起锚。有一次起锚失败，帆船不停地转圈，幸好有一位外国船长开着小艇过来帮我们。那位船长很热情，不仅帮我们停好了船，还教翟峰看起了纸质版海图……他说了一个晚上，第二天，翟峰告诉我，他只听懂4个词。

每逢周末，大人都会送孩子们去港湾里的一座小岛上，他们在那里烤棉花糖、爬树、跳舞、捉迷藏……翟峰也给我报了名，但我只是坐在那里，不敢上前与别人交流，之后就再也不去了。

在第一次航海过程中，我因为英语不好，性格内向腼腆，一直没有伙伴。那时，我很想念我的同学。宏岩充当了我的老师，她带上

课本，准备在航海途中教我。但真正航行起来，她根本顾不上我的学习，后来连课本也不知道丢到了哪里。

翟峰也意识到，即便不精确到每天、每周、每月，也应该有一个大致的计划，而且不能让我脱离社会。

三

2014年，第一次航海结束后不久，我们又出发了。从印度尼西亚去往澳大利亚的途中风浪特别大，船在海里晃得厉害，我第一次晕船。那时，翟峰觉得，我和宏岩的状态不太适合继续长期航行了，加上费用难以为继，就干脆在澳大利亚达尔文停了下来。他那时刚自学完动力滑翔伞，澳大利亚很适合飞行，他想环飞澳大利亚，顺便找人合作拍摄纪录片。

就这样，我们开始了在澳大利亚的生活。当地的华人听说了我们的事迹，就推荐我去了当地一所为新移民开设的学校。在这所小学里，我遇到了对我人生影响最大的老师，格林女士。她主动带我结交其他华裔同学，还告诉宏岩，我现在首先要做的是放松，是感受，如果一直紧绷着，将很难适

应这个环境。

因为是新移民学校，五年级一共只有13个孩子，所以，格林女士会一对一地教学，也会根据每个人的不同水平为我们安排阅读书籍。她每天都带着我读绘本，大概两个月后，我听一个船长讲笑话，不仅听懂了，还能回应他。

这段时间的经历给我埋下了一颗种子，我的性格也慢慢开朗起来。

四

在澳大利亚的第一年，我逐渐听懂了英语，课程也可以拿到A。但我总觉得，上学是航海旅行的一部分，我不过是在体验另一种旅行生活。第二年，我进入当地的普通初中。也是在这个时候，我意识到自己与他人的不同——我的同学考虑的是下一个人生阶段该如何选择，而我不行，翟峰的纪录片拍完了，我们不能继续留在这里。这两年的学习经历给了我一种"不需要考虑下一步做什么"的错觉，但事实上，我们一开始就选定了道路，我只能自己调整心态。这时，我们不仅花光了手头的钱，还有几万元的负债。巨大的压力差点将翟峰

压垮，而我也第一次感受到整个家庭的焦虑气氛。2017年，我们带着仅有的一两万元钱，来到巴厘岛休整。

在巴厘岛，我开始为申请澳大利亚的高中做准备。我没有什么可以借鉴的先例，每一步都要自己探索。我甚至不知道 homeschool（在家自学）是什么意思，只能在网上查阅相关的课程。也是在这一时期，我遇到一个同样没有上过学、在家自学的女孩。我们成为很好的朋友，相互鼓励、调整心态。一切都慢慢地走向正轨。

周围许多人看到了我们的进步，陆续有家长把孩子送到这里。翟峰和我一合计，不如做一个营地，专门为这些在家自学的孩子组织活动。来营地的孩子越来越多，很多都是跟我情况类似的自学学生，他们来自世界各地。

一直以来，我都是在网络上自学，总觉得自己处在和别人不一样的时区，会有一种时空错乱的感觉。和这些孩子在一起时，我第一次感受到我们有着相同的时区。

我们一起学习，一起冲浪、骑摩托，一起组织活动。我发现自己掌握了很多人不了解的知识和不会的技能。在这群同龄人中，我好像又变成第一次航海时的快乐小女孩，却比那时更加自信。

五

2019 年，我的许多计划都搁置了。我没有了安全感，甚至觉得自己不配去做更多的事情。我想回到巴厘岛的"舒适区"，但翟峰觉得这是一种倒退，他希望我向前走。

我很焦虑，这些年来，我急需一个突破口。2022年，我试图以申请美国的大学作为突破——在我这个年纪，好像申请一所学校一直是一件被大众认可的、应当做的事情。但翟峰说，我没有什么突出的成绩，现在申请，条件还有所欠缺，而且因为是自学，我没有 SAT（美国高中毕业生学术能力评估测试）的成绩单。像我这样有着中外两种教育经历的孩子，更多的压力源于没有一条既定的"轨道"供我选择，我需要自己去搭建一条全新的"轨道"。在很长一段时间里，我不知道要选择什么样的道路。我能感受到，周围的人希望在我们这类人身上看到像谷爱凌一样的实例——既选择了特立独行的培养方式，又符合传统的社会评判标准，成长永远是向上的。但实际上，从选择特立独行的那一刻起，我们就已经脱离了原有的评判体系。

我曾经认为，翟峰是左右我选择的一个因素——哪怕他的一些想法我不是很理解，也会去参与。现在，我并不希望，仅仅因为他是我爸，我就跟着他做某件事，而希望拥有自己的态度和目标。我选择按自己的想法生活，去拥抱更多的可能性。

小时候的经历塑造了我对外界的感知能力，让我对这个世界有着天然的亲近感。我很清楚，未来无论我选择哪种道路，都将伴随着不小的压力。我要为像我一样的孩子，或者在传统教育模式下成长起来的孩子，发掘更多的可能性。这将是未来很长一段时间里，我所面临的最重要的问题。不管怎么样，我现在所拥有的一切，已经远超我对自己的期望了。

站远一点，才有机会感动

● 郭韶明

哈金有一个短篇小说《两面夹攻》，说的是亲人之间的距离。

在美国的儿子终于把在老家的母亲接到了身边，却发现，母亲一直没弄清她在这个家的角色。儿子干脆以辞职为代价，让母亲意识到妻子在家里的地位，并打算趁失业之机让母亲回老家。

计谋得逞，儿子却很难过。16年前参加高考时，母亲撑着一把伞站在雨中等他，手里提着饭盒、汽水和用手帕包着的橘子。他们俩各湿了半个肩膀。"要是他能再对他们无话不说该多好。"

可是，和你的家人无话不说真的是一种理想状态吗？未必。起码，16年前的儿子，大概不会觉得当时的

饭盒和汽水有多么真实、多么值得回味。远离现场，以及与现状的对比，让那个普通的雨天变得不太一样。

不久前在父母的家里，看到一封大学时写给我爸的信。那是我第一次在另一个城市，和父母隔着300公里。我妈告诉我，当年我爸读完信，泪流满面。

而现在，当我自嘲"煽情能力还挺强"的时候，与父母的关系依然是个跷跷板。同住的时候，会针尖对麦芒；隔空对话的时候，却一言一语全是关照。

也有一种距离，让人觉得很远。

尤其是老一辈的知识型父母，他们有些天然地保持着对亲情的克制，让你感觉

不到与他们的"亲"。或许他们自己也没弄清，如何在清高的身段下展示内心的情感。于是距离成了一道跨不过去的障碍，他们的家人可能一辈子都觉得他们的心里没有爱，而实际上，是对本性的压抑让一些东西藏得太深。

总之，亲情好像存在一个悖论：当你和家人的物理距离近了，心理距离却远了；物理距离远了，心理距离又近了。近的时候，更多体验到的是一种胶着，悠然的状态总是要等到回望的时候，才能真切体会。

其实站远一点不只是指现实中的距离，它更是一种内心独处的需要。

站远一点也是一种适度的抽离。你知道家庭的中心在哪里，也知道活动的半径有多大，关键是，有的时候，你需要离开那个过于活跃的地带，作为观众，去看看你生活着的现场。这样，重新参与其中的时候，你才会看到更多从前没看到的瞬间。

一个为焦虑而生的谬误

● 梁 湘

在当下，似乎很难找到另外一个词可以像"信息茧房"一样，成为互联网信息焦虑的"背锅侠"。或许，人们担忧的不是被困在信息的茧房之中，而是面对新技术的天然恐惧和认知偏见。

"信息茧房"是什么

当人们在谈论"信息茧房"的时候，人们究竟在谈论什么？

2023 年，某社会调查中心曾对 1502 名受访者进行了问卷调查，结果显示，62.2% 的受访者认为，"大数据＋算法"的精准推送方式，使信息渠道越来越窄、信息越来越同质化，让自己陷入了"信息茧房"。

例如，在上述问卷调查中，一些受访者是这样说的：

一名传媒行业的员工说，"我有一个朋友，她就被'20 岁抗初老'这样的话题裹挟，每天为自己的皮肤状态焦虑"。

一个"00 后"发现自己在搜索了"森林徒步"和"跳舞"的相关视频之后，一段时间里经常被此类信息包围。

一个"宝妈"表示，在算法推荐的情况下，接收到的信息是不全面的。自己有段时间频频看到"儿童医院爆满"的短视频，一度十分焦虑，以至于不敢带孩子出门了。

事实上，产生此种观感的原因是多元的。容貌焦虑、流行趋势的变化、大众传播中产生的信息偏差等，都在影响人们对信息的获取和理解。

其中，个人选择的影响因子显然大于作为工具的算法的，只要稍微理性思考，就可以想明白这一点。但大家更愿意将互联网上的焦虑，怪罪于"信息茧房"。

诚然，在互联网上时常出现泾渭分明的舆论场，从性别议题、金钱观念到国际战争、地区冲突，大众被分割成不同的意见阵营。一个即将步入婚姻的女子，可能会在网上刷到更多"渣男"的故事，而一个中年人可能更常看见新能源车、芯片和国际局势的相关信息。

但有一个值得思考的问题：究竟是你选择了这些内容，还是平台给你推荐了这些内容？

换句话说，如果平台推荐与你意见相左的内容，你是否会耐心地观看下去、做到兼听则明呢？

其实更多时候，我们需要打破的不是"信息茧房"，而是自己的"认知茧房"。

"信息茧房"真的存在吗

有意思的是，"信息茧房"的研究呈现出"中热西冷"的局面。

截至2020年2月6日，中国学者已在CNKI（中国知网）文献库中发表584篇以"信息茧房"为主题的文章。并且，在相关的中文研究中，很多都将算法推荐与"信息茧房"紧密关联起来。

而这个从西方舶来的传播学概念似乎不怎么受本土学者的关注。在同时段内，Web of Science数据库中收集的以"information cocoons"（信息茧房）为主题的文献只有1篇。

2006年，互联网方兴未艾，美国法学教授凯斯·桑斯坦在《信息乌托邦》一书中提出了"信息茧房"的概念。他表达了一种担忧：当个体只关注自我选择的或者取悦自身的信息，从而减少对其他内容的获取，久而久之就会作茧自缚，被困在自我编织的狭隘领域中，看不到世界的真实面貌。

桑斯坦不会想到，在互联网经过十几年的发展之后，这一如科幻作品里的"缸中之脑"的预言式概念，

会在中文互联网上引发如此多的讨论。

事实上，"信息茧房"只是一种担忧，并未被证实存在。

清华大学新闻与传播学院教授陈昌凤表示，桑斯坦的"信息茧房"其实是个比喻，并且是在西方特殊的政治语境下提出的。但是该问题引起了政治学、传播学、法学、计算机科学和心理学等各个学科的广泛关注。"信息茧房"直接被当成一个负面存在，正受到各方的批判。

"信息茧房"是否存在本身就是个问题。

从美国到西班牙、荷兰等国家，都有研究成果证明"信息茧房"目前并不存在。

在21世纪之初，互联网的发展势如破竹，让原本的传播研究者和从业者应接不暇。如果从当时的环境看，桑斯坦的担忧并非没有道理。时至今日，几何级增长的信息量和天翻地覆的技术变化，令"信息茧房"似乎也变成了一种杞人忧天。

"信息茧房"最脱离实际的地方在于，它假设了一类实验室条件式的纯粹信息环境。但每个活生生的人其实存在于更多元、更复杂的信息环境中，可以获取的内容

远比想象中的要多，"茧房"很难织就。

为偏见与焦虑"背锅"

人们对于"信息茧房"的担忧，更多来自"技术有害论"，即算法本身的原罪。虽然当下算法在视频、外卖、购物、地图等方面被广泛应用，但基于以往的经验，人们无法应付这些神奇的造物所带来的不确定性，于是在心态上很容易将其"巫术化"。

鉴于算法等技术是构成网络世界的根基，尽管社会因素、事件场景、舆论环境都会左右人的判断，但当网络上的戾气与"信息茧房"的讨论挂钩时，算法都会一并成为放之四海皆准的"背锅侠"。

这种联想也不难理解：算法推荐——用户喜欢什么，算法就推荐什么内容，这不正是形成"信息茧房"的技术条件吗？

事实上，为了避免"信息茧房"的出现，短视频平台都会专门设计"兴趣探索"机制。一方面，每次都会选择用户过去不常观看的内容类目进行一定比例的推荐。另一方面，每次获取推荐内容的过程中，会特别增加一

些随机的内容来保障用户可见内容的多样性。

从某种程度来说，算法恰恰有助于打破"信息茧房"。

算法真正的意义并非个性化推荐，而是去中心化。它让每个人都成为内容的主体，同时在技术条件下实现高效传播，大量不同的信息可以连接到不同的人，从而产生不同的反馈和社会响应。从这个角度看，内容创作者和观众的"茧房"在信息和意见的碰撞中，也会一次次被打破。

清华大学社会科学院发布的《破茧还是筑茧？用户使用、算法推荐与信息茧房研究报告》中指出，从中长期看，个性化推荐算法不一定是导致"信息茧房"的决定性因素，反而可能为个体提供更多元和理性的信息世界。

如今，人们是真正实现了足不出户知晓天下事。淄博、哈尔滨、天水、菏泽等原本不太知名的城市被人们看到，焕发文旅新貌；成都三花民间川剧团、苏州评弹等传统戏曲受到更多年轻人的喜爱；甲骨文、弦理论等小众知识获得更多关注……

古人耗尽一生才能追随、知晓的事物，当代人弹指一瞬间就能获取。

算法之所以和"信息茧房"捆绑在一起，并成为众矢之的，真正的原因或许在于人们"甩锅"给技术的时候，技术是无法为自己辩解的，而"信息茧房"刚好充当了大众吐槽的媒介。

也许算法所代表的技术最大的问题在于，当你身处其中时，看到的都是它的缺点。而当它没有出现时，它也没办法告诉你它的优点。从历史上看，这几乎是每一项革命性技术的宿命。

人间草木是清欢

● 汪曾祺

我在大青山挖到一棵山丹丹。这棵山丹丹的花真多。

招待我们的老堡垒户看了看，说："这棵山丹丹有十三年了。"

"十三年了？咋知道的？"

"山丹丹长一年，多开一朵花。你看，十三朵。"

山丹丹记得自己的岁数。

我本想把这棵山丹丹带回呼和浩特，想了想，找了把铁锹，在老堡垒户开满蓝色党

参花的土台上刨了个坑，把这棵山丹丹种上了。

我问老堡垒户："能活？"

"能活。这东西，皮实。"

大青山到处是山丹丹，开七八朵花的多得是。

"山丹丹开花花又落，一年又一年……"

这支流行歌曲的作者未必知道，山丹丹过一年多开一朵花。唱歌的歌星就更不会知道了。

接纳生命的残缺

● 毕啸南

"谢谢你们理解我。"

火车即将进站，阿武匆匆忙忙过了安检，又突然转过身，郑重地弯下腰，向我们一行为他送别的朋友鞠了一躬，缓缓说出这句话。熙熙攘攘的人群朝他投来片刻惊疑的目光，瞬间又四下奔流散去。

阿武祖籍新疆，在宁夏出生，他长得高大，鼻梁高挺，眼窝深陷。但自己究竟长什么样子，阿武其实也很模糊。记忆里，儿时的轮廓早已如纸画浸水，变得模糊了。长大以后的样貌，他也只能从旁人的形容里暗自揣摩：也许，大概，自己是这样或那样的。

那是个盛夏晚晴天，如往常一般，十二岁的小阿武和姐姐一起放学回家。天气实在炎热难耐，路上他想偷偷拐个弯，去村头的小卖部买根冰棍消暑解渴。骗过姐姐后，他一溜烟儿地跑，只见不远处，小卖部门前那棵大榆树正伸展着它的枝叶，郁郁葱葱，笼着整片阴凉，看得阿武满目清爽。

冰棍刚咬了一口，阿武只记得当时天崩地裂的轰鸣巨响，眼前便陷入了一片黑暗。等他再醒来时，却什么也看不见了。

那年夏天，那个小卖部前，那场车祸，使十二岁的阿武从此成了一位盲人。

残酷的命运不曾有半点儿怜悯。

十二岁，年少风光，本应是人一生中最无忧无虑的一段时光。

"小瞎子，小瞎子。"也不记得从什么时候开始，阿武走在村子里、学校里、集市里，总有认识或不认识的人在他身后这样叫他。阿武说，有时候一个人在路上走着走着，便会有人故意过来绊他一脚，有人向他扔石子，有人跟在背后一路吹口哨，但他告诉自己要坚强，不要被人看不起。只有一次，妈妈让他去村头那棵大榆树下的小卖部买瓶酱油，一个以前和他一起玩的小伙伴笑着跟阿武说："我带你去吧。"阿武心头一暖，安静地跟在小伙伴的身后。他一幕幕回忆着他们曾一起在

27

学校操场嬉戏奔跑的景象，就这样走着走着，只听"扑通"一声，阿武一脚踩进了粪池子，粪水溅在他的身上、脸上，还有心里。

耳边，几个顽劣少年哄然大笑。

阿武咬着嘴巴，迟疑了片刻，脱了鞋，脱了衣服，穿着沾满粪水的裤子回了家。他依然沉默，一句话也没有说，妈妈看着他，也一句话都没有问。在院子里冲完澡，阿武钻进被窝，用被子捂着脑袋。妈妈坐在炕头，一只手隔着被子轻轻地拍着阿武的头，一只手捂着自己的嘴，掩藏着呜咽。被子里，阿武放声大哭。

阿武说，他哭，不是因为掉进粪坑感到屈辱，而是他相信的人，相信的善良，相信的那一抹黑暗里的光，在那一刻支离破碎。

暴风雨猛烈无情，但彻底击垮阿武的，是他的爸爸。

阿武很少见到爸爸，每年只有临近春节时，爸爸才会从外地赶回来。阿武记忆里的爸爸，总板着一张脸，阿武永远也猜不到他在想什么，只有偶尔高兴的时候，他才会蹲下身子，摸着小阿武的脑袋说："爸爸在很远

很远的地方打工赚钱，你在家要听妈妈和姐姐的话。"虽然对这个男人感到陌生，但阿武藏不住对他的喜欢。每年，阿武最期待的日子便是过年，他一见到爸爸，便会远远地跑过去认真地说："爸爸，我今年特别听妈妈和姐姐的话。"

一九九一年的除夕，已经过了夜里十二点，村里的鞭炮声渐渐消失，阿武却站在村头不肯走。那一年过年，阿武的爸爸没有回来。村里老人瞧见了，叹着气对他说："回去吧，你爸爸不要你们娘儿仨了。"阿武不信，跑回家问妈妈，妈妈却什么也没说，只是将阿武和姐姐默默地搂在怀里，拍了拍他们瘦小的背，便起身继续去收拾碗筷了，似乎刚刚的一切并没有发生过。

阿武遭遇车祸后，爸爸从外地赶了回来，但阿武并没有得到渴望已久的父爱。每天，他都能听到这个男人和母亲站在院子里大声地争吵。眼睛看不见了，耳朵却听得分外清楚，他时常能听到这个男人半夜来到他的床前，重重地叹息。直到有一晚，爸爸又来到他床前，阿武并没有睡着，他在心里跟着划火柴的声音默默地数爸

爸抽了多少根烟。在第六根烟抽完后，他感受到爸爸那只粗糙的手摸了摸他的额头，往他枕头下面塞了厚厚一沓东西。第二天醒来，阿武便再也没有见过爸爸。

从那天起，阿武在心里郑重地告诉自己，这个男人这辈子和他不再有任何关系。

阿武的妈妈是一名小学老师，阿武看不见以后，她依然坚持带阿武上学。一开始，母亲时时把阿武带在身边。日子缓慢，再后来，阿武也渐渐学会适应这种黑暗的日子，也能一个人蹒跚摸索着走完那条从家到学校的长长山路。

只要有希望，困苦便总能被克服，也终会过去。

阿武的母亲如同一艘坚固的大船。生活的风浪再大，只要母亲在，阿武的心就是安宁的。姐姐后来外出打工，每个月都会给阿武寄来大城市里最流行的磁带和可以听的书。阿武听得认真，慢慢成了村子里最有见识的人。和他一起长大的发小，学校里对他好的老师，这些人，都给了阿武温暖的关爱和支持，陪着他度过了那段饱受痛苦、歧视、煎熬、无望的日子。

人总得给自己谋一个出路。

打听了很多盲人朋友的选择，为谋生存，十六岁的阿武去了一所盲人学校学习按摩。毕业后在老家辗转了几个地方后，阿武来到北京，成了一名职业按摩师。

在年终总结会上，入职第一年的阿武被评为年度最佳员工，发表感言时，阿武说："如果说妈妈以身作则，给予我绝不向命运低头的人生底色，我的顾客们，便在这底色之上告诉了我人生真实的模样，并教会我如何接纳自己，接纳残缺，与自己和解。"

我曾随阿武一起去他工作的地方，阿武的老板告诉我，起初以为是阿武长相帅气，很多顾客都成了阿武的回头客，指名只等阿武。后来他慢慢发现，其他顾客在按摩时一般都是在休息或睡觉，只有阿武那间屋子里，顾客们总有说不完的话，时常传来铃铛般的笑声，或是隐约的哭泣声。

阿武挠了挠头，有些不好意思，他说："一开始只是自己太寂寞了，遇到性格开朗喜欢说话的顾客便想着和他们多聊聊天。后来我渐渐意识到，也许需要倾诉寂寞与辛苦的不仅仅是自己。在这偌大的城市里，有着数不尽的衣着光鲜、行路匆匆，却也同样活得孤独与辛苦的人。

"所以你看，人间有太多的愁、太多的苦、太多的怨了。世相千万，每个人心里都埋着不被他人理解的残缺与痛苦。所以我并没有什么特殊的，以前总觉得自己和别人不一样，命运对自己特别不公平，心里多少是有恨和怨的，现在反而越来越释然了。人啊，得学会接纳自己。残缺就是残缺，改变不了的就接受，与自己和解。人这一辈子，没什么是过不去的。"

更幸运的是，三十三岁那年，阿武遇到了他生命中的爱人。

阿莲，也是一位按摩技师。和阿武不同，阿莲生下来的时候就看不见，也许正因如此，阿莲并没有阿武那份巨大的失落、遗憾与对光明的向往。两个人相拥坐在漪漪河畔，青青草地，阿武向阿莲描述天是怎样蔚蓝，水是如何清澈，彩虹到底是什么颜色。

"她填补了我生命的残缺。"阿武说话的时候，一直用他的一双大手把阿莲小

小的手握住，笑意盈盈地靠近阿莲。其实，阿莲个子小小的，相貌平平，并非世俗眼光中美丽的女孩。但那又怎样呢？也许看不见容貌的相爱，反而真的是因灵魂而相遇，抵达了爱情的真谛。

这几年，源于愈加强烈的冲动和兴趣，阿武自学了心理学，并在空闲时参加了针对盲人青少年心理辅导的专业培训。阿武说，他打算和阿莲回她的老家，开一家属于自己的按摩店，并在那边成立一个盲人青少年心理辅导公益小组。

"在北上广深这样的大城市，有各种各样的组织和人在做有大爱的事。但我们那里那些活在偏远地区的人，那些像我一样在黑暗里苦苦挣扎的盲人孩子，更需要这份关爱和帮助。"阿武握紧了阿莲的手，阿莲转过脸来冲他傻傻地笑。

回阿莲的家乡后，两个人准备办婚礼。阿武的爸爸通过姐姐传来消息，希望能参加阿武的婚礼。大家都劝他："已经过了这么多年，你也成熟了，你爸年纪也大了，你们父子该和解了。"

前几年，阿武妈妈因病离世，病榻前，妈妈抓着阿武的手，让他原谅爸爸。阿

武想起，他来北京打工的前一晚，妈妈从衣柜里拿出一个存折，跟他说："这是你爸走的那晚塞在你枕头下面的三万块钱。我一直帮你存着。"又说，"当年三万块钱不是小数目，你爸心里还是有你的。我和他感情不好是我们之间的事，但你们毕竟是父子，你不要记恨他。"

"可父亲对我来说到底是什么呢？"阿武望着我，语气平静地问，"三十多年来，我只记得他那张模糊的、板着的脸，就像一张满是尘土的白纸一样，连片刻的画面都没有给我留下。他到底是怎样一个人？他为什么和妈妈感情不和？又为什

么抛弃我们？是因为自私，还是懦弱？我通通不知道。大家如今都希望我理解他，他现在老了我要孝顺他，我结婚了要请他上座给他磕头，可是为什么呢？就因为他生了我，并在我瞎了以后留下三万块钱吗？"

他的语气渐渐变得激动，他低下头，深深地呼了一口气。"我不是怪他，更谈不上恨。他老了，我肯定会和我姐一起赡养他，该出钱就出钱，该出力就出力，只是我不可能爱他。我妈临走时曾说，他心里是有我这个儿子的，但你知道吗，爱是最骗不了人的，感受得到就是感受到了，感受不到讲

千万种道理，也只会让我更痛苦。不是我放不下，而是我对他真的没有任何感情。放下，是我接纳了我生命里与父爱没有缘分这个事实，而不是一定要强迫自己与他团圆。保持彼此间最合适的距离与分寸，难道就不是与自己的和解吗？"

我转头问安静地依偎在他身边的女孩儿："大家都劝他，你会劝他吗？"

"我想所有的爱都是相互的。只有我爱他，他也爱我，爱才会长久，才能幸福。"阿莲仰起头，嘴角弯起月牙般的笑，仿佛他们彼此看得见。

我亦是繁花

● 庆山

杏花开时，满树白花在清晨、黄昏、深夜时尤其显得轮廓鲜明。密密匝匝的花枝，雪片般密实而柔软的花瓣，沉浸在某种寂静而全力的表达中。

这种表达没有任何疑虑或畏惧。

我突然明白小王子的意思，如果世界上有千千万万棵杏花树，但有一棵杏花树是你的，它就汇集成某种爱意的焦点。

这种焦点可以让你把爱意扩散到更多部分。

杏花的花期大概会持续七天，从繁花朵朵到遍地凋零的白色花瓣，然后开始长绿叶，并在夏天结出累累果实。这是树的循环。人也是一样。从年轻到老去，人也会经历不同的阶段，每一个阶段都有不同的考验与课题。而我们，能否像杏树一般安然？

欢迎来到成人世界

● 陈海贤

我接待过一个处在青春期的来访者。最开始我见到他的时候，他穿着一条有很多破洞的牛仔裤，留着长发，像个摇滚歌手。他跟我讲了很多他对这个社会的愤怒。比如，他觉得周围的大人都很虚伪、势利，只知道让他好好学习，却从不关心他是什么样的人。我问他将来想做什么，他犹豫了一下，说想去学艺术。

后来，我们的联系就中断了。我第二次见到他是在三年以后，他已经在国外的一所艺术院校读书了。他问我有什么减压的方法。

我很奇怪，问他这几年的经历。原来，他爸看他不上进，就送他去学画画，觉得这是一个考学的捷径。在学画画的过程中，他遇到了一位美术老师。他很佩服这位老师，老师对他也很好，坚信他很有才华，并鼓励他好好学英语，去考美国的一所艺术院校。老师跟他说："你现在觉得孤独，是因为身边没有像你一样有想法的年轻人，等你去那所学校就好了。"老师还说："艺术家都会有很多想法，关键是要学习自我表达的方式。"

学了一年多美术后，他真的去了一所艺术院校学设计，遇到了很多和自己相似的年轻人。这些特立独行的年轻人让他找到了归属感。同时，他开始认真地学习专业知识，参与竞争。他来找我咨询，就是因为学业压力很大，他经常做功课到深夜两三点。

我问他："你不是觉得这个社会不公平吗？不是觉得学习和工作没什么意义吗？那为什么这么努力？"

他好像忘了当年的事儿，说："是啊，社会是很不公平，可是我只管做好自己的事情就好了。"

这句简单的话代表他的思维有了重大的进步。他以前幻想的那些类似"社会不公""成人世界很虚伪"的"敌人"轰然坍塌了。从今以后，就算还有敌人，也是类似"功课繁重"这类真实的敌人。

"社会是很不公平，可是我只管做好自己的事情就好了"这句话表明，他已经意识到两个重要的道理。首先，他的人生需要他自己负责。就算他再埋怨社会不公平，再反抗社会，都改变不了这个事实。其次，就算他对主流社会的价值观不满，也不需要说出来，只要做好自己的事就行了。这时候，他发展出一种难得的能力——能够容纳矛盾，并在这种矛盾中培养出对自己的忠诚。这种忠诚是很坚实的，不需要通过顺从或反抗来确认，只需要容纳这种矛盾就可以了。

我认为，一个人获得身份认同的标志，就是对自己负责以及学会容纳矛盾。

获得了稳定的身份认同以后，他就不会过度地关注自我，过度在乎别人的评价，而是逐渐克服青春期以自我为中心的心理，开始参与真实的成人社会。

在咨询结束的时候，我跟他握了握手，说："欢迎来到成人世界！"

什么时候你最自由

● 崔庆龙

现在很多人想要攒够一笔钱后，去一座小城市过一种相对闲适的生活。如果在这样的生活中，能找到一种新的、可以带来"自我效能感"的生存状态，不失为一个好的选择。但如果这种生活让你失去了与社会的联系，或者失去了展示自己能力和价值的舞台，失去了过创造性生活的条件，那可能就不是一个很好的选择了。

我曾在微博上写过一句话："一个人最自由的时候，一定是用必要的约束组织起了混沌的松散的时候。"这句话谈到了对自由的体验。我认为，自由必然存在于一种恰当的限制之中。那种无须承担任何责任的大把时间，虽然能供我们尽情娱乐、放松，但在这样的时刻，满足感消逝得很快。我们很快就会感到无聊，甚至陷入空虚和抑郁。

我接触过一些实现了财务自由的人，他们完全不用再为经济回报而支出自己的时间。但最终困扰他们的是，不知道每天该给自己的生活安排些什么事情。如果你去关注这些人的生活，就会发现，他们要么做慈善，要么做另一种工作，比如乡村教师之类，一定会在社会上给自己找一个锚定点。人的存在感始终依赖于社会结构，无论他做的是什么。

限制虽然给人带来了约束，但也给生活创建了秩序。它让一个人不需要主动思考每天要去做什么，如何使用大块的时间。一旦你不能很好地支配时间，不能给自己的生活创建张弛有度的节奏，就会陷入某种心理困扰之中。

人要活在有张力的结构中，既有一定的压力，又能感受到松弛。恰当的结构可以让人持久地拥有一种舒适的生活体验。一个人面对限制，在情感上能够接受，并且有能力随时摆脱限制，这就是我们能够追求的最大意义上的自由。

第二章

等风来，不如追风去

选择的自由一直在你手里

● 谭洪岗

法国一部微电影，视角十分独特，用清晨浴室里的镜子，见证了男主角一生的经历。他每日对镜洗漱，抬头俯首间，从小男孩的纯真无邪，到青春期的满怀憧憬；热恋时，满心欢喜地将恋人的照片贴在镜子旁；成家后，在镜子前骄傲地举起可爱的小婴儿；人到中年，感情走到尽头，他烧毁昔日爱人的照片，一拳把镜子砸裂；时光如水，转眼他老了，佝偻、咳嗽着走出去，退场。

无须更多的故事情节，甚至无须人物的名字，5分钟的片长，几个片段便道尽了男主角的一生，戛然而止，又回味悠长。即便你离衰老的年纪还远，一样能体会到片中那不动声色的沧桑感——光阴似箭，人真的仿佛弹指间就会老去。

那面镜子，静默无言地陪伴了男主角的一生，而生老病死、悲欢离合这些人生境遇，是每个人必经的。始终不变的同一面镜子，映照出身体与情感的变化无常。恒常与变化，在同样的浴室场景里反复出现，极具张力。明白在处境、心情的变化无常中，始终有不变的东西在，便足以在世事的风云变幻中，拥有心灵的平静。

平日，我们容易只关注事物的变化，并且想要抓住那些美好的改变，抵制那些不想要的变化。于是一边慨叹世事无常、人心易变，一边努力打造合乎心意的长久安稳的处境与关系，但这往往以失望告终。有人感叹，人生好似冥冥中被看不见的命运之手推着走，控制不了

什么、主宰不了什么。也有人质疑：若生生世世都只是懵懵懂懂地来，浑浑噩噩、不明所以地走过一生，最终身不由己、不甘心却又百般无奈地离开，那人生的意义何在？

为了对抗无意义感、无力感，我们做了各式各样的尝试：为生活赋予自己认同的意义，按自己的方式去度过此生，尽力在世界上找到能长久甚至永恒存在的事物或理念，设法把原本易变的东西变得永恒……细看下来，在觉得生活与世界充满缺憾的同时，我们想要找到永恒和完美的那份愿望，倒是长存不变的。

愿望本身，如同一个召唤，召唤我们去寻找真正的出口。只向外看时，大环境的变化、他人的态度、自己的经历，确实好像都易变而不可控。直到你开始向内观照，才会意识到真正的，也是最简单的出路，原来在这里。试图改变世界、改变他人的确困难重重，除非你先成为想要带给世界改变的那个元素——想要生活中有更多和谐，你先要内心和谐；想要关系更加安稳，你先要内心安定。当你安定下来，身边环境、他人的变化，会自然而然地发生。若你心里充满不安和畏惧，很难靠别人来获得平静。

向内看时，每个人的内心，原本都有明镜一般的智慧——可以像镜子一样，清楚地映照出情绪的升起、变化、消失，各种想法的来来去去，言谈举止在情绪、观念的驱动下的显现。这明镜之心，可以表现为对自己想要什么、正在做什么有一份觉察。读过一段真实的故事，一个挨打长大的小男孩，十来岁就对自己发誓，长大了绝不像爸爸那样脾气暴躁，要友善待人。14岁时，他5岁的妹妹玩耍时摔倒，还磕伤出了血，小男孩的第一反应是想冲着妹妹怒吼：你怎么搞的？居然把自己弄伤了！好在片刻间他就感觉到自己的不对：我几年前就发过誓长大了不要像爸爸那样，可刚才我想冲妹妹吼叫，这是爸爸一向对待我的方式！他记起了自己真正的心愿，便友善地过去扶起了小妹妹。有明镜一般的觉察观照时，更容易表里如一，与真实的自己、真实的意愿一致，而不再内耗。

那明镜一般的心灵力量始终存在，而我们常常忽略、很少动用。失掉了明镜一般的观照觉察，你便容易沿着从小形成的无意识习惯、无意识观念往下走，用旧日的惯性视角去评断周边的环境和人，把累积的情绪、观念投射在他人与外部环境上，再跟随旧习惯去对自己的看法做出反应……在迷茫中不明白为什么许多努力没有回报、不被欣赏，不愉快的互动模式一再发生，仿佛被什么力量追逼着、压迫着无法安宁。你若忘记每一步自己都在无意中做了选择，并非被迫参与演出，就容易叹息世态的炎凉，怨责他人的反复无常、不可信任。然而，向内看，找回明镜一般的心智，就会知道，选择的自由，一直在你的手里。

浴室里的镜子可以打碎，内心拥有的明镜却始终如是，不受任何损伤。它像是所有声音背后宁静的背景，你可以为各种噪音所烦扰，也可以只是专注于那无边无际的宁静的背景，让当下安定下来。

在这份安定与宁静中，你容易听到自己真正的心声，也容易安心自在地去与每个人相处，去对待每一件事，也会把你的安详平和，带入你所在的世界。

看得见的运气，看不见的努力

● 杨 梅

《宋史》记载，樊若水是南唐时期一名普通的书生。当时南唐政治腐败，民生凋敝，像樊若水这样胸有鸿鹄之志的人却不被任用，连进士都考不上，他非常郁闷。他听说崛起于北方的赵匡胤有雄才大略，正招贤纳士，便产生了投奔的想法。

数月之后，樊若水抛家舍业，跋山涉水，一口气跑到大宋都城开封，然后向皇宫里递送了一封自荐信。读了自荐信的赵匡胤，竟仰天大笑，高呼一声："南唐李煜小儿，已尽入我袋中。"又当着文武百官的面拍板："人才难得，此人重用！"

而樊若水的人生，也就此飞黄腾达——先被特许参加进士考试，然后官至舒州军事推官，到任不久，又升任太子右赞善大夫。

樊若水的平步青云招来了其他官员的羡慕和忌妒，一封封弹劾批评的奏章呈上了赵匡胤的案头。

开宝八年（975年）十一月，大宋军队在樊若水的指挥下势如破竹，越过长江天堑，直捣黄龙，俘虏了南唐国主李煜。

原来，当樊若水决定投奔后，他就想给赵匡胤送上一份不同凡响的见面礼。经过深思熟虑，他认为大宋之所以长期攻不下南唐，绝不是军事原因，浩荡的长江屏障才是宋军最大的障碍。

樊若水颇懂兵法，也读过不少有关地理和水利的典籍，加上他长期生活在长江边，对长江的渡口、关卡、要塞等都了如指掌，便决定帮赵匡胤架一座浮桥。

在那个年代，要想在广阔的江面上架设一座浮桥，并不是一件容易的事。除了要有技术，还要有充分的物质保障。其中最关键的是，要得出江面的准确宽度，才能有针对性地准备架桥的物资，并在岸边搭建浮桥的固定设施。为掩人耳目，方便勘察测量，樊若水经人介绍，到具有地理优势的广济寺，当起了和尚。

一有机会，他便来到牛渚矶边察看地形，并暗自绘下图纸，标上记号。为了得到长江水面宽度的准确数字，他经常以垂钓为名，划着小船，带上长长的丝绳，在采石江面上不知疲惫地往返数月，反复测量。

为了给将要建造的浮桥做好固定，樊若水又向广济寺捐献了一大笔钱，建议寺庙用这笔钱在牛渚山临江处凿出一个个石洞，供奉佛像，名义上是保佑过往船只平安，实则是为宋军日后渡江做好准备。

他"请造浮梁以济师"的计策和精心绘制的堪称人类桥梁工程学新纪元的技术报告《横江图说》，令宋太祖惊叹。书信上不但有详细的施工规划与精巧的设计，就连采石江面上的水纹深浅都有标注。几乎每个字，都是他冒死在江面上往返勘测得来的。樊若水也因此被称为中国历史上第一座长江大桥的发明者和缔造者。

只需努力，无问西东

● 李玥

王子安永远忘不了那个下午，盲人学校的老师用很平静的语调，向这群有视力障碍的少年宣告："好好学习盲人按摩，这是你们今后唯一的出路。"

"怎么可能？！"

这个双目失明的男孩觉得自己突然"被推进无底的深渊"。

在盲人学校的楼道里来回走了许多圈后，10岁的他决定和命运打个赌，用音乐为自己找条出路。

2017年12月，凭着出色的中提琴演奏，18岁的王子安收到了英国皇家伯明翰音乐学院的录取通知书。他将于2018年9月前往这所世界知名的音乐学府。眼下，他正在加紧学习英语。

再把时间拉回到王子安10岁的那一天，从盲人学校回家后，这个男孩"惊诧又愤怒"地向父亲描述在学校的经历。

"你拥有选择的权利，没有什么是你做不到的。"父亲表情严肃，提高了声调。

王子安4岁时，父亲就说过同样的话。那时，只有微弱光感的王子安拥有一辆四轮自行车。父亲握住他的手，带他认识自行车的龙头、座椅、踏板。王子安最喜欢从陡坡上飞驰而下，他甚至尝试过骑两轮车，但有一次栽进了半米深的池塘。

从5岁开始，用双手弹奏钢琴，是他最幸福的事。88个黑白键刻进了他的脑子里，他随时想象着自己在弹琴。遇到"难啃"的曲子，老师就抓住他的小手在琴键上反复敲击。指尖磨破了皮，往外渗血，他痛得想哭。

"看不见怎么了？我的人生一样充满可能。"王子安用手摩挲着黑白琴键，使出全部力气按下一组和弦。

他有一双白净、瘦长的手，握起来很有力量。他从不抗拒学习按摩，只是他讨厌耳边不断重复的声音："按摩是盲人唯一的出路。"

在父母为他营造的氛围里，王子安觉得自己是个再正常不过的小孩。他和别的小朋友打架，也和他们一样坐地铁、看电影、逛公园。即使被别人骂"瞎子"、被推倒在地，他也只是拍拍身上的土，心里想"瞎子可是很厉害的"。

2012年，王子安尝试参加音乐院校的考试，榜上无名。不过，他的考场表现吸引了中提琴主考官侯东蕾老师的注意。

"音乐对你来说意味着什么？"面试时，侯东蕾问王子安。

"生命！"

这个考生高高扬起头，不假思索，给出了最与众不同的回答。

半年后，侯东蕾辗转联系到王子安的父亲，说自己一直在寻找这个有灵气的孩子，希望做他的音乐老师。

这位老师忘不了王子安双手落在黑白琴键上，闭着眼睛让音符流淌的场景，这是爱乐之人才有的模样。

听从侯东蕾老师的建议，王子安改学中提琴。弦乐难在音准，盲人敏锐的听觉反而是优势。

老师告诉他的弟子，音乐面前，人人平等，只需要用你的手去表达你的心。

但这个13岁才第一次拿起中提琴的孩子，仅仅是站立，都会前后摇晃，无法保持身体平衡——当一个人闭上眼睛，空间感会消失，身体的平衡感会减弱。为了练习架琴的姿势，王子安常常左手举着琴，抵在肩膀上好几个小时，"骨头都要压断了"。

最开始，他连弓都拉不直。侯东蕾就花费两三倍的时间，握住他的手，带他一遍遍游走在琴弦上。

许多节课，老师大汗淋漓，王子安抹着眼泪。侯东蕾撂下一句："吃不了这份苦，就别走这条路。"

母亲把棉签一根根竖着黏在弦上，排成一条宽约3厘米的"通道"。一旦碰到"通道"两边的棉签，王子安就知道自己没有拉成一条直线。3个月后，他终于把弓拉直了。而视力正常的学生，通常1个月就能做到。

但他进步神速。6个月时间，他就从中提琴的一级跳到了九级。

学习中提琴之后，他换过4把琴，拉断过几十根弦。他调动强大的记忆力背谱子，一首长约十几分钟的曲子，他通常两三天就能拿下。每次上课，他都全程录音，不管吃饭还是睡前，他总是一遍一遍地听。好几次他拉着琴睡着了，差点儿摔倒。

奋斗的激情，来自王子安的阳光心态。这个眼前总是一片漆黑的年轻人，从不强调"我看不见"。他自如地使用"看"这个字，"用手摸，用鼻子闻，用耳朵听，都是我'看'的方式"。

他也不信别人说的"你只能看到黑色"，他对色彩有自己的理解：红色是刺眼的光；蓝色是大海，是水穿过手指的冰凉；绿色是树叶，密密的，有甘蔗汁的清甜味。

他学会了自己坐公交车从盲人学校回家，通过沿途的味道，判断车开到了哪里——飘着香料味的是米粉店，混着大葱和肉香的是包子铺，水果市场依照时令充满不同的果香。

在车上，他循着声音就能找到空座位。他熟悉车子的每一个转弯，不用听报站，就能准确判断下车时间。

"人尽其才，有那么难吗？"

在"看"电影时，他安慰自己"只需努力，无问西东"。同时，他忍不住想象自己遇见梅贻琦校长，然后被他录取。

在第三次报考音乐院校

失败后，母亲发现平日里看上去没心没肺的儿子，会找个角落悄悄地哭。

有人劝这家人放弃："与其把钱打水漂，还不如留着给王子安养老。"

也有人建议王子安乖乖学习盲人按摩，毕竟盲人学校的就业率是100%。

在共青团主办的广州市第二少年宫，王子安得到很多安慰。当报考音乐院校失败时，这里的同学们会握住王子安的手，拍拍他的肩，或者什么话也不说，只是静静地陪他练琴。

广州市第二少年宫有一个由普通孩子和特殊孩子组成的融合艺术团，97人中70%是特殊孩子。这是一种在发达国家较为成熟的教育理念，让智力障碍、视力障碍、肢体障碍等有特殊需要的孩子与普通孩子在同一课堂学习，强调每个人都有优势和劣势。

在融合艺术团，王子安和他的伙伴登上过广州著名的星海音乐厅，也曾受邀去美国、加拿大、瑞士、法国等国家演出。他们中，有人声音高，有人声音低，但不妨碍每个人平等地享受音乐带来的快乐。

"虽然我看不见这个世界，但我要让世界看见我的奋斗。"在一次赴异国演出的途中，吹着太平洋的风，王子安挥动帽子，高声喊着。

2017年11月的那天，王子安站在英国皇家伯明翰音乐学院的考官面前。他特意用啫喱抓了抓头发，穿着母亲为他准备的黑色衬衫和裤子。他用半个小时，拉完了准备好的4首曲子。

"虽然这不是最后的决定，"面试官迫不及待地把评语读给他听，"因为你出众的表现，我会为你争取最好的奖学金。"

"我赢了。"灿烂的阳光下，他在心里放声大笑。

舒服的关系

● 林觉夏

张嘉佳在他的一部小说里讲过一个故事。

刘十三以前是个很害怕冷场的人，和朋友们在一起时，他总是最活跃的那个。只要看到没人开口说话，他就会找各种话题，开各种玩笑，玩各种游戏，总觉得不互动一下，场面就会太过尴尬。

有一次，他和两个小伙伴在一起野餐，他们围坐在酒精炉旁，不约而同地盯着酒精炉蓝色的火焰，听着气罐发出的声音。他们三个人各靠一边，一声不吭，但彼此之间的气氛并不尴尬。那一刻，他才突然觉得，原来人与人之间最舒服的关系，并不是一直热闹，而是可以冷淡的，可以一直不说话，也可以随时说话。

你或许也有过这样的感触：和特别要好的朋友在一起时，哪怕一整天不说话，彼此之间的感觉也是舒服放松的。

这样的关系，在别人眼中可能冷冷清清的，很有距离感，缺少温度。但在彼此的心里，或许是最好的相处方式。

说到底就是，舒服的关系，往往都有一点冷淡。这种冷淡，不是冷酷无情，而是知道不需要靠表面上的热络来维持彼此的关系。

陈佩斯在一段采访中，谈到和朱时茂的情谊时曾说过一句话："从来都不需要想起，永远也不会忘记。"

人生不设限

● 王宁　王若璐

不设年龄之限

95 岁应该是一个什么样的年龄？功成身退，安享晚年……这些都是很好的，可中国科学院院士叶叔华偏不。

年龄对她来说似乎并不是"该做什么，不该做什么"的限制，95 岁的她只要不出去开会，依然每天到上海天文台上班。在她看来，这种状态已经是"人生的一部分"。

几年前，叶叔华曾在一次演讲中说："其实不是说'我想做什么事'，只能说'92 岁的我还能做什么'。"

不设性别之限

叶叔华坦言，自己有时候是一个脾气很大的人，说到当年去紫金山天文台找工作的事情，她更是直言"气死了"。当时，她和丈夫程极泰一起去，对方说只招一个男的。"我当时真是生气死了，回去就写了一封信给台长，说你不该不请我，写了 5 个理由。"虽然后来仔细想了一下，觉得应该体谅对方的困难，但在她看来，"无论怎么难，你也不能说只招一个男的"。

后来，已经是天文台台长的她去法国访问，离别的时候，对方说为女天文台台长干杯。叶叔华听罢，直言不讳地说："可能若干年后，女台长会跟男台长一样多。"

不设困难之限

说起"天问一号""嫦娥探月""北斗"等工程，大家可能都听说过，但这背后的航天测控系统 VLBI（甚长基线干涉测量技术）网可能很多人并不知道。如果没有这个测控系统的精确护航，这些探测器就像没了眼睛。这项技术简而言之，就是把几个小的射电望远镜分别放在北京、乌鲁木齐、西安、昆明，联合起来达到一架超大望远镜的观测效果。

叶叔华最厉害的地方正是她超常的远见。"嫦娥一号"是 2007 年发射的，而在此之前的 30 多年，叶叔华就开始苦心布局、积极推动并最终建起了 VLBI 网。那个时候，几乎没有人理解这一切。

事实上，这件事的困难程度，叶叔华自己想起来都害怕。"我们平时用的设备也就十几厘米这么大（口径），你突然要 25 米，自己想想都害怕。"叶叔华说。

为了做出口径 25 米的射电望远镜，叶叔华冒冒失失地跑到四机部，问能不能造 25 米的天线。对方头也不抬，说："不行。"叶叔华没办法，后退了一步站在那里。"当时想的是申包胥哭秦廷。申包胥到秦国去请救兵，秦王不理他，他就站在秦国的朝廷上哭了几天几夜，眼泪都哭干了，后来秦王才答应他去救楚国。人家几天几夜都哭了，让你等一会儿就放弃了？"

叶叔华不肯就此罢休，她又站了一刻钟，直接问："我能不能见部长？"这个大胆的要求把对方也吓了一跳，但还是给安排了。等见了部长，部长很和气，听了叶叔华说的事情，立即答应了。

大概正是因为这样，上

有些路不能省略

● 龚细鹰

每年的9月3日，卡尔顿都会来到南迦·帕尔巴特峰。对着巍峨的雪山，他轻轻地说道："老朋友，你还好吗？我来看你了。"

10年前，卡尔顿工作的公司来了位日本工程师，名叫秋野。秋野爱好旅游，是个狂热的登山爱好者，他来巴基斯坦工作，主要源于对南迦·帕尔巴特峰的神往。南迦·帕尔巴特峰位于喜马拉雅山脉西段巴基斯坦境内，海拔8125米，因坡度小于珠穆朗玛峰而成为许多登山爱好者的挑战目标。

那年9月3日，经过充分的准备后，秋野与卡尔顿来到南迦·帕尔巴特山下。湛蓝的天空下，被积雪覆盖的南迦·帕尔巴特峰闪着圣洁的光芒。卡尔顿在山下随时注意天气的动向，秋野则一步一步地向山上攀登。

下午，情况突变，南迦·帕尔巴特峰被浓云笼罩。对讲机里传来秋野的声音："现在山上下起了大雪，风很大，能见度很低，我找不到路了。"秋野的声音被劲风吹得时断时续。

卡尔顿焦急地对他说："你赶紧下撤吧。"

"不，我再等等，已经爬了一大半了，我不能放弃。"秋野答道。

许久，秋野又对卡尔顿说："现在风小了，雪也停了，但山上还是阴云密布，看来今天不能继续登山了。今晚我就在这儿安营扎寨，明天再登山。"

卡尔顿立即劝阻他："不行，如果晚上再下大雪怎么办？你赶快下山！"

秋野在那边轻松地笑了："不，如果下去，明天我又要重走这段路。"

那一晚，天气奇迹般地好转，皎洁的月光倾泻而下，洁白的南迦·帕尔巴特峰在明月的映照下纯洁、安宁。秋野兴奋地把山上的美景描述给卡尔顿听。

第二天清晨，卡尔顿用对讲机呼叫秋野，对方却悄无声息。不久，噩耗传来，昨天晚上发生雪崩，秋野不幸遇难。

卡尔顿有三个儿子，每个孩子的成人礼，他都会带着孩子来到南迦·帕尔巴特峰，告诉孩子："在未来成长的路途中，你需要攀登许多高山，但一定要记住，当抵达胜利的峰顶无望时，应明智地选择撤退，养精蓄锐，在下一个适宜的时候进行新一轮的冲刺。不要惋惜以前的努力需要重来，有些路是不能省略的。"

海天文台的同事才会说："叶先生是个帅才，但是，她又是个急先锋。万事开头难，开头都是她打天下。"

就这样，先是在上海，再是在昆明、乌鲁木齐等地，叶叔华带领同事们一步步建立起了 VLBI 网，为我国的航天事业做出了很大贡献。

2022年，叶叔华95岁了，提到她心心念念的天文梦想，人们依旧可以在她眼中看到光，一如她所热爱的星河。

从"焦虑中心"走向"发射场"

● 吴 晨

中国的发展已经进入全新阶段，如果说过去30年是中国"从0到1"的高速发展时代，那么全新阶段则是"从1到100"的多样性发展阶段。在这一阶段，单纯的"教育改变命运""努力带来成果"的线性思维有可能已经不再适用。

在从工业时代向智能数字时代的大转型中，对人才的需求已经发生巨大的转变：在本科以上学历的就业者中，创新与创意将是他们的核心竞争力；制造业的产业工人也将从体力工作者转变为管理机器的技术工人，动手能力与专业素养并重；

服务业将创造更多就业岗位，人际沟通的能力是非常重要的从业基础。此外，团队协作、沟通技巧，以及终身学习的能力，都将是未来劳动者的必备技能。

规模与多样性

过去的100多年里，中国人经历了剧烈的社会变化。Z世代（指1995年至2009年出生的一代人）不但是第一个不再面临翻天覆地变化的世代，而且是一个从贫乏转向富足的世代。因此，他们会把这种富足当成理所当然。

但"70后"仍有的贫困

记忆，继而引发的财富不安全感与当下经济发展的不确定性勾兑，强化了"卷"是唯一出路的路径依赖。惯性加持的"卷"与"00后"新认知之间的冲突无法回避。

中国作为一个举足轻重的经济大国，需要审视规模与多样性这一组经常被忽略的关系，才能找到跨入全新发展阶段的门径。

怎么理解规模和多样性？讲一则"故事新编"：秦二世时，陈胜、吴广率领戍卒前往现在北京密云的渔阳。结果他们遭遇连日大雨，道路不通，被困在安徽宿州的大泽乡，无法按时赶到目的地。陈胜、吴广面临的是一项不可能完成的任务。

问题是，陈胜、吴广为什么会面临这个不可能完成的任务？这要从秦国向秦朝变化背后的规模倍增说起。秦始皇统一六国后，国土面积成倍增加，但推行的仍是旧历。秦国规模小，地理和气候的同质化程度较高，律法中关于戍边的规定是合理的。秦王扫六合之后，帝国内部地理与气候的多样性倍增，因洪涝和其他极端天气而导致的误工、误期却完全不在执法者的考虑范围之内。陈胜、吴广起义的现代化解读是：国土规模增大，复杂程度剧增，导致原本在秦国范围内行之有效的规则在幅员辽阔的秦帝国显得灵活度不足了。

规模和多样性是推动创新的关键概念。我们习惯于规模效应，却容易忽略规模扩大之后带来的多样性倍增，这就需要规则有灵活度，能够与时俱进。

理解多样性也有助于理解如何跨越"中等收入陷阱"。进入全新发展阶段需要跨越"中等收入陷阱"，许多人会简单地将跨越"中等收入陷阱"理解为：要么完成跨越，成为西方发达经济体的一员；要么跨越失败，成为以阿根廷为代表的拉美国家那般。用这种非黑即白、不进则退的方式理解"中等收入陷阱"，忽略了中国存在和面临的多样性。

这种多样性体现在三个方面：

首先，中国经济发展仍然很不平衡，区域差异和城乡差异仍然显著；城镇化进程远没有结束，仍然有大量机会吸引乡村的年轻人进城；改革的红利远没有用尽。无论是鼓励更加便于人口流动的户口制度改革，为新一代进城人口建立更为公平普惠的社会保障体系，还是解决留守儿童与流动儿童问题，都存在着巨大的政策发展空间。

其次，在数字经济发展领域，中国处于全球领先地位，这与许多跨越"中等收入陷阱"的国家有着本质的不同。在高科技发展领域，中国需要回答一个重要的问题——前30年的追赶和进口替代与当下的创新发展有什么不同？答案是，当下须走出路径依赖。追赶阶段的发展有明确的对标点，目标确定：学习最佳经验，争取弯道超车。创新发展的阶段则不同，一种情况是，未来的目标不确定，你在发展，别人也在发展；另一种情况是，技术已经领先，这就需要学会引领，构建影响力，建立全球标准，让更多人追随。这两种情况都需要我们放弃赶超的线性思维，拥抱"从1到100"发展过程所需要的开放心态和多样性思维。

再次，中国成长阶段的跨越是建立在全球互联互通的基础上的，贸易、金融、资讯和人员的交流，使得中国的开放程度远高于许多跨越失败的国家。坚持全球化和开放给中国完成跨越带来的助力不可小觑。此外，全球化让我们可以吸取更多失败的教训，而不再需要自己去试错。

从1到100

上一代人在竞争和赶超的过程中尝到了甜头，因此他们认为，努力就能获得成功。然而，他们忽略了自己所处的时代背景——外部持续稳定的全球化与中国"从0到1"的高速发展。大潮托起努力的人，但这样的大潮已经一去不复返。我们需要重新站在"1"上思考"1到100"的多样化发展路径。

担心被落下，希望高人一头。其背后既是对过去贫困生活的记忆犹新和缺乏安全感，也是对那种跨越式增长、爆炸式增长的怀念和渴望。两种预期都需要调整。

可以用四个关键词来形容全新发展阶段：发达、成熟、稳定和正常。但要达到发达、成熟、稳定和正常并不容易。更加富裕的发展阶段的一大特点是普通人的收入大幅提升，而直观影响则是人力成本的同步上升。发展不均衡的新兴市场或许可以做到鱼和熊掌兼得——最好的基础设施、最便宜便利的服务，但这只可能是发展过程中的一个阶段，不可能是最终的稳定形态。要么通过改革和发展变得更加富有，但也必须承担富有所带来的高人力成本；要么就得承受某种程度上持续的贫富差距和阶层分化，而这种状态不可能保持长期稳定。

发达，是指在物质条件和基础设施发达的基础上，构建普惠高效的社会保障体系和充满创新活力的市场体制；成熟，是指心态的成熟，不内卷，也不焦虑，当然，这也意味着慢条斯理、按部就班，成事的速度也相对缓慢；稳定，则意味着告别高速发展，不再有爆炸式增长的机会，当然也不再会有对财富安全、阶层坠落的担心；正常，则是工作与生活的平衡、金钱与金钱之外的意义的平衡、事业与理想的平衡。

从"1"出发需要回答三个问题：第一，如何成熟？答案是，不再将零和游戏的竞争放在第一位。第二，如何稳？答案是，提升更多人的生活水平，这意味着收入的大幅提升，也意味着我们要改变那种"既便宜又便利"的幻想。第三，如何正

常？答案是，让普通人觉得即使按部就班也能活得不错，用普通人而不是精英的视角去审视社会的发展。

告别焦虑

从宏大叙事回到个人视角，我们也必须回答当下最棘手的问题：如何告别焦虑？

我们可以用一个四象限图来形容每个人的处境。象限的横轴左边是确定性，右边是不确定性；象限的纵轴向上是个人的控制力强，向下是个人的控制力弱。在过去30年经济高速发展期，大多数人处于第三象限，虽然个人的控制力并不强，但是发展具有高度的确定性。我们把这一象限称之为"乘客"。经济研究中也有一个术语来描述这种状态——搭便车者，也就是你不需要为变革付出多少代价，却可以享受到变革的红利。换句话说，只要你付诸努力，就一定能收获成果。

当下普遍的焦虑源自我们许多人觉得自己已经从横轴的左边滑向右边，发展的不确定性爆棚。在第四象限，发展不确定、个人的控制力又很弱，这种状态被称

为"焦虑中心"。许多人为了避免焦虑干脆躺平，另一些人则希望通过更大的努力在既有的领域做出成绩来，结果二者都不满意。

怎么办？我的建议是，向纵轴的上方努力，进入自己可以掌控的领域。用计划代替期待，分清楚哪些是可以掌控的，哪些是无法掌控的，然后抓住自己可以掌控的领域多下功夫。这种改变的努力将帮助我们从第四象限上升到第一象限，虽然发展仍存在巨大的不确定性，但我们能创造一个自己可以掌控的小环境，第一象限又被称为"发射场"。最终，我们的目标是回到第二象限这个舒适区——自己的掌控力强，外部发展的确定性也高，但那需要假以时日。

很多时候，我们总觉得个人的力量很微小，集体行动并不会缺了我一个就做不成。其实，从"焦虑中心"走向"发射场"是我们每个人都能做到的。我们有的时候把推动集体行为的临界值想象得过高，在很多情况下，一个想法要得到广泛传播，只需一部分人开始行动就可以了。

我早已习惯一切艰难

● 徐竞草

1965年4月的一天，法国《普罗旺斯报》的主编下班后，发现妻子非常沮丧，于是询问其原因。

妻子告诉他，今天有一位81岁高龄的老妇人来他们家推销慈善日历，她接过日历，翻看起来，结果发现其中有一幅作品画的是普罗旺斯玉米地，那正是凡·高的作品。当她凝视这幅作品时，老妇人说道："我叫哈伯缇娜，这幅画的作者是我舅舅。"

凡·高还有一个尚在人世间的外甥女，这绝对是一个新闻。出于职业的敏感，《普罗旺斯报》主编第二天便去拜访了哈伯缇娜。她住在一个专门租给贫穷老人的廉租房内，就像凡·高在阿尔勒小镇时住的房间一样，这间房简陋无比，墙上贴着一张印制的凡·高油画《向日葵》。哈伯缇娜虽然穿得破破烂烂，但仍然气质优雅。

哈伯缇娜告诉他，她的母亲伊丽莎白，也就是凡·高的亲妹妹，在诺曼底的一个小村庄跟一个男人生下了自己。由于她是私生女，母亲并没有把她带回荷兰，而是交由当地的一名妇人来抚养。长大后，她得知自己的身世，也曾想回到荷兰找家人，但又怕凡·高家族不愿意承认她，"体面"的母亲不愿接纳她。

为此，哈伯缇娜只好忍下这一切，独自生活。不幸的是，35岁那年，一次严重的感冒几乎夺走了她的听力，她因此失去了工作，变得越来越贫穷。

直到生母去世后，哈伯缇娜才收到一封自称是她妹妹的人（名叫珍妮）的信。原来，母亲在生命的最后一刻才告诉珍妮，她还有一个同母异父的姐姐。在信中，珍妮承诺把母亲留给自己的遗产分一半给这个素未谋面的姐姐，但哈伯缇娜拒绝了。

哈伯缇娜一生都崇拜舅舅，为了离他近一些，38岁时，她辗转来到凡·高生前待过的普罗旺斯。为了谋生，她唯一能做的就是挨家挨户地卖慈善日历，而这一卖就是43年，风雨无阻。

主编将哈伯缇娜的故事写出来，刊发在《普罗旺斯报》上。当地几位知名画家读到后，感动不已，决定每年各卖一幅画捐助她。然而，哈伯缇娜再次拒绝了。她说："我已经80多岁了，早已习惯一切艰难。"

4年后，哈伯缇娜在廉租房里去世，只有《普罗旺斯报》的主编和当地的几名画家参加了她的葬礼。大家为她送上了一捧向日葵——那是她和舅舅心灵之间的桥梁。

成名无须趁早

● 冯 唐

无论是儿童还是成人，都希望快乐学习，趁早成名。但是，我不得不说，学习只有先苦后甜，成名千万要晚，成大事无捷径，快乐学习不太靠谱。

我举两个朋友的例子。

女书法家许静跟我说，她9岁的时候有一次去西安玩。西安是古都，有碑林。许静看到《多宝塔碑》，"哇"的一声就吐了，吐在自己衣服上，没吐在碑上。"为什么会吐？"我问许静。许静说："我从4岁开始练书法，我爸逼着我每天都要练，练了那么多次《多宝塔碑》，然后看到这个《多宝塔碑》，大脑还没来得及反应，小脑先反应，就吐了。"

另一个朋友赵胤胤，是钢琴演奏家。有一次，我问他："你爱不爱弹琴？"他跟我说："弹琴的人很少有爱弹琴的。"

再举自己的例子。我现在英语水平还可以，虽然口语并不标准，但是阅读能力、词汇量都还不错。小学的时候，我爸这辈子唯一一次逼我："你要学英文，学好了英文，才可以走到世界上看一看。"所以从我上小学四年级开始，他就逼我学英文。当时有一种英文教材叫《跟我学》，他非逼着我学。这种逼迫造成的后果就是，我对英文有极强的抵触情绪。我为了克服对英文的厌倦情绪，就找了一些英文原版小说，比如《简·爱》《德伯家的苔丝》《名利场》，逼着自己用对文学的喜爱来冲淡对英文的逆反情绪。

就算你的身心没有被这种日复一日的训练伤到，也要想到，你很有可能未来并不只做一件事——练书法、弹钢琴或学英文。如果你真的想做得特别好，其他学科也要相对全面发展，才有可能做到顶尖，做到未来的顶尖。

英文学不好的人，大多认为是自己的词汇量不够，其实这种想法是不对的，有时候可能是综合知识储备不够。比如"Mayflower"，每个词你都认识，但是合在一起的含义是"五月花号"。"五月花号"是怎么回事，它造成了什么后果，它之后有什么样的发展，你如果不知道，会让你的英文水平大大受限。还有，学英文需要一些所谓的人间智慧，你可能每个单词都认识，刚才说的背景知识也都知道，但你就是不知道这篇文章到底说的是什么。

除非你是绝世天才，否则趁早成名了，很有可能不得不"端着"，为所谓的盛名所累。

麦肯锡公司有一个"上升或者出局"机制。我第一次升项目经理时，没有升上去，当时有点儿沮丧。后来我的导师就跟我说："工作是马拉松，有可能你要以10年、20年为单位来奋斗，给自己一个学习、实践的过程。你以为懂了，很有可能你还没有真懂。让你迅速上位之后，你德不配位，会被这个位子、被自己的名声累坏。"

"成名趁早"这句话害人，希望你听进去我说的这些话。不见得要放慢脚步，但请放稳脚步，一步一个脚印，慢慢地往前走。

那个摔倒了 200 多万次的人

● 马宇平

2021 年 7 月 24 日，东京奥运会女子柔道 48 公斤级 16 强淘汰赛"空场"举行。刘磊磊和妻子相丽挤在山东青岛自家超市的收银台前，捧着手机心惊肉跳地观看比赛。

他参与过 4 个奥运会周期的备战。他与 27 枚金牌有关，但又似乎无关。

一

刘磊磊从不主动向外人提起从前的日子。若有人问起他曾经的工作，他只说，"当过运动员"。

曾经，他每天被摔 300 到 500 次，摔了 16 年，摔倒 200 多万次之后，刘磊磊在 32 岁那年退役了。

他是金牌陪练，但几乎没有人想到，他是被"骗"进国家队的。

刘磊磊出生于青岛农村。14 岁时，他身高已经到 1.8 米，体重接近 100 公斤，一顿饭能吃下百余个饺子。镇上开运动会，他手里的垒球和铁饼总是飞得最远。

那时刘磊磊家里没有电话，他被"选中"的消息先由学校老师带到妈妈卖衣服

的商场，随后转到爸爸修车的工棚。最后，邻里乡亲几乎都知道了，他们说："磊磊要去北京了，要有出息了！"

"我要拿世界冠军，为国争光。"饯行时，刘磊磊当着亲朋好友的面保证道。

那是 2001 年，刘磊磊第一次出远门。火车转汽车，最终在北京奥体中心停下，他从门卫口中第一次听到"国家队"三个字。"国家队又来新人了。"门卫说。

同他第一个交手的是佟文。他还在担心"把人家女孩子摔坏了怎么办"时，现实已经狠狠把他砸在柔道垫上——佟文抓住他的衣领，使出一招干净利落的外卷入，他防不住，身体在空中画了一道弧线，"眼泪一下子就摔了出来"。

那时刘磊磊还不知道，这里是国家女子柔道队，佟文当时已是全国冠军。

两个月后，他和同批来的其他 3 名男队员才意识到"被骗了"。女队员住两人间，他们挤在放着上下铺的四人间；训练课上，他们站在一旁等候"召唤"，教练们只给女队员讲解动作要领。

训练之余，他还是女队

员们的保姆、按摩师、裁缝和司机。刘磊磊不愿意做这些，但他害怕教练。

"先忍，总会有机会。"他心里憋着火，攒着劲儿，"卧薪尝胆"。他想，要先狠狠摔倒女队员，"连个女孩子都摔不过，太没面子了"。

二

半年后，和他一起从柔道学校选来的陪练迟福明退出了。刘磊磊也想走，但不知道怎么和教练开口。他也怕折了父母在老家的面子，"毕竟吹了那么大的牛，说要代表国家去比赛"。

一年多后，以刘磊磊的身材和体重优势，摔倒女队员不再是难事。但他清楚，自己没有机会去男队当运动员了，他只是"陪练员"。

转折在2003年到来。刘霞在世界大学生运动会上斩获冠军，刘磊磊被安排捧着鲜花和教练徐殿平一起去接机。他高兴，但"纯粹是因为青岛老乡夺冠"。

接过花，1.78米的刘霞搂住刘磊磊的脖子。她说："谢谢你磊磊，金牌也有你的功劳。下一个目标是雅典奥运会，咱俩一起加油。"

这个场景被刘磊磊刻在了心里，他没有想到，在刘霞心里，那块金牌竟也与他有关。刘磊磊下定决心好好为刘霞陪练，"反正自己没希望了，就把希望寄托在她身上"。

三

运动员的苦他看在眼里。

女子柔道队的队员加起来有70多人，大赛前超过100人。备赛时期，其他运动员和十几位陪练员几乎都围绕主力队员进行训练。

刘磊磊和其他陪练们的任务是帮队员把撒手锏练得更刚猛。主力队员佟文擅长背负投和外卷入。"技术定型"时，陪练们要站到她顺手的位置，主动伸手，在她抓住自己的衣襟或袖子后，加强力量对抗。

"不是说她技术对了我就顺着力被摔过去，一定是步伐、技术都到位，对抗的力量爆发出来，我才能把这个技术给对方。"如果对方做得好，他爬起来后会鼓掌叫好，"和她摔，但不是为了赢她，而是帮助她"。

他每天被摔倒几百次，有时一堂课下来就能摔到两条腿肿得不一样粗。不能喊疼，这是当陪练的最基本要求，"队员会心疼我们，我

们不能让她们因为心疼而手软"。

陪练们也不会"手软"。队员再累他也不会"放水"，"我只会鼓励她"。要调动队员的情绪，让她看见赢的希望，但又不能赢得容易。

运动员减重他也要陪着。为了能上奥运会，刘霞要在四五个月内减重16公斤，参加78公斤级比赛。刘磊磊也要减重，而且必须要比主力队员减得快。他每天靠早晨两个鸡蛋加一碗小米粥支撑一天的训练，1个月实现减重30公斤的目标。

处于减重期的刘霞在训练时泄了劲儿，刘磊磊从空中摔了下来。为了不砸到运动员，他用右肘支撑着着地，导致右肩韧带撕裂。事后，他找队医连着打了几天封闭针，没在刘霞面前吭一声。

他的右腿断过，肩、腰、膝盖都有伤，阴天下雨时关节会痛，茧子从脚底爬到脚面。这些伤口也被他视为荣耀，"这么多年，我没让一个队员在和我练习时受伤"。

他也得到了很多馈赠。女队员们会把发的装备分给他，给他买衣服，拿了冠军，兴奋地抱着他摇晃，也

有人从自己的奖金里分出来一部分给他。他不在意数额，"那是一份心意"。

他被江苏队借走当陪练时，认识了妻子相丽。相丽退役那年，他们在老家办了婚礼，回北京又请了两拨儿。其中一拨儿是教练和领导，教练抢着结了账，没让小夫妻掏一分钱。请队员那天，原定的20人的座位挤了40多人，运动员不能在外边随便吃肉，大家就在火锅里涮着青菜祝福他们。

四

以往，队员们外出比赛时，其他保障人员就回到原单位。队里会选一个人留守看家，刘磊磊总被认定为最合适的人选。时间最长的一次，他独自待了一个多月。

雅典奥运会时，刘磊磊看了刘霞决赛的直播。对手用钓袖背负投将刘霞摔倒，"一本"取胜。刘磊磊愣在电视机前，他平静不下来：对手变换了技术和打法，自己在训练中为什么没有想到？

颁奖仪式上，一枚银牌挂在了刘霞的脖子上。国旗升起来时，刘磊磊流泪了。"我那时候觉得这是我的遗憾。"

在那届奥运会上，刘霞一共打了5场比赛。对战荷兰选手时，她被对手用固技固定在垫子上21秒。按当时的规则，被固定25秒就输了。刘霞背部朝上，她翻眼睛看着天花板，"那么多白炽灯，我想这可是奥运会，输了就淘汰了，我所有吃的苦、遭的罪就都白费了！"她不知道哪来的劲儿，翻起来把对手固定住，赢了那场比赛。

那些惊险和逆转，刘磊磊都是在运动员回国后才知道的。有人调侃陪练，离冠军很近，但离赛场很远。

刘磊磊觉得好的陪练员必须具备两种特质：一是不能有私心，对所有运动员要一视同仁；二是不能有杂念，要彻底断了自己拿冠军的念头。

北京奥运会，女子柔道队拿下3枚柔道金牌，刘磊磊激动不已。他迫不及待地给母亲打电话。"高兴过头"的他戳穿了自己撒了7年的谎——我一直在女队，我是她们的陪练。

父母的"金牌梦"碎了。他们不再主动打电话问儿子"啥时候拿冠军"，也不想听他讲和柔道冠军们一起去人民大会堂领奖的事，连柔道比赛都不再看了。

他们唯一一次来北京，是因为儿子的婚事。刘磊磊带他们爬长城，逛奥体中心，但避开了柔道训练的场馆。他不想让父母看自己陪练，被摔。2019年，父亲生病去世。刘磊磊最遗憾的是，父亲一次也没看过自己训练。

国内外大赛一个接一个，主力队员也换了几拨儿，刘磊磊成了女子柔道队里的老人。家人不停地催他退役。因为"连着两届奥运会都没拿到金牌"，也因为"伤病太多，体力跟不上年轻的队员了"。

五

刘磊磊退役时，走得悄无声息。

他去领导办公室签了字，趁着队员们都不在的时候坐上返回青岛的火车，没有朋友圈里发一条有关的信息。

家里也没给他办接风仪式。与送他去北京时的心气儿不同，"我爸妈觉得我的工作没有什么价值，对我特失望"。

刚退役那会儿，他经常叹气，早晨一睁眼就不知道该干啥。刘磊磊有"很多值得自豪的事"想讲给父母听，但父母不感兴趣，他话到嘴边又都咽了回去。

那件绣着国旗和他的名字的白色柔道服被束之高阁，一本32开的相册和一张"北京奥运会突出贡献个人"的证书是他过去16年陪练生涯的全部证明。

一期讲述他的陪练故事的电视节目要播出时，他给父母打开电视，自己却紧张地逃出家去。他算着时间，等节目播完了才回家。父母的反应出乎他的意料，母亲红着眼眶，父亲冲他竖起大拇指。这是他多年想得到的，"让家人认可我工作的价值"。

现在，他每天凌晨3点40分起床，4点钟到达批发市场拣货，5点30分拉开超市的门。午睡时间是在国家队时就固定下来的，困意袭来的时间比墙上的表还准。

有时，下午他会去家附近的柔道馆教小朋友，和孩子们一起享受柔道。在全是小朋友的柔道馆，他给孩子们讲柔道中的"礼"。每天踏上柔道垫，将鞋子工整地放到一边，队员鞠躬行上垫礼，训练和比赛开始、结束时，还要对老师和对手行礼。一堂训练课下来，要行6次礼。

柔道馆墙上"精力善用，自他共荣"8个大字，正好诠释了刘磊磊心中柔道的魅力。16年的陪练生涯让他感觉"什么苦都能吃"，也学会了尊重自己，尊重别人，尊重对手。"不管你的对手是谁，你一定要和对方一起来完成这件事，一起达到人生的顶点。"

让他遗憾的是，过去16年里没多拍点照片。北京奥运会时，有场比赛他们到得早，趁着场地没人，他站上领奖台，手捂着绣在柔道服胸口位置的国旗，想象自己夺冠的场景。队友们笑他，他立刻跑下来，那个珍贵的场景也没有被拍下。

有人问他："如果人生再来一次，想不想自己当一回运动员？"

"想！"他停顿了一下，眯眼笑着点头，"我也想靠自己登上那个领奖台。"

与自己谈话的能力

● 周国平

有人问犬儒派创始人安提西尼，哲学给他带来了什么好处，回答是："与自己谈话的能力。"

我们经常与别人谈话，内容大抵是事物的处理、利益的分配、是非的争执、恩怨的倾诉，以及公关、交际、新闻等等。独处的时候，我们有时也在心里说话，细察其内容，仍不脱离上述这些，因此，实际上也是在对别人说话，是对别人说话的预演或延续，我们真正与自己谈话的时候是十分稀少的。

要能够与自己谈话，必须让心从世俗事务和人际关系中摆脱出来，回到自己。这是发生在灵魂中的谈话，是一种内在生活。

与自己谈话的确是一种能力，而且是一种罕见的能力。有许多人，你不让他说凡事俗务，他就不知道说什么好了。他只关心外界的事情，结果也就只拥有仅仅适于与别人交谈的语言了。这样的人面对自己当然无话可说。可是，一个与自己无话可说的人，难道会对别人说出什么有意思的话吗？哪怕他谈论的是天下大事，你仍感到是在听市井琐闻，因为在里面找不到那个把一切连接为整体的核心，那种照亮一切的精神。

"熬"出来的光阴

● 赵青航

大学毕业时，小Y没通过司法考试，只得和几个朋友一起租房准备第二次司法考试。那时候他的想法很简单：如果实在太笨而考不过，就滚回老家。

那段时间他日日早出，夜夜晚归，埋头苦读，最后3个月每天几乎除了吃饭睡觉就是在看书。成绩揭晓时，他喜极而泣，以为从此能在律师之路上一帆风顺。

小Y先是在一家大型律师事务所实习，师父是他的老乡。他满心欢喜，干劲十足，哪怕整日在装订案卷都觉得获益良多。他每天听着喜欢的歌出门，挤着早高峰的公交，在路上解决早饭，晚上在朋友的健身房里打地铺。因为加班过度，他得了胃病，一个月暴瘦20斤。即便如此，那时出现在我面前的他，仍旧是个热血青年。

3个月后的一天，一盆冷水猝不及防地泼了下来。师父说他的学历不符合事务所的招聘要求。他忍不住给我打电话，难过得哭了。离开那天，他买了两大盒巧克力，分给事务所里的小伙伴，还打趣说要回老家结婚了。

小Y回家养了两个月病，家里拗不过他，还是放他回城里了。他很感谢那时候给他看病的医生，因为医生跟他母亲说："孩子待在家里心情抑郁，就更不利于恢复了。"

说到这里，我不禁想起了另一个伙伴小Z的经历。那年冬天，小Z踏上了开往北京的列车，刚下车就直接奔赴招聘会。招聘会8点开始，他不到6点就站在门口等着了。北方冬天的清晨寒风刺骨，加上第一次自主择业的迷茫，他蹲在展览馆的铁门前，感到很无助。他向每个与律师工作沾边的招聘柜台双手递上精心制作的简历，却瞬间被北大、清华等著名学府毕业生的简历所淹没。

北漂期间，孤独和寂寞时常侵蚀着小Z

脆弱的心。他曾向一位在北京当律师的王姓老乡求助。他鼓起勇气，拨通了王律师的电话，先自我介绍了一番，再说明自己目前的处境，以为可以达到"老乡见老乡，两眼泪汪汪"的效果。不料，王律师说自己很忙，让他等电话，说完就挂了电话。小Z一个星期都没等到电话，他以为王律师确实很忙，于是又拨打他的手机，但就是没人接。一连打了几天都是如此。

再说回小Y。小Y回城后，进了一家律师事务所。事务所主任告诉他实习律师的待遇会比较低，请他考虑清楚，他当即表示接受。后来他才知道，原来待遇真的很低，每个月扣除社保后工资只有500元。为了省钱，他准备了一个巨大的矿泉水瓶，每天早上带去上班，下班时从单位的饮水机接满水后带回住处，这样够他喝一晚上。

那会儿事务所刚搬至新址，还没有招聘前台工作人员，他就被安排坐前台，有当事人来咨询，他就负责接待。几个月后，他赚了一笔300元的咨询费，为了犒劳自己，他破例奖给自己一碗牛肉面，狠狠地解了一回馋。

平时，小Y帮所里的律师同事跑腿。没钱打车，他就骑着电瓶车穿梭在街道上，夏天晒个半死，冬天冻个半死。有次骑车摔伤了，他在床上躺了一星期，不愿意告诉家里，结果半夜里起床上厕所时又重重地摔了一跤，坐在地上起不来。那一刻，他的眼泪止不住地流了下来。原来，外面的世界可以这么无奈。

因为看病养伤花了一笔钱，小Y只好搬到地下室住了。而小Z也与地下室有过亲密

"接触"。他在广投简历后便焦急地等待面试电话。他最初住在城郊一栋楼的地下室，那里没有信号，担心有面试通知时打不通他的电话，他只能常在户外溜达，时刻等待电话。

后来，小Z又陆续住过好几个地下室。他最受不了的是地下室的潮湿和阴冷，洗好的衣服只能拿到地面上去晒。地面上没有晒衣服的地方，他就找一个公园，把刚洗过的湿漉漉的衣服挂在树杈上。担心衣服被人拿走，他只好在公园的树荫下站着等，直到衣服晒干。但并非每次都有空闲的树枝，去晚了，就只能把衣服放在台阶上晒，遇到下雨天就自认倒霉。

小Y也说，他很多次想放弃都市里的律师工作，想回老家，却总是不甘心。他代理的第一起案件源于他坐前台时接到的一次电话咨询，通过两个小时的沟通，电话那头的客户逐渐信任了他的专业能力，约他面谈。起初他以为这只是一起简单的小案，结果成功办结此案竟耗时两年。其间，因对方提起了反诉，又不断补充证据，他三赴福建调查取证，法院先后开了5次庭。而他仅收取了最初与客户谈好的5000元代理费。案子办完后，当事人对他说："咱们再签一份顾问合同吧！"为这个案件辛苦了那么久，小Y总算有了新的回报。

前段日子，小Y收到几份胜诉的判决书，也签约了几家顾问单位。这几天，他搬离了律师助理专属的格子间，搬进装饰一新的办公室。

事务所的新人跑去问他："Y律师，你业务做得很好啊，这些年是怎么过来的？"他笑着说："熬过来的。"

没有比人更高的山

● 杨书源

2018年5月14日上午10时40分，原国家登山队队员夏伯渝成功从珠穆朗玛峰南坡登顶，成为中国双腿截肢者登顶珠峰的第一人。

这一刻，距离他首攀珠峰，已过去43年。1975年，夏伯渝作为国家登山队的一员攀登珠峰，在遭遇暴风雪后下撤的途中，将睡袋借给藏族队友，自己的双腿因冻伤被截肢。

此后，一位穿戴假肢的人，开始了和这座世界最高峰的不懈角力——他坚持训练直至残肢受损，不得不进行第二次截肢手术；他5次向珠峰进发，前4次均因自然原因被迫下撤。

媒体蜂拥而至，期待一位征服者的英雄形象。

"其实我一路感受最多的是恐惧。"夏伯渝只是微笑，说道："多亏我这次赶上了好天气。"

荣耀登顶

一位截肢者，当真是靠自己登顶珠峰的？

夏伯渝一行4人，除了他与摄像师，另两位为夏尔巴人向导。他们属于珠峰南坡在今年的登山季迎来的第一批攀登者，距离今年搭建登山绳索的夏尔巴人先头部队，只相差了6个小时。

"云里面是一座座的小山头，我们一路爬，一路看着太阳从身边一侧渐渐升起来了。"夏伯渝对沿途风景的描绘实在平淡。

即将登顶，最后的10多米，一起攀爬的其他团队的登山者都在为他让路。他记得，其他人缓慢离开登山的唯一绳索，辟出一条窄窄的通道。这短短的10多米，一路上响起了此起彼伏的掌声。

他登顶之后最先做的，也是他记忆最深的，是通过珠峰大本营的电话连线，给远在北京的妻子打电话。"我终于登上了珠峰的顶峰，实现了41年的梦想！"他在对讲机里喊得响亮，事后才发觉，一激动把数字说错了，应该是43年，不是41年。

停留在海拔5360米处珠峰大本营的人们听到了夏伯渝一行人登顶成功的消息，开始持续敲击锅碗瓢盆以示庆祝——这是夏尔巴人对每一个登上珠峰的生命的礼赞。

回忆这些时，夏伯渝正坐在北京市海淀区家中的轮椅上，冻伤后缠着纱布的两侧脸颊还在流脓，缠着绷带的手指有好几处冻伤发黑的地方。他把两次截肢之后剩余的半截小腿，轻轻往茶几上一靠，假肢就倚在墙角。

一路之痛

"我看到他在脱下假肢检查的那一刻表情复杂。是上，还是下？勇气裹挟着恐惧共同存在。"全程跟拍的摄像师卢华杰，亲眼见证了夏伯渝攀登中的迟疑时刻。

他的镜头常常对准老夏的双腿。离开珠峰大本营后不久，夏伯渝的假肢就歪了，肌肉和假肢的摩擦处起了血泡。而为了防止血栓复发，他一直在服用可以溶解血栓的药。也就是说，血泡一旦破裂，他很可能因失血过多而发生不测。

对双腿截肢者而言，其实下山比登山更艰险。

夏伯渝准备了两段白胶布，随时准备用捆绑残肢的办法，强迫残肢进入假肢套内。但由于小腿残肢当时已严重充血肿胀，他无法在下山路上将其固定进假肢内。"残肢和假肢的连接方式，变成一个上下移动的活塞。"

一路之痛，难以想象。

他的假肢常常深陷冰雪的裂缝里，只能靠向导把裂缝挖得大一点，使假肢可以缓慢拔出。

"一旦假肢彻底从脚上脱落，我就会冻死在那里。没有人帮得上忙。"从珠峰顶到海拔7790米的C2营地之间的距离，就连直升机也不能停靠，徒步是上山下山的唯一方式。

其他登山者走一个小时的路，他动辄需三四个小时。徒步下撤到C2的最后一段路，夏尔巴向导提示夏伯渝——只剩10分钟的路程，可夏伯渝走了整整3个小时……

没有"如果"

在大本营敲击锅碗瓢盆的人群中，有夏伯渝的儿子夏登平。这是他第一次亲临父亲攀爬珠峰的现场。

1984年，夏伯渝的儿子出生。夏伯渝坚持要在孩子的名字里用上"登"字。夏伯渝的妻子特地为孩子撰文并画了一本十几页的连环画《登山的人》，讲述夏伯渝的登山故事。只不过，她用了一种克制收敛的方式。在夏登平的印象里，母亲要传递的观念是登山是一项危险的

运动。夏登平如今在一家知名互联网公司当软件开发工程师，体能很好的他并未从事运动行业。

或许是命运使然。1974年，体力、耐力超群的夏伯渝被国家登山队的免费体检吸引，机缘巧合，从青海省的专业足球运动员培训班被选入登山队。

"我们要创造世界上登上珠峰次数最多的国家的纪录！"夏伯渝至今记得登山队的这句口号。

1975年，中国登山队决定选派100多名运动员第二次向珠峰发起挑战，夏伯渝也在其中。他记得当时作为第二突击队的队员，还承担了运输科学考察仪器和摄像的任务。

作为先锋部队，夏伯渝一行9人遭遇暴风雪。一位藏族队员因为体力不支，弄丢了睡袋，体力保存尚好的夏伯渝决定在晚上睡觉时让出睡袋。没想到，在次日一整天的攀登之后，夏伯渝的双脚被彻底冻伤，截肢成为唯一的选择。

夏伯渝记得，截肢后，他在病房里看电视时看见了队友登顶的消息，心情复杂。

1975年登顶之后，队友们纷纷回到家乡，渐渐失去

联系，也很少听说有人再次登顶的消息。但对夏伯渝而言，一切才刚刚开始。

"如果当时和他们一起到达顶峰，我就不会再爬了。"夏伯渝极其坦率地道出两种假设，"如果提前知道会截肢，我不会做出这样的决定"。

但人生从来没有"如果"。

"简单"梦想

在公众面前，夏伯渝很少提起自己接受第二次截肢手术的往事。

1975年，做第一次截肢手术时，他没有选择最安全彻底的截肢部位。"我是运动员，肯定希望能保留的肢体部分越多越好。"当时的截肢部位，被确定在脚面和部分脚趾处。

然而，由于他之后仍长时间坚持高强度赛事训练，双脚受损日益严重，直至1994年，不得不再次接受截肢手术，截肢位置大约在小腿一半的地方。而在两次手术中间，他又经历了无数次磨骨手术……

夏伯渝在首次截肢后进了国家体育总局登山运动管理中心，从事文职。几乎同时，他进入国家残疾人体育训练队，篮球、乒乓球、铁人三项、攀岩……几乎把所有体育项目摸了个遍。

夏伯渝直言："我的梦想很简单——从哪儿跌倒，就从哪儿爬起。"面对仍心心念念要登顶珠峰的老大哥，面对当时可怜的假肢制作条件，众人只能以沉默应对。

"我做第二次手术是为了能更好地继续运动……"夏伯渝说到这里，停住了。

2006年，新西兰登山家马克·英格利斯成为世界上首位登顶珠峰的双腿截肢人士。夏伯渝得知后赶紧发去邮件，迫切地询问："假肢无法为身体提供感官知觉，该用什么办法体会攀登时的各种危险？如果登到山顶，假肢忽然失灵了怎么办？"

这位新西兰的登山者给夏伯渝回复了邮件，答案却是无解。

五次攀登

"一切都结束了！"卢华杰听到夏伯渝疲倦地说了这句话。

对夏伯渝而言，2018年他第5次尝试攀登珠峰或许是他此生的最后一次。4月初，当他到达珠峰大本营时，夏伯渝曾对一同前来的朋友柯庆峰说："爬了那么多次珠峰，我第一次感觉到

身体冷。"

柯庆峰正在拍摄以夏伯渝为主人公的纪录片并担任制片人。身为企业经营者的柯庆峰从未涉足过纪录片领域，认识夏伯渝七八年后觉得，这或许是他这一辈子唯一想拍的人。

2008年，奥运火炬传递到珠峰大本营，需要寻找志愿者。夏伯渝报名了。面对阔别已久的那座山，他说自己"回来了"。他甚至在那一刻产生错觉——顶峰，从大本营望去，仿佛近在咫尺。

2011年，首届世界残疾人攀岩锦标赛，年逾六旬的夏伯渝参赛，成为年龄最大的选手，并获得速度和难度的两块金牌。

2012年，他有一种强烈的预感——无论是目前自己穿戴假肢的技术，还是攀登珠峰的时机，均已成熟。

2014年，他再度攀登，因为雪崩不得不中途下撤；2015年的攀登季，到达珠峰大本营后却遭遇尼泊尔大地震。"我差一点儿在大地震里遇难。当时我就在帐篷里，一大块冰山塌陷，几乎所有的帐篷都倒了，唯独我的帐篷没有倒……"

2016年，是他距离顶峰最近的一次，仅剩下94米，

但他决定下撤。"暴风雪太大，如果是我一个人，或许就上去了。但还有5位给我带路的夏尔巴小伙子，我还是放弃了。"

那是他一生中最艰难的一次下撤。回到北京后，夏伯渝的双腿，由于经常在极寒天气下从事极限运动而患上了严重的血栓，被医生下了禁令：永远不准再进行极限运动。

他在最初的那几个月反复告诉儿子："我再也不想爬了，太累了……"

那一年，出于登山爱好而原本愿意全额资助夏伯渝登顶的企业家，也缩小了资助额度。夏伯渝只得拿出20多万元的积蓄。精力、财力，正在一点点被这座山耗尽。但出院后的夏伯渝，最终还是改变了主意。"上次不能登顶是天气的原因，不是我自己的问题。"他反复告诉自己。

今年的这次出发，得到了柯庆峰从财力到人力的全面支持。临行前几个月，夏伯渝每天清晨4点起床锻炼，每天保证至少5个小时的运动量。

3月31日出发当日，他向家里人交代了一番：自己买了什么保险，什么时候该缴水电费，一些不常用的物品摆放在哪儿……

"我心里就那么一座山。"他的话，与英国登山家乔治·马洛里留下的一句名言颇为相似——"因为，山在那里。"

沉默是语言之母　　● 周国平

我不否认人与人之间有沟通的可能，但我确信其前提是沉默而不是言辞。

梅特林克说得好："沉默的性质揭示了一个人灵魂的性质。"在不能共享沉默的两个人之间，任何言辞都无法使他们的灵魂沟通。对未曾在沉默中面对过相同问题的人来说，再深刻的哲理也只是一些套话。一个人对言辞理解的深度取决于他对沉默理解的深度，归根结底取决于他的沉默，亦即他的灵魂的深度。

所以，在我看来，凡有志于探究人生真理的人，首先要有的功夫便是沉默，在沉默中面对灵魂中真正属于自己的重大问题。到他有了足够的孕育感并因此不堪重负时，一切语言之门便向他打开了。这时，他不但理解了有限的言辞，而且理解了言辞背后沉默着的无限的存在。

沉默是语言之母，一切原创的、伟大的语言皆从沉默中孕育而出。但语言自身又会繁殖语言，与沉默所隔的世代越来越久远，其品质也越来越退化。还有比一切语言更伟大的真理，沉默把它们留给了自己。

只要开始就不算晚

● 林特特

十几年前在家乡，他是一名汽车修理工。一天之中最惬意的事，莫过于收了工躺在床上，拧开收音机的开关，在一副副好嗓子中，展开无垠的想象。

他也有一副好嗓子。如果不是初中毕业就开始工作，他大概会学播音，然后坐在主播台前，对着话筒，隔着透明的玻璃窗，向导播示意……

一天清晨，他在一片空地"练声"。说是练声，其实，既没有专人指导，也没有专业的理论知识。他只是凭着自己的直觉，找张报纸或拿本杂志，挑些喜欢的文章去读。

有一天，有人路过那儿停下来听他朗读。"小伙子，你要不要来我们电台试一试？只是没有钱。"对方抱歉地说，他忙不迭地答应了。

为此，他必须起得更早。早点去修车，以期在下午3点前结束一天的工作。当然，也睡得更晚——电台给了他一个时段（晚上12点到1点），没有钱，但他开始拥有自己的听众。

很长一段时间，他做两份工作，这两份工作他都处理得很好。只有一次，他听说邻市有一个短期的播音培训班，为期一周。请不了假，他便不要当月的奖金，旷工去参加。待走进教室，他发现，他是求学者中年龄最大的。

那时，他26岁，在小城大部分同龄人已结婚、生子，而他却揣着一个主播梦。

后来，工厂倒闭，他拿着3.6万元的补偿金去了北京。

"知道我当时是怎么准备成人高考的吗？很多年没上学了，别说考试，阅读都有障碍。于是，我每天4点多钟起床，在路灯下读英语，再用一整天的时间做数学题，抽空练声。下午在食堂上自习，这样，晚饭才能抢到最便宜的菜。室友们都劝我，那么拼命干吗？考的是成人大专，等毕业时，你已经30岁了。可我顾不了那么多。我想好好学播音，我想坐在主播室，哪怕30岁才开始。"他坐在透明玻璃窗前和我说这些时，导播正在一旁调试设备。

这是中央人民广播电台的演播室。他已经在这儿工作了13年，眼下，正主持着一档读书类节目。今天，我是他的嘉宾。

他告诉我，从进台起，他就被称为"哥"，因为那一年参加招聘被留下来的8个人中，他年龄最大，已经30岁了。我很好奇："你年龄最大，学历最低，主考官看中了你的什么？""我的声音、经历——我在求学期间不断做兼职，四处配音。"他顿了顿，说，"这说明我适合这份工作，热爱这份工作。事实上，当年进入台里的8个人中，现在还坚持做主播的只有我一个。"那天，在节目的最后，他总结道："只要坚持，人生终究会有不同。功名，或许从来都眷顾愿意付出的人。"

情绪稳定是最好的修养

● 白枫麟

林语堂先生曾说过："一个心地干净、思路清晰、没有多余情绪和妄念的人，是会带给人安全感的。因为他不伤人，也不自伤。不制造麻烦、也不麻烦别人。某种程度上来说，这是一种持戒。"

每个人都渴望成为情绪稳定的大人，优雅从容地应对世间的各种挑战。然而，现实却常常事与愿违。不知从何时起，我们的情绪变得极易波动，一点小事就能掀起内心的惊涛骇浪。别人一个微妙的眼神，会让我们坐立不安；一句无心的话语，能令我们辗转反侧。哪怕是一件稀松平常的小事，也会在心中耿耿于怀，烦躁一整天。

现代人为何如此容易动气呢？

生活节奏的加快、竞争的日益激烈以及压力的不断增大，使得人们的情绪变得紧张、焦虑。在这个信息爆炸的时代，每天接收着海量的信息，其中不乏负面内容的冲击，这无疑进一步加剧了情绪的波动。同时，人际关系错综复杂，沟通障碍与误解时有发生，这也使得情绪冲突增多。此外，个人的心态、性格差异以及情绪管理能力的缺失，都是导致情绪不稳定的重要因素。

在人生旅途上，我们遇到最大的敌人，不是挫折，也不是失败，而是情绪失控。尼采在《善恶的彼岸》中说："如果情绪总是处于失控状态，就会被感情牵着鼻子走，丧失自由。"情绪若不加以管控，就会成为洪水猛兽，吞噬掉原本幸福的人生。

每当情绪即将爆发的时候，"情绪管理"显得尤为重要。

情绪管理，即调配个体情绪的能力。当我们意识到自己有情绪时，完全有机会选择回应方式，而不是陷入情绪的漩涡无法自拔，要学会从愤怒中抽离，掌握情绪的主导权。

所谓"情绪稳定"不代表没有脾气，更不是压抑自己的心情去迎合别人，而是在坏情绪产生时，能够冷静思考，不被其左右，从而做出明智的决策。我们有权利表达自己的感受，但也要尊重他人的立场。在坚持自己原则的同时，也要学会理解和包容他人。

蔺相如因完璧归赵一时名声大噪，引起了名将廉颇的妒忌。面对廉颇的挑衅，他没有被愤怒冲昏头脑，而是以大局为重，处处避让。得知真相后的廉颇被蔺相如的大度所折服，负荆请罪，两人共同为赵国的稳定做出了贡献。

蔺相如的情绪稳定，展现了他的高尚品德和卓越智慧。正如林语堂先生所言，情绪稳定的人不会给自己制造麻烦，他们的内心像宽广的河流一样，容纳生活中的波澜而不失其宁静本色。

情绪的产生是本能，而管理好情绪才叫本事。情绪稳定，对成年人而言，不仅是一种持戒，更是最好的修养。

在安徽省桐城市，有个独特的景点——六尺巷。

这条宽不过 2 米，长度不过 100 米的巷子，却是 3A 级景区，吸引着远近闻名的游客，以它为名的歌曲《六尺巷》曾经登上春晚的舞台。它还是《大清名相》《倾宁夫人》等影视作品的取景地。

在六尺巷的太湖石上，刻着一首通俗易懂的《让墙诗》，吸引游人的驻足。

这首诗背后，是一个发人深省的故事。

在六尺巷形成之前，这里只有一个窄窄的巷子，巷子两边分别住着张家与吴家两户人家。

随着双方人口增多，两家府邸几次扩建，巷子窄到只有一尺来宽，两家人心里都因为这逼仄的巷子窝着一股火。

有一年，吴家的围墙年久失修，请了工匠来修葺。没想到工匠偷懒，没有整理原来的地基，而是直接在原来的位置又往外扩展了半尺，重新砌墙。这下两家之间的巷子更加逼仄了。

张家家丁看到吴家越界，就告诉了管家。管家气不过，带着家丁和吴家人起了争执。工匠害怕挨罚，不承认越界，反而指责张家仗势欺人，不准他们砌墙。

双方争执不下，最后惊动了两家主人。结果各说各的理，张家说吴家不守规矩，吴家一口咬定张家仗势欺人。

过于较真是一种病

● 蓝羽

事情得不到解决，两家人干脆将这件事告到了衙门。地方官也知道这两家势力大，哪边都不敢得罪，干脆推说生病，不肯审案。

当时，张家出了一位大人物，就是张廷玉的父亲张英。张英当时担任文华殿大学士、礼部尚书，是位高权重的实权派人物。

张家人也是较真了，见地方官不肯审案，干脆给张英写了封信送到京城，让他给地方官发函审案。

张英收到信之后，没有以势压人，而是写了一首诗寄回去："一纸书来只为墙，让他三尺又何妨？长城万里今犹在，不见当年秦始皇。"也就是现在的"让墙诗"。

这首诗的意思就是劝家人不要太较真，即使如同秦始皇那样的人物，也早都烟消云散了，何况是这几尺地的位置呢？

张家人收到信之后，领会了张英的意思，主动将围墙向后退让了三尺。吴家人看到张家人的举动，又听说了张英的来信，也很受触动，同样把围墙后退了三尺。

就这样，两家人之间多出来一条宽六尺的巷子。这就是"六尺巷"的来历。

如果张吴两家继续较真，针锋相对，轻则让那条窄巷彻底消失，两家口角不断；重则彼此结仇，声名尽毁。

正是因为张英的豁达、不较真，才成就了如今的"六尺巷"，也成就了一段佳话。

永远不要提前焦虑

● 亦 文

你身边有没有这样的朋友：害怕自己不受欢迎而诚惶诚恐，总是为自己在社交和工作中的表现而担忧不已？这都是提前焦虑的表现。

在生活中，人最大的愚蠢就是为距离2小时和8公里之外的事情担忧。

英国首相丘吉尔在接受采访时曾说："当我回顾我所有的烦恼时，总会想起一个老人临终时的故事。他认为生活中所有担忧的事情，大多数都未曾发生过。"

提前焦虑，完全没有必要。

对于明天和未来可能遇到的事情，只存在两种情况：

第一：根本不会降临，提前焦虑只会给自己增加情绪负担，造成内耗；

第二：事情注定要发生，提前焦虑也无法改变结果。

解决提前焦虑的办法有很多，其中最简单的便是付诸行动。

有一位记者接到报社总编分配给自己的任务，让他去采访一位著名的法官。结果记者觉得自己资格不够，害怕法官会拒绝自己，就和总编说自己无法胜任。

结果总编当着记者的面，拨通了法官的电话并报上了记者的名字。当他说明采访来由后，法官很快就回复了接受采访的时间。记者这时候才发现自己的提前焦虑是杞人忧天。

行动，可以让人关注自身，聚焦问题本质，不再把眼睛和耳朵聚焦在别人的评论中，也不会再去设想一些尚未发生的事情。当人具体去做一件事情的时候，你会发现80%的担心都是多余的。永远不要提前焦虑，不管我们如何用力摇晃今天的树，明天的叶子也不会提前掉下来。

习惯提前焦虑的人，不过就是想多要一些"确定性"，给自己一定的安全感。而真正的安全感，是允许一切发生。容易抑郁的人，往往活在过去；容易焦虑的人，常常活在未来；那些淡定从容的人，则懂得活在当下。人生是用来体验的，无须追求完美。允许遗憾、丑恶、虚伪存在，也允许付出没有回报。允许是一种接纳，带着遗憾前行，并不影响下一次绽放。

生活中，对于不可控的事情，我们要保持乐观的心态；对于可控的事情，我们要持谨慎的态度。人生很长，事情很多，过度在意，鸡毛蒜皮的小事也能成洪水猛兽，释然接受，风雨过后就是天晴。

生而为人，认真和看淡并存，执着和勇敢同在。凡事竭尽全力，而后顺其自然，面对一切都能保持自己的节奏，这才是最好的人生。

改写命运的逆袭

● 施晶晶

回忆童年，姜雨荷用"野孩子"来评价自己。

姜雨荷的父母都是农民，农活繁重，顾不上督促她和两个哥哥的学习。农民家庭出身的孩子，帮忙做家务是他们免不了的义务。现实环境所限，加之爱玩的天性，小孩子往往很难用好的学习习惯约束自己。用姜雨荷的话来描述，就是"除了正儿八经在学校的时间，其他时间基本上都不学"。

课堂上，她坐不住，数学课尤其听不进去。越往后学，跟不上进度的感觉越强烈。

初一的时候，她试过重新开始，硬着头皮学。起初效果不错，班主任也觉得她是个好苗子。可后来，她和留级的两个同学玩到一起，又将学习放到了一边。初三那年，姜雨荷没有参加中考。她不想上高中，也觉得自己考不上，何必浪费钱，于是拿到毕业证就走了。

父母劝她读个高职院校，可那时，她对学习只剩厌倦。世界那么大，她想去外面闯荡，就和亲戚一起坐上了去东莞打工的车。

回去上学

到了东莞，姜雨荷才发现，这里虽然工厂多，但好一点的岗位普遍都要求高中及以上学历。为找工作，他们还遇到了不靠谱的中介，险些被骗。

最后，还是她自己去厂区一家家看，才进了一家电子厂，成为工厂流水线上的女工。

上工的时候，她要重复一个固定动作：一只手从流水线上抓起五六个手机外壳，另一只手用海绵砂在边角上打磨抛光。10秒左右就得换一把，一天要干十几个小时。

刚开始，姜雨荷觉得自己还能跟上速度。后来她才知道，那条流水线上，几十号人都是和她一样的新手。大家渐渐上手之后，她形容流水线的速度"快得要命"。

头一个星期，干流水线的辛苦，转化成了切身的酸痛，早上醒来，"骨头都跟散了架一样"。一个月下来，工资也只有4000元。日子久了，她越发不甘心。自食其力的新鲜劲儿过了，工厂里的闲聊不再好笑，更多的是"满嘴跑火车"，对她没什么帮助。

流水线上的未来，她一眼就望得到头。"我还这么年轻。"姜雨荷想要重新开始。

体面的工作仍然不好找，而这一次她告诉爸妈："我要回去上学，学一门技术。"

2018年3月，姜雨荷结束了半年的打工生活，进了河南化院。

唯一的选手

恰当的选择，良好的机遇，常常是改变命运的两个必要条件。来到河南化院，姜雨荷正赶上了好时机。

那年，学校刚准备从头培养自己的职业技能参赛选手。之所以如此，是因为在这之前，半路介入、培养别人家的学生，效果并不理想。不仅短时间内很难提升选手的实操水平，外校选手和教练之间也缺乏足够的信任，沟通执行多有障碍。他们这才退回到竞赛选拔的起点，把愿意深入学习的学生选拔出来，成立培优班，再从培优班里选苗子。

不同于选拔运动员，他们看的不是骨骼天赋，而是有没有上进心，再考查动手能力、心理素质、体能水平。几轮筛选过后，20多名学生被选了出来，姜雨荷就是其中之一。

集训初期，姜雨荷的成绩排在中游，学得也挺吃力。

化学实验室技术，要用到很多仪器。做化学分析、实验测量、色谱分析，有很多细致的步骤。称量、萃取、分馏、加热，出手要快准稳，还要拿捏好时间，追求精准度。

教练王振峰以"称量"举例，少了0.1克，后续的测量就不准了。称量3次和10次才取准，又有不同。做化学滴定，读数更要精确到0.01毫升……技术含量，就体现在精准度上。精准是应用的要求。分析检验是科学研究和工农业生产的眼睛。"如果分析错误，可能导致企业生产出好几吨不合格的样品，那是浪费。如果环保检测不准确，原本合格的企业可能就要关闭整改。"王振峰解释，它要求从业者有扎实的理论基础和更高的技能水平。

比赛时，标准比这更高。一项最基础的任务做一两个小时，再正常不过。比赛历时3天，要做十几个小时的实验。

训练既苦又累，就有选手受不了，主动退出；要么就是在月度考核中，被动淘汰。参赛名额有限，竞争总是残酷的。到了2019年年底，校集训队只剩2名选手，姜雨荷占得一席。训练继续，这时仅有的2名选手里，另一个男生也放弃了。他是上一届比赛的选手，比新人姜雨荷训练时间更长，原本有望成为这一届比赛的主力，但他没能坚持下去。他告诉教练，自己要去找工作。于是，姜雨荷成了唯一的参赛选手。

"很多时候我觉得我能坚持下来，更多是出于一种责任心。如果我放弃了，谁再去做这件事情？"姜雨荷坦言。

成了唯一，姜雨荷的心理发生了奇妙的变化。教练王振峰看在眼里："那个男生走了以后，我明显感觉到她更自信了，敢发表自己的意见。"教练龚玉印也看到了姜雨荷的变化，之后的省赛，她的成绩一直领先，还能和第二名的选手拉开不小的分差。这个河南化院唯一的选手，又拿到中国队在该项目上唯一的参赛名额，去冲击世界技能大赛。

教练全力以赴

在夺冠之路上，不只是姜雨荷，她的三位教练也全力以赴。她一个人在实验室操作实训的日子里，教练们一直都在，给她出考题、做指导。

主教练贺攀科，是她眼中"无所不知"的人物。"我问过他的问题，他没有一个说不会、不懂，再难他都能查资料，找到答案，然后很明白地教给我。"姜雨荷说。

在生活上，哪怕做实训到下午1点多，教练也会等着她，或者帮忙带午饭回来。在那些难熬的苦训里，教练的陪伴和指导，也打消了姜雨荷想要放弃的念头。她不是一个人扛下来的。

准备全国赛的时候，三位教练给姜雨荷设计了很多新题，训练她的应变能力。

"出新题的过程我们自己也要去试，确定这道题能做了，再让她做。我们能想到的题目她都做过。"龚玉印说。后来参加世界技能大赛，遇到新题型，姜雨荷便能很快进入状态。

世界技能大赛的考题是用英文出的，参赛选手得先看懂题目，才能操作。而实验报告也要用英语写，这是世界大赛和国内比赛最明显的区别。

对很多大学生来说，英语都是块难啃的骨头，更何况是初中毕业的姜雨荷。

当时，三位教练一起教她专业英语。为了让姜雨荷更早适应世界大赛，教练早早地把之前出的题，翻译成英文，让她去做；再把出现频率高的单词摘出来，让她去记。后来，正好学校竞赛办公室有老师留学归来，教练们就请她来教姜雨荷口语，让她从26个字母、音标开始学。

当然，更多时候，还得靠姜雨荷自己。英语是座大山，搬走它，没有捷径，要像愚公移山一样，一词一句去记，一步一个脚印。世界技能大赛特别赛上，她提交的英文实验报告长达11页。当时，姜雨荷看到，母语是英语的外国选手，向她竖起了大拇指。

教练还把姜雨荷送到学校的合作单位上岗实习，在岗位上体验更真实的工作状态。这些用心安排的训练方法，让姜雨荷明白，自己该往哪里使劲儿。

是训练，更是教育

培养姜雨荷，学校投入了很多资源，但这份聚焦是纯粹的。龚玉印说，一开始，他们没想过只用一届的时间，就把奖牌选手培养出来，他们想的只是"放长线""先打基础""摸着石头过河"，然后姜雨荷出现了。

终点处的奖牌意味着什么呢？回头去看，过程中体现的细节颇显珍贵。它让姜雨荷和教练的关系，不只停留在技术层面的"训练"。比赛虽是目标，但培养的过程，回归

了"教育"。

在这个过程中，有传统的题海战术。但另一边，在技工学校的大环境当中，他们通过选拔赛手，营造出带有"精英教育"色彩的局部气候：它要求更高，覆盖的学生数量很少，但资源丰富，个性化和目的性更明确。

"但是你反观这个体系，确实有它的好处，一个人经历层层的选拔后，其个人能力、心理素质会发生由量变到质变的成长。"王振峰引着我去看，和受训的学妹站在一起，年龄相仿的姜雨荷，显然更像个老师。

姜雨荷更自信了，这是王振峰和龚玉印几次提到的一个变化，而不自信，是很多技校生的共性。当然，对姜雨荷来说，自信也不是偶然出现的，而是一点点被唤醒的。起初，姜雨荷还不会解一元一次方程，但王振峰从头教起，发现她一点就透。教练就夸她，而信心就是在无数被鼓励、被认可的瞬间培养出来的。在比赛中赢得名次，是更显著的认可。持续积极的反馈，也会让她相信，只要花点心思，踮脚够一够，就能摘到金苹果。

有人问过姜雨荷，当初为什么愿意进河南化院的培优班。这个姑娘其实想得极其简单，培优班管饭，"我就是奔那顿饭去的"——这是姜雨荷真实又可爱的一面。

但后来就不一样了。"学校花这么大精力，三位老师培养一个学生，她确实也觉得这是一个很好的机会，她自己会花心思，后边就能明显感觉到她进步很快。"王振峰说。

金牌之外，过去十多年间，也许从未有人如此细致、持续地关注她、指导她、鼓励她、认可她。

这个姑娘让我们看见，即便处在一个不高的起点，绕了点远路，但只要融入一个适合自己的教育环境，仍然可以改写命运。

在交响乐团中工作得越久越会发现，西方古典音乐作为以前的欧洲贵族专属娱乐，现在已经如同雨水一样，渗透到了社会的每一个阶层。

一个夏天的午后，天降暴雨，几名环卫工人如同被雨打湿的鸟儿一样，在公司的廊下呆站着等雨停，我们把他们请进来避雨。当时正好有一组音箱被运进来，几个技术人员围着一堆线材在高高低低地调音，音箱里面反复播放的是拉威尔的《波莱罗舞曲》，我们在旁边嘻嘻哈哈，说一些"听音箱可大有讲究，水电太冷，火电太热，只有新疆的风电蓬松柔软，最合适"之类装腔作势的冷笑话。

一名环卫工老伯背着手凑近看了一会儿，忽然嘟囔了一句："长颈蛇在蜕皮。"见我们都回头看他，他略有点不好意思，指着音箱解释道："这首歌，听起来像一条长颈蛇在蜕皮，蜕完之后，还是一条蛇，没得啥子变化。"

这下所有人都听懂了。这首《波莱罗舞曲》，同一段旋律反复折叠，小军鼓连续不断地敲击相同的节奏，

真正的命运不会礼貌敲门

● 赵远山

让整个乐曲显得又优雅又诡异。一段旋律结束之后，另一种乐器上场，又是相同的旋律，听起来确实像一条蛇在蜕皮，蜕完之后，蛇的形状并未发生改变。

如果专业的音乐人来描述这首乐曲，他说不定可以从曲式结构、配器手法、和声节奏、音乐色彩等方面，洋洋洒洒写出上千字。

我们乐团每个月都会举行一场音乐会，结束之后一般都到夜里十点多了。有一次打车回家，在路上和司机师傅聊起来，他对我们公司每个月举行一场古典交响音乐会这件事充满好奇，又说自己不懂古典音乐，但很愿意跟我聊一聊。

然后他问了一个老生常谈的问题："怎么才能听出作曲家到底想表达什么呢？"

这个问题太"东亚"了，司机师傅有典型的做题思维，觉得一切都得有个正确答案，答对了得分，答错了丢分。我说那些作曲家早都去世了，他们想表达什么不要紧，要紧的是你听音乐时自己的感受。

他不肯放弃："比如贝多芬，在《命运交响曲》中我知道他想表达的是什么意思，但在其他的曲目中，我不知道他想表达什么，这要怎么听？"

我说其实也不是，《命运交响曲》这个名字跟贝多

芬没什么关系，贝多芬自己写的时候，写的是《第五交响曲》，"命运"这两个字是后来的出版商为了提高销量特地取的，相当于一个营销方案。前面那段世人皆知的"登登登登"，为什么非得是命运来敲门呢？是濒死的时候自己的心跳声可不可以？当然可以！是早上睡过头突然听到的闹钟铃声可不可以？当然可以！

这位中年司机想了想，说道："你说得对，命运来敲门，说明'这个命运'很有礼貌，但真正的命运，一般是不会这么有礼貌的。"

我一听这话都惊呆了，看来这位跑夜班的出租车师傅，是个有故事的人。"真正的命运是不会这么有礼貌的"，这句话如果被失聪的、在海利根施塔特写下绝望遗书的贝多芬本人听到了，估计他也得将这位师傅引为知己。

有这等领悟力的人，何愁听不懂古典音乐？

在工作中听过那么多音乐，我越发知道，一部音乐作品好不好，不在于专业人士是否做出分析和赞美，而在于作品是否具有打动人心的力量。这种力量来源于何方？也许就来源于作品中蕴含着的某种人类共通的情感，来源于真实的人性。

市井中的百姓，他们每天都在跟生活实实在在地打交道，不矫情虚伪；他们对音乐的理解，就是对自身的理解，对生活的理解。

读书和不读书的区别

● 于　游

1. 我读到《天龙八部》里的人物阿朱、阿紫的时候，会觉得，不就是两个随随便便的名字嘛。

朋友：金庸真是个厉害的人，有个成语叫恶紫夺朱，结合小说情节来看，这两个名字取得真有意思。

2. 我听到"天青色等烟雨，而我在等你"的时候，会觉得，嗯，中国风，美。

朋友：古代的烧窑技术是无法控制湿度的，天青色这种美丽的色彩需要等到难得的细雨天气才能烧出，这句"天青色等烟雨，而我在等你"实在是太美了。

3. 我看到电影《盗梦空间》结尾的时候，会想：嗯，陀螺应该没停……哎，不对啊，它摇摇晃晃又像要停的样子，最后到底停了还是没停啊？

朋友：所有听觉、视觉、触觉，最后都是以脑电波的形式进入大脑中的。梦里的所有感受，不也是脑电波吗？他（主角）本就是个造梦高手，本就分不清楚这是现实还是梦境，所以只要他生活得快乐，陀螺是停了还是没停，重要吗？

唯有更远才够远

● 邢洁

2018年3月26日，脸书上一则简短的消息在全球越野圈荡起涟漪："著名的加拿大耐力跑运动员盖里·罗宾斯第三次尝试巴克利100英里（约161千米）超级马拉松失败，宣告今年的巴克利马拉松无人完赛。"自1986年巴克利马拉松第一次开赛以来，只有15人成功跑完全程，完赛率不到1.3%，其间有多达十几届无人完赛的"辉煌"纪录。

巴克利马拉松的路线设在美国田纳西州东部的冰顶州立公园内，全长100英里，选手要绕20英里起伏很大的山道跑5圈，比赛限时为60个小时，累计爬升超过18000米，相当于在60个小时内连登5次富士山。不仅如此，许多路段达到每千米上升488米的陡峭度，且布满粗大的荆棘和断树。这场比赛既没风景，又无标记，荒凉得仿佛与世隔绝。每年3月底至4月初是田纳西州的雨季，气候多变，温差悬殊，选手们注定要在早春的凄风冷雨里，在湿滑陡峻的山路上苦苦寻觅挣扎，拖着僵尸般疲惫麻木的躯壳，与迷路、断粮、失温、脱水乃至幻觉纠缠搏斗。常

有选手因为极度的脱力而直接栽倒在赛道上昏睡过去，磨伤、刮伤、跌伤、刺伤、咬伤更是家常便饭……赛事对于选手的要求极尽严酷苛刻之能事。参赛者必须遵从主办人加里·坎特雷尔设计的一套"冷血"规则：第一，禁止陪跑和后援，赛道上只有两个补水站；第二，每一圈的全部装备补给都需要选手自己全程携带；第三，除纸质地图和指南针之外，不准携带包括GPS在内的任何智能定位设备；第四，除了艰难行进，每一圈还必须找到事先藏好的7~13本旧书，

并收集对应参赛号码的书页，以证明自己确实严格遵照了错综复杂的比赛路线。另外，赛道几乎每年都要加入新的山头，以增加难度。

巴克利马拉松赛的成立源于一宗越狱事件。1977年6月10日，马丁·路德·金的刺杀者詹姆斯·雷从邻近冰顶州立公园的一所监狱越狱，54个小时后他被成功缉获。令人惊讶的是，整整54个小时，他竟然只逃到了距离监狱12千米的地方。当警犬发现他的时候，他已经伤痕累累、奄奄一息地倒在树丛里。不得不佩服当年监狱选址人的眼光，巨大阴森的不毛之地让人难逃它的魔掌。田纳西本地的马拉松选手加里·坎特雷尔从这次事件中获得了灵感，于是，一项"荒诞"的赛事——巴克利马拉松，就在这片丛林里诞生了。因此，也有人说，巴克利马拉松根本不是比赛，它是一条越狱之路。

1995年，英国人马克·威廉姆斯没有像其他人那样，认为自己"完赛100英里是不可能的"，他用时59小时28分钟跑完全程，成为历史上第一个完赛巴克利马拉松的人。

布雷特·毛内斯或许是坎特雷尔最不愿意见到的人。2011年，毛内斯首次参加巴克利马拉松就成功完赛，2012年不仅第二次夺冠，还创造了保留至今的52小时3分钟的成绩纪录。坎特雷尔当年曾放言："要是给我54小时，我能走出100英里。"可事实证明他输了，他这个创始人在巴克利马拉松的最好成绩也只有一圈。他没想到，他当年做不到的事情，毛内斯却做到了。

巴克利马拉松史上最伟大的参赛者是现年38岁的美国人杰瑞德·坎贝尔。他于2012年、2014年和2016年三次完赛。他曾说："在巴克利，可能一坨鸟屎都会让你无法完赛。路段陡峭，你需要用屁股顺势滑下，或抓住多刺的树枝攀爬，这不是传统用脚跑的马拉松，这简直是在与恶魔斗争。"

33年来，参赛选手中不乏世界级超难赛道的冠军选手，还有不少户外耐力达人，然而对近99%的参赛者而言，失败是注定的结果。巴克利马拉松的选手们都非常清楚，这项比赛的设计理念就是让他们不可能完赛，但他们仍然满怀热情，一次又一次地回到比赛的起点。2009年的完赛选手安德鲁·汤普森就是一个例子，他第10次挑战巴克利马拉松才获得成功。

巴克利马拉松的赛道越来越长，爬升道路越来越陡，完赛率永远无法提高。然而今天绝大多数失败者所表现的能力，早已大大超越了早年的选手，甚至是完赛者。因此有人打趣说，这项赛事也从某个角度记载了一段人类耐力极限的进化史。

"只有那些愿意冒险走更远的人，才有可能发现一个人可以走多远。"巴克利马拉松就是这样的存在。你必须跑得快，哪怕会随时崩溃；你必须睡得少，哪怕会随时昏睡；你必须在彻底绝望下开始新的一圈，哪怕你铁定无法按时完成；你必须走得更远，因为唯有更远才够远。

一次又一次与不可能抗争，与不可能的信念桎梏抗争，是这场看似简陋而荒谬的超级马拉松比赛最为激动人心和难以企及的闪耀之处。

停止抱怨，是人生成功的开始

● 雅玥凝馨

在日常生活中，我们常常能听到各种抱怨之声，有人抱怨工作繁重，有人埋怨命运不公，还有人感慨生活不如意。

然而，过度沉溺于抱怨，只会将宝贵的人生虚耗在无端的指责与负面情绪中。

为什么那么多人喜欢抱怨？

从心理学角度看，抱怨是一种投射机制。当我们无法直面自己的欲望时，便会将内心的不安与焦虑等负面情绪转嫁给他人，以减轻心理压力。虽说抱怨在一定程度上能缓解压力、减轻心理负担，但过犹不及，一旦沉溺其中，便会形成阻碍我们走向成功的屏障。所以，即便抱怨对改善心理压力有一定帮助，我们也应适度使用，以免耽误人生。

生活中的不如意，并非全然由外部因素所致，自身的态度与行为也起着关键作用。只有停止抱怨，正视自身不足，以积极心态勇敢面对生活中的挑战，人生之路才会一片光明。

弘一法师曾言："你接纳什么，什么就消失，你对抗什么，什么就存在。如果你不明白，你的敌人是你自己，你会把所有的时间精力，用在改变别人，到最后发现自己一无所得。人一定要停止抱怨，向内求，不要看别人的错，你所看到的其实都是你的因果，越是在意，越适得其反，一念放下，便是晴天。"

他停止抱怨的方法是接纳问题、审视自我、放下执念。

遇到问题不应逃避，而要主动接纳，存在即是合理。人生不可能一帆风顺，当问题出现时，逃避只会让问题滞留在原地，而接纳则是解决问题的第一步。审视自我，是停止抱怨的关键。我们常常习惯于将目光投向外部，指责他人的过错，却忽略了自身的不足。正如弘一法师倡导的"一念放下，便是晴天"，放下执念，心灵就会变得轻盈，能够以更加宽广的视野和从容的心态看待生活中的种种。不再被过去的遗憾和未来的担忧所困扰，而是专注于当下，珍惜眼前的美好。

莫让抱怨吞噬心灵、阻碍前行之路。当负面情绪涌上心头时，不妨深吸一口气，冷静下来，用理智与积极的思维方式，将不如意扼杀于摇篮。停止抱怨，需不断修炼强大内心，以积极心态面对生活的一切，这才是人生成功的开端。正如泰戈尔所言："如果你因错过太阳而哭泣，那么你也将错过群星。"

在人生的旅途中，抱怨只会让我们陷入泥沼。而停止抱怨，用行动去改变，用积极去拥抱，我们才能收获成功的硕果，领略生命的璀璨之美。

输了以后怎么办

● 查非

贝多芬式的故事

失败是从小拇指尖入侵人生的。早上例行练琴，钢琴家莱昂·弗莱舍发现，自己的右手小拇指懒洋洋地趴在白键上不肯使劲儿。它不疼，也没有伤口，只是指尖稍稍有点麻木，弹不出标准音。没过多久，右手无名指也跟着偷懒，像躲在战壕里不愿冲锋的逃兵，蜷缩成一个圈，不肯叩响琴键。

钢琴家生气了。那是 1964 年，36 岁的弗莱舍即将迎来自己钢琴生涯的 20 周年纪念，他有整整一年的巡演计划。换作其他人也许会停下来休息，但他是一个苛刻的完美主义者，他开始了更高强度的练习。

这是他从 4 岁就开始的生活。小时候，妈妈告诉他，他的人生必须在两条道路里选一条：要么做第一个犹太裔的美国总统，要么做一流的钢琴家。于是，历史见证了一个天才钢琴家的诞生。8 岁，他就开始公开演出，让不接受 16 岁以下学生的钢琴大师阿图尔·施纳贝尔为他破例，亲自教他演奏。16 岁，他和皮埃尔·蒙特指挥的纽约爱乐乐团合作，登上卡内基音乐厅，演奏勃拉姆斯的《第一钢琴协奏曲》。这是钢琴世界里最难演奏的曲目之一，但弗莱舍完美地呈现了它，这为他赢得无数赞誉。

在古典音乐世界，弗莱舍的人生被视为"完美的延续"。他的钢琴老师是阿图尔·施纳贝尔，施纳贝尔的老师是莱谢蒂茨基，车尔尼是这个图谱再往上一代的钢琴老师，而教车尔尼弹琴的人，就是贝多芬。有时候，弗莱舍被称为"第四代的贝多芬"，在很长时间里，人们相信，他的人生是一个贝多芬式的故事，从天才走向伟大。

弗莱舍将自己的青年时代全部投入到这条继承伟大的道路上，他有天赋，同时也异常勤奋。在钢琴的世界里，一个又一个伟大的演奏家都是通过一生的刻苦练习才把音乐推向顶峰的。

在自我苛求的练习下，完美一路延续，直到失败侵入小拇指。36 岁那年冬天，医生告诉他，右手并不是在偷懒，他得了肌张力障碍症。这是一种骨骼肌张力的病理性改变，可能是遗传，可能是疲劳，可能是过度练习后的神经紧张，肌肉没有办法按照神经指示活动。

这种病基本上是无药可治的，要么接受，要么等待一个奇迹。

在生病后的很长一段时间里，他假装自己没有生病，事实上，普通人也很难看得出来。他依然能够正常吃饭，正常旅行，手指并不疼，也看不到伤疤。这个病不影响生活，更不危及生命，却是一个钢琴家的职业灾难。每当他弹钢琴的时候，懂行的人就会意识到，这个一贯追求完美的钢琴家无法控制手指，右手总是不自觉地弹错音。

那段时间，他演出的时候会躲开乐团其他人，一个人住在破破烂烂的汽车旅馆，进了房间就将所有的窗帘拉上，把自己蒙在被子里，在黑暗中催眠自己——明天就好了。

直到演出季的中段，指挥不得不告诉他，他不能继续参与巡回演出。他最喜欢的勃拉姆斯的《第一钢琴协奏曲》，必须换另一位钢琴家来弹了。

在此之后的弗莱舍，变得越来越像失聪后的贝多芬。贝多芬在 1801 年意识到自己的听觉越来越差，他完全拒绝接受这个现实，躲开所有的社交活动，参加管弦乐团演出时坐得非常近，假装自己听得到。他对所有人发脾气，在长达 6 年的时间里，贝多芬身边的每个人都活得小心翼翼。

弗莱舍也一样，他想过自杀，开始酗酒，跟妻子离婚，把自己关在家里，留起长头发，没有人敢询问他右手的事。他盲目地尝试一切办法，相信过巫师，扎过针灸，做过电击治疗，还尝试了牵引手术……连著名指挥家伯恩斯坦都为他着急，往他右手心里倒苏格兰威士忌——他们期盼着，这样就能恢复力量。

让音乐爆炸

在失去右手力量的半个多世纪里，弗莱舍渴望过贝多芬身上的奇迹。晚年的贝多芬失聪，但他的传世之作交响曲《英雄》正是在失聪后创作出来的，这是音乐史上的奇迹。

古典音乐里有一小部分专门为左手钢琴演奏者谱写的曲目，虽然数量很少，但也不乏杰作。奥地利钢琴家保罗·维特根斯坦在"一战"中失去了右臂，只能用左手演奏，法国作曲家拉威尔特意为他谱写了《左手钢琴协奏曲》。

起初，弗莱舍拒绝练习这些左手曲目，直到为了演出不得不选择曲目，他才勉强演奏了《左手钢琴协奏曲》。他坚持寻找新的治疗方法，哪怕是偏方。坚持到第 17 年的时

候，他终于见到了曙光，他的右手在一次肌肉治疗后恢复了力量。他把医生带去了医院附近的小教堂，在那里用双手演奏了巴赫颇为欢乐的曲子《耶稣，世人仰望的喜悦》，大家都承认，他的右手真的回来了。他兴奋地打电话告诉最亲近的人，通知跟自己合作的指挥家，他要举办回归演奏会。

电视台组织了现场直播，弗莱舍要在波士顿交响乐团 1982 年新落成的音乐厅，举行盛大的回归演出。

音乐会开始前，弗莱舍跟自己起誓，这辈子再也不弹拉威尔的《左手钢琴协奏曲》了，他已经弹够了。在回归当天的音乐会上，他要弹贝多芬的《G 大调第四钢琴协奏曲》，等彻底恢复后，他要重弹勃拉姆斯的《第一钢琴协奏曲》。

然而，小拇指尖的麻木在正式彩排前又回来了。它依然不疼，也没有伤疤，但手指蜷缩在一起，再次失去知觉。正式演出前，亲人们从世界各地飞回来看望他，不知情的人们紧紧抱住他，祝他演出顺利。弗莱舍笑着接纳了这些善意，然后回到后台，把自己反锁在指挥休息室对面的卫生间里，打开水龙头，放声大哭。

音乐会必须继续，所有人的期望都已经被推上了顶峰。他必须在所有人面前表演一场英雄的回归，哪怕这是伪装的回归。

整个晚上，他都在竭力挣扎，想尽办法让无力的右手敲击琴键。演出末了，他必须返场演奏安可曲，肖邦的《夜曲 Op.27》，这是母亲最喜欢的，一首令人心碎的忧郁旋律。"我强迫手指一次次撞击着琴键，像眼泪一滴滴掉下来……这真是最糟糕的玩笑，所有人都听哭了，他们因感动而哭，急着祝贺我的回归，而只有我知道，这场回归不属于我。"

失败的回归音乐会后，人们一度很难再见到弗莱舍。那段时间的照片里，他总是把自己的右手挡住，藏在背后，或是用左手遮住。后来，他突然不再遮住右手，也愿意再次弹拉威尔的《左手钢琴协奏曲》，仔细观察还会发现，他的演奏变得不一样了。能使用双手的钢琴家，端坐在琴凳中间，均匀地移动身体。只能使用左手的钢琴家，在钢琴前看起来略有些别扭，坐在琴凳一边，有时候还要伸长左腿去维持一种错位的平衡。弗莱舍一直拒绝这种不优雅的姿态，但在那场音乐会过去几年后，他开始像一位真正的左手演奏家，不介意在钢琴前的别扭。

2004年，《纽约客》音乐记者埃里克斯·罗斯参加了弗莱舍的一堂音乐课。他在此后所写的文章《奏鸣曲讲座》中，详细记录了一个崭新的弗莱舍。他成为指挥，做了钢琴老师，他身上发生了令人惊愕的转变。这是一个快乐的人，准确地说，是一个因为音乐而感到快乐的人。他变得爱说话了，课堂上虽然也有演奏示范，但更多时候，音乐浸没在他滔滔不绝的比喻里。

"你要像挤奶工一样使劲……像小猫一样，没错，但是要把小猫的爪子收起来……你的手指不能像锤子一样砸下来，想想海豚怎么摆动尾巴，你的手指现在是一只海豚，像海豚那样跃出水面……用一支箭的最尖端去小心翼翼地触碰……像只蝴蝶一样飞啊飞啊，然后，像蜜蜂那样叮一下。这首曲子里含有强烈的暴力感，手腕高高地抬起来，向前，向上，现在你要从高空投下一枚炸弹，轰的一下爆炸。"

"我的右手患上了肌张力障碍症，这是我演奏事业最大的障碍，但它同时也带给我一个好处。因为我已经不能亲自给学生展示演奏技巧了，我就只能逼着自己去寻找最适合的语言，来表达我的想法，展现音乐所需要的感受力。这反而让音乐的交流避免了很多误解，我也成了一个更好的钢琴老师。"弗莱舍在接受采访时说。

发生在弗莱舍身上近乎颠覆性的改变，在他的自传中，是这样解释的："我认真地考虑过结束自己的生命，不能演奏完美的音乐，我的生命就是无意义的……但是到最后，恰恰是音乐挽救了我。我又一次听我弹奏过的那些音乐，曾经我在乎的是它们的旋律，但我终于醒悟过来，更重要的是这些旋律背后，音乐想要传递给人的信息，只有音乐才能达成的交流……我弹过的曲子越多，越明白这个道理，我不需要追求极致的完美，在每一场演出中竭力展现技巧，证明自己是世界上最伟大的钢琴家之一，我不需要这样的证明，我也不需要一场回归演奏会了。真正重要的是我和音乐之间的关系，而它一直都在。不论演奏完美与否，音乐一直都在。"

2020年8月，这位钢琴家去世，享年92岁。在人生的后半段，他再也没有举办过回归音乐会。晚年，他逐步恢复两只手演奏，但是他常常笑着纠正身边的人，用右手演奏并不应该说"我回来了"，因为他和音乐之间的关系是，"我一直都在这儿"。

人们在理解贝多芬的时候，往往想起他的名言："我要扼住命运的咽喉。"但在与命运的交战中，贝多芬最终失去了听力。他并没有扼住命运的咽喉，只是在这场搏斗中，看清了命运的面目，选择昂着头，以胜利者的姿态，走向最后一个音符。

在忍受了数年的失聪折磨后，贝多芬从对抗现实的愤怒中解脱出来，正是音乐给了他这样的领悟。在生命的最后，贝多芬写出的三首奏鸣曲，风格与以往迥异。那是一位作曲家对人生的深刻领悟，它包含着最强烈的喜悦、温柔、激烈，以及前所未有的平静。作家米兰·昆德拉评价说："在最后十年中……他（贝多芬）已经达到艺术的巅峰……在音乐的演变中，他走上了一条没有人追随的路——没有弟子，没有从者，他那暮年自由的作品是一个奇迹，一座孤岛。"

这就是古典音乐所见证的人性——它可以见证你的悲剧，也可以见证你在悲剧之后的强大。

2020年是贝多芬250周年诞辰，人们又一次历数贝多芬的后继者，弗莱舍仍在这个名单里，作为施纳贝尔最重要的学生之一，他依然是"第四代的贝多芬"。他的一生有不同的音乐贡献，早年间他的演奏成为一种顶尖技法的范本。后来，弗莱舍也为拉威尔的《左手钢琴协奏曲》留下了难以超越的经典版本，成为世界上左手演奏最好的钢琴家。作为老师，他教出一个又一个著名的钢琴家：比斯·乔纳森、伊费姆·布朗弗曼、奈达·科尔等等。

他有一项最特别的音乐贡献。因为弗莱舍用左手弹琴弹到了最后，与他同时代的作曲家们也一直在为他谱写左手作品。就像拉威尔写给"一战"钢琴家的经典曲目，这些都是留给后世的礼物。如果不是因为弗莱舍，这些音乐不会存在。

我更喜欢晚年的弗莱舍。他的确失去了完美的演奏能力，但是，他摆脱了完美带来的束缚，变得自在，也更亲切。他要求自己的学生要练够150次才能登台，但他的钢琴课不再只有严格。别人请他给练琴的孩子一些赠言，他不再说"练习、练习、再练习"，他有一个新的座右铭："少练习，多思考。"

他劝那些苦练技巧的年轻人，不要再迷恋霍洛维茨的高超技巧。钢琴演奏家的技巧不完全是靠勤奋换来的，那些漂亮的音色需要最好的钢琴、最好的调音师、最昂贵的钢琴保养。在一次访谈中，他叮嘱那些想要学琴的孩子："大家似乎总是把古典音乐看成一件很严肃，需要拼了命去努力的事情，但是别忘了，这些老家伙只是为图个开心才弹琴的啊！"

晚年的弗莱舍常常想起自己的钢琴老师，想起令人沉醉的演奏。施纳贝尔是公认的贝多芬音乐最完美的演绎者，他弹琴的时候，能够把一个音符弹得很长很长，像从几代人之前飞过来，像宇宙中几十亿年前的星星。"一个音符，就那么一个音符，它一直在空气里飘荡，飘啊，飘啊，原来音乐是没有尽头的，那很美，也很珍贵。"

事实上，在弗莱舍最后的生命里，这样的音乐也存在着。一天早上例行练琴，刚刚接受注射治疗的弗莱舍发现，右手的力气恢复了，小拇指尖的麻木不见了。他试着在琴键上弹了一下，这一次，他什么也没有做，没有打电话告诉任何人，也不想要办回归演奏会。坐在钢琴前，他给自己弹了一首曲子，他最爱的勃拉姆斯的《第一钢琴协奏曲》。曲子弹得不完美，他的右手小拇指不那么熟悉琴键了，音色不够亮，力量也不足，现场听众只有他一个人，但他依然很快乐。音符在房间里飘荡，就像施纳贝尔的音乐那样，就像贝多芬作品的第四乐章，一个微弱的音符在空气中飘啊飘，这是只属于弗莱舍的钢琴，这是他与音乐的对话。直到去世的那一天，他都没能在公众面前再次弹出最好的《第一钢琴协奏曲》。但谁知道呢，那个早上的练习，也许就是21世纪最伟大的演奏。

第三章

我站在父母的肩上，触及我们都向往的春天

我的母亲，在深圳超级商场做保洁

● 张小满

深圳有很多面积超过5万平方米，需要一支保洁队伍来做卫生清洁，以维持光鲜的大型商场。

母亲工作的商场在香蜜湖。这个商场附近是房价每平方米超过10万元的豪宅、繁忙的金融街和门槛甚高的国际幼儿园及中学。在人来人往的繁华商场，几乎没有人会去关注这些五六十岁的保洁员是怎么在这座超级城市里生活的。也没有人会关注我的母亲，这个从陕西农村来的52岁阿姨为什么会在这里做保洁。

母亲负责的保洁区域是商场负一楼电梯、地板以及扶梯，这是整个商场最难打扫的地方。这里聚集了众多餐饮类店铺，还连着地铁的出入口，每到上下班和吃饭时间，人流量巨大。

保洁这份工作的职责就是保持清洁。对母亲来说，这两个字是动态的，意味着一连串动作及一系列流程。

保洁员需要保证，顾客们走进商场后看到的一切都是干净的，这是引起购买的前提。保洁员们几乎不能停下来，这也是管理处采取两班制的缘由——早上7点至下午3点，下午3点至晚上11点。有的保洁员会选择连上两个班，一天工作16小时。母亲选的是白班，到下午3点就可以下班了。

母亲每天最繁忙的工作时间在上午10点以前。10点，是商场开门的时间。母亲和她的同事必须确保给顾客呈现一个干净得发光的商场。主管对保洁员的要求十分严格，不能在可见的范围内看到一点污渍。母亲先花一个多小时拖地板，然后用半小时擦电梯，给电梯消毒。

擦栏杆是流程里最简单的活，被母亲放在最后。这是她做事的逻辑，把最难的最先做完。从10点30分到11点，有半小时吃饭时间。为了方便，母亲头天晚上会准备好自己的饭食，放在帆布包里，到吃饭时间拿出来用微波炉加热。十几个保洁员共用一个微波炉，热饭还得靠抢。

吃完饭，母亲便拿着清洁包在负一层来回转悠，遇上有污渍的地方，就用毛巾擦干净。到下午3点下班前，这4小时的工作显得很无聊。对母亲来说，这也是异常难熬的时光。长时间来回走动对她来说不仅无趣，而且会影响她的腿。当初为了得到这份工作，她隐瞒了自己患过滑膜炎的事实。她也不能随意跟商场里的人说话，被监管看到会被批评不务正业。

按照保洁公司的规定，保洁员在工作的8小时内，不能停下来休息，商场公共区域里布满了监控摄像头。母亲只能趁监管不在的时候，溜去女洗手间进门处的长凳上休息几分钟。

商场的管理处有一支专门监督保洁员的队伍，他们的工作任务是在商场内外巡逻，发现打扫不干净的地方就拍照发图到微信群里，并叫负责相应区域的保洁员去打扫——严重一点还会罚款。

保洁员们很讨厌这些监

管，说他们没有同理心。

在一次检查中，母亲被一个年轻的女监管当面指责地板上的黑色污渍没有擦干净。母亲当场就哭了，并用对方听不懂的方言解释说，那块污渍根本擦不掉，她让女孩自己来试试。检查的女孩听不懂，有些悻悻然，她没再投诉，以后也很少再去母亲打扫的区域检查。后来母亲听到女孩们在背后议论说，山里来的人很难缠，耍赖打滚。母亲因此又生了一场闷气。

但母亲也常遇到好人。

有好几次，母亲都被另一个年轻的女监管抓住她坐在洗手间门前的长凳上休息。她跟女孩解释说自己的腿不太舒服，并很幸运地获得了谅解。

下午的时间太漫长，有一些保洁员会趁监管不注意，利用闲余时间来捡垃圾（主要是纸盒）卖，赚一些额外收入（被监管发现会被开除）。母亲心里痒痒的，但她无法付诸行动，因为她的腿不能支撑她到处走动。后来，一个阿姨因为捡纸盒被监管发现，在微信群里被通报，后来被开除了。母亲也就没再说过想去捡纸盒卖钱的话。

虽然保洁工作中尽是条条框框，且需要不断擦拭被弄脏的栏杆、捡拾顾客丢掉的垃圾，但这依然是母亲做过的最轻松的工作。在来深圳以前，母亲在建筑工地上做过小工，在矿山上帮工人做过大锅饭，开过小卖部，在新建成的楼房里刷过漆，在国有农场里养过鸭……这些都是需要下大力气的工作。面对生活，她总表现出一种柔韧的乐观。

时间久了，母亲摸清了保洁工作的门道，流程也熟了，她便开始跟周围的人打交道。虽然她的普通话不好，但她一点也不害怕——几乎所有的保洁员都是从农村来的，且大部分是女性，都五六十岁，普通话都讲得不怎么好。

母亲是天生的社交高手，还在农村生活的时候，她能在干完农活回家的路上，与沿路遇见的所有人唠嗑。初来深圳的母亲对一切都感到新鲜，她也常把她工作中的一些见闻告诉我。她是我的另一双眼睛，帮我看到这座城市一些被遮蔽的现实。

整个商场不止一个像母亲这样隐瞒身体疾病的保洁员，他们大多患有胃病、糖尿病等慢性病，短时间内不会危及生命。也正是因为如此，很多人便不把自己身体上的毛病当一回事，硬撑着，硬熬着。

有很多保洁员为了多挣一点钱，会选择连上两个班。早上7点上班，直到晚上11点下班，一天工作16小时，一个月挣5000块钱。

母亲工作的商场，有一个大型高端超市，她在这里认识了一个负责处理过期蔬菜水果的来自江西的保洁大叔。

这个超市里的蔬菜、水果、鲜肉价格极高且很少打折，以原产地直供和极度新鲜为招牌，超市规定的保质期仅一天。当天卖不完的蔬菜水果会在晚上11点左右被江西大叔用一辆车拉到停车场附近，分给商场里的老年保洁员。冬瓜、番薯、水果辣椒、莲藕、鲜切面，各种被划伤的果蔬、临期的食品被保洁员们带回家。它们并没有变质，但以超市的标准而言已不够新鲜。

母亲还在商场里认识了做抛光的刘师傅。

抛光，是指用专门的工具把地板磨光滑，不留一个印子。工人师傅们在晚上10点商场关门后开始工作，第二天早上八九点钟等商场检查的监工来验收，验收完毕，师傅们下班，商场开门。

每天早上8点多，当母亲拖地到男厕所附近时，就会看到刘师傅，这往往是刘师傅"起床"的时间。刘师傅每日用三四个小时就将抛光的活干完了，那时天还未亮，他干脆随身携带一个小折叠床，住在负一层的男厕所里。监工来验收前，他就起身收拾，把床放在不容易被发现的角落。

母亲和刘师傅在清晨遇见时，经常这么打招呼——刘师傅说一声："哎呀！"母亲回一句："哎呀！"刘师傅再回一句："这就是生活呀！"这是他们之间的秘密，他们心照不宣地结成了同盟。

租房太贵了，刘师傅告诉母亲，他在深圳一直"借"地方住。母亲认识刘师傅的时候，他已经在这家商场"住"了半年。

刘师傅不到40岁，是个东北人，总是乐呵呵的。他有一儿一女，都在东北，老婆留在老家带孩子，他一个人养着全家。除了母亲所在的这家商场，他还兼了附近一个娱乐场所的地板抛光

工作。每天上午八九点这个商场验收完，他收拾好自己的工具，马上赶往下一处，晚上再赶过来，两点一线——时间就是金钱，他要充分利用每一分钟。

好在，付出是有回报的。虽然没有社保等保障，但刘师傅每个月能拿到万把块钱，维持一个家的运转是足够的。一个简单的工具包，一张便携床，一个水壶，就是刘师傅落脚在这座城市的证据。

保洁员这个职业的稳定性很差。入职的时候，母亲的入职合同里写着，一个月有4天休息时间。但在现实中，母亲总是请不到假，经理总是以各种理由拒绝批假。比如，"你看别人都没休息，你再多做一天，明天给你批假……"性格不够强硬的话，在这个群体里面会很吃亏，最脏最累的活会被分配给最不会表达自己诉求的人。他们更不会利用法律手段维护自己的权益。

在没有制度保护、工资低、住宿条件差、纪律严苛，又没有假期的情况下，大部分保洁员会受不了，干几个月就会离开。当然，离开的大多是比母亲年轻的人。保洁员的队伍里很少有

年轻人，并且永远缺人，最终只有来自农村且年龄偏大的人能留下来做长期工。

深圳的保洁员和绿化工大部分是来自全国各地的50岁至60岁的老年人。如果你有心留意，会发现，是如此巨大，又如此容易被忽视的一个群体——他们大部分是农民，在维持一座超级城市的"干净"。

母亲住在我租的房子里，小小的两室一厅，一个月的房租加水电费得6000多元。母亲给老家亲戚打电话，尤其是我在她旁边的时候，她总是很开心地跟亲戚表达，她很幸运，要不是女儿在这里，她都没有机会来看这座城市，来做这份"轻松"的工作。

母亲发挥她吃苦耐劳的品质，坚持做到了2021年年初，直到春节临近才辞去保洁员的工作，安心休养身体。她很开心，她达到了挣钱的目标。每到工资到账的那一天，她都让我查一查数目有没有错。她还在深圳发现了很多新鲜事物。

春节过后，她在电话里拒绝了商场经理让她回去工作的邀约。她在政府大楼里找到了新工作——仍旧是做保洁。

藏在闲话里的『我爱你』 ● 甘北

一

20世纪90年代初，电话还没有普及。那时人们打每一通电话，都要经过深思熟虑。每天攒一两句想说的话，攒够一个月，挑一个手头阔绰的下午，去小卖铺或者有电话的朋友家，赶集似的掐着点儿在59秒内把重点讲完。

直到现在，我还时常记起爸爸给远在老家的奶奶打电话时的样子，他们总是讲着雷同的话题："在外很好，不用牵挂。""发工资了，给您邮生活费。""家里的稻谷，长得好吗？"

"家里的稻谷，长得好吗？"或许，这就是一个远在他乡的游子，对母亲诉说思念的一种方式。

在我的记忆中，爸爸和奶奶从未说过煽情的话。那个年代的人，似乎天生不懂得抒情，他们的话题永远局限在事务性的汇报上：发工资了没，发了多少；给家里邮钱没，邮了多少……更何况，奶奶并不是一个擅于表达的人。一个中年丧夫的女人，独自抚养4个幼子，生活早就把她的情感磨得粗粝，哪儿还有那么多精力来表达爱。她最在乎的，是怎样让她的孩子们活下去。

孩子们为了讨生活，早早地出远门打工。岁月的严苛，同样赋予他们一张不苟言笑的脸。从小到大，我都畏惧爸爸——他永远对我有着极高的要求。别的孩子还穿着开裆裤踢毽子，我就被他拎到房间，抄写一页密密麻麻的生字。直到抄得手腕都酸了，才勉强得到爸爸的肯定："今天还不错。"随即他挥了挥那双满是老茧和倒刺的手，说："别怪爸爸心狠，你若现在不努力，以后多的是苦吃……"

那时我还太小，既不明白那句"家里的稻谷，长得好吗"，也不明白这句"别怪爸爸心狠"。人生在世的不得已，以及世间最深厚的父女之情，我通通一无所知。

二

多年后，爸爸的通话对象从奶奶变成了我。

那时奶奶已经去世，我如愿考上大学。2008年，去广州上学的前一个晚上，爸爸很郑重地送了我一部手机，让我把电话号码存到他的通讯录里。

那是我第一次离家。9月，傍晚的广州雷雨大作，寝室里只有我和一个潮汕姑娘。潮汕姑娘家来了很多人——爸爸、妈妈，乃至叔伯表亲，他们不惜长途跋涉也要送她上学。所以她不是很理解，为什么我只是接了个电话就会哭得难以自抑——我听见爸爸在那头说："是爸爸不好，没能送你去上学……"

因为家庭条件所限，爸爸不得不忙于生计，即便是我上大学这样的大事，他也没法抽出空来。我是一个人南下的，扛着一个大大的行李箱，还有一大桶生活用品。

爸爸一直在电话那头道歉："你一上车，我和你妈妈就后悔了，再怎么难，都该送你去学校的……"说着说着，一向强硬的爸爸，竟也哽咽了。

直到那一刻，我才读懂了爸爸的柔软和深情。他从未说过爱我，但无时无刻不在用自己的方式爱我。那些在房间里抄书，抄到眼泪吧嗒吧嗒掉在纸上的夜晚，他多想抱住他的女儿，告诉她不必那么辛苦。可是他不能说，他一旦说了，他的妮子往后要吃的苦，就数不尽了。

他下过矿井，做过石匠，扛过麻包袋，咬着牙、拼了命才支撑起一个家，勉强供孩子上学读书……这种苦，他吃过一次，还要让孩子再吃一次吗？

那个夜晚，爸爸担心我一个人害怕，便一直不肯挂断电话，他跟我闲聊了很久：学校大吗，寝室有热水吗，同学们热情吗，饭堂的菜好吃吗……没有一句话提到"爱"，但很庆幸，18岁那一年，我终于读懂了这些质朴语句背后的每一个"爱"字。

我还在那个夜晚没来由地想起了奶奶。她的孩子们从十来岁开始，就跨越几百公里从湖南去广东打工，当她目睹孩子们背着行囊走远，是否也怀着和爸爸对我一样的内疚："再怎么难，都该去送送你的……"

于是，我竭力从记忆的碎片中寻找更多蛛丝马迹，终于记起一个被忽略的细节——那时，奶奶家是没有电话的。她和爸爸约定，爸爸每个月在固定时间给村头的小卖铺打电话，到了那一天，奶奶便放下手中的农活儿，早早地去电话边守着。

那么多年，风吹日晒，奶奶竟从未失约——她未曾说过一句关于思念的话，但她十年如一日地在等一通电话，一通来自她小儿子的电话。

三

"家里的稻谷，长得好吗？"多年以后，这句话所蕴藏的饱满情绪，才渐次在我面前释放、舒展。

因为我也成了一个在外打拼的孩子。我给爸妈的电话里，报的永远是平安和如意。"我毕业了。""我找到工作了。""我发工资了。""领导们都对我很好，生活上也没什么难事。"直到最后，我才长舒一口气问道："爸妈，你们身体好吗？"所有的牵挂，悉数藏在这样一句云淡风轻的问候中。我们都学会了成年人的"点到为止"，把想念和祝福浅浅埋藏起来。

2010年，我第一次失恋，刚想故作坚强，就被妈妈听出了端倪，她在电话那头着急地说："你别哭呀，要不妈妈现在坐车去陪你……"

2012年，我第一次带男友回家，爸妈兴奋地直问："他喜欢吃什么，红烧肉行吗？排骨呢？还要准备些什么？"

2015年，领结婚证那天，我在民政局门口给家里打电话，爸妈在电话那头说不出是欣喜还是失落，只是喃喃自语似的："就这样……这就嫁出去了吗？"

2016年，我的孩子出生那天，报喜的电话刚刚接通，我还没来得及开口，就听到爸爸嚷嚷起来："生了吗？你怎么样？疼不疼？"人生的所有悲欢喜乐，都藏在几句简短的问候中。

你要经历许多岁月的洗礼，才可窥得爱的密码，剥开表面朴实无华的装饰，看穿那底下深藏的、热辣滚烫的思念和爱。

我们在多大程度上了解自己的父母

● 冯雪梅

父亲坐进儿子的教室里。接下来的几个月，他要和孙子辈的学生们一起，上儿子的古典学研读课程，讨论荷马的《奥德赛》。

这事儿让儿子有点担心：他不知道该如何当着父亲的面，教导自己的学生。长期以来，他和父亲有着截然不同的生活方式，比如他在好几个地方都有住处，而父亲几十年来，一直居住在孩子们出生的地方，要花很长一段时间开车来校园听课。

父亲八十二岁了，他也曾是教授，还很骄傲地将自己在学校办公室的名牌带回家，放在书房里。不过，作为数学家，他认定的判断标准很单一。这对研究古典学的儿子来说，似乎很难接受。

像所有人一样，儿子从小就期待父亲的认可，却总不能如愿。当他拿着数学题请教父亲时，父亲总是皱着眉，永远不理解为什么如此简单的题目，儿子竟然弄不

明白。有多少孩子在自己的"精英"父母面前战战兢兢？估计从荷马时代起，英雄父亲就一直是儿子难解的谜题。《奥德赛》是英雄千辛万苦的还乡之旅，也是儿子寻找父亲的备受煎熬之行。

让父亲引以为傲又不无遗憾的是，他曾经在高中时学过拉丁文，读过原版的

《伊利亚特》。父亲一直记得给他们上课的德国老师，他的拉丁文却日渐生疏，以至于重新拿起《荷马史诗》时，无法读懂那些诗句。

于是，他来到儿子的课堂，再一次开始读《奥德赛》。它的前传是《伊利亚特》：一场由美女海伦引发的十年鏖战——特洛伊战

争。足智多谋的奥德修斯以木马计攻破特洛伊城，远征的将领们纷纷归国，奥德修斯也带着自己的船队返乡，《奥德赛》的故事由此开始。

归途同样耗时十年。奥德修斯弄瞎了海神之子的眼睛，惹怒了海神，惊涛迷雾中，回乡之路也变得磨难重重。如果没有点儿波折和悬念，以歌谣方式传播的史诗故事，断然不会吸引人，更不会流传长久。

父亲显然不太喜欢奥德修斯——一个让船队毁灭，一个队友都没有带回来，曾"只求一死"的人，怎么能算英雄？还对妻子不忠，他甚至都算不上一个合格的丈夫和父亲。课堂上，父亲从一开始就对主人公有些不屑，举手反对教授儿子的观点。

《奥德赛》里有这样的句子："只有少数儿子长成如他们的父亲，多数不及他们，极少数比父辈高强。这对儿子而言，是多大的压力？"

显然，奥德修斯的儿子不如其父那般足智多谋、声名远扬。他寻找缺席自己生活二十年的父亲，一点点拼凑起父亲的形象，也在寻找的过程中成长。对一个孩子来说，是父亲一直存在于想象中更容易，还是找到一个真实的父亲更容易？

课堂上，父子之间也在暗自较劲。儿子对父亲总是讲述自己多年前学习拉丁语的经历有些不以为意，更对父亲的判断标准不认同。就像当年，他渴望赢得赞赏，却总是看到父亲对着自己的数学作业皱眉头一样，儿子对父亲的情感里，多多少少有因严肃刻板而导致的压抑和不满。

奥德修斯或者父亲，真如别人说的那样吗？或者，从小守在父亲身边的儿子所认为的父亲，就一定是真实的吗？我们所熟知的那些人和事，就一定是他们真正的样子吗？

不一定。学生们描述的那个"可爱"老头，有着教授儿子不曾看到的一面：幽默、可爱、体贴。父亲有一句口头禅："你不知道有多堵。"他总抱怨交通拥堵，却不愿搭公共交通来上课。当他终于选择坐火车来时，儿子原本以为是恶劣天气逼得父亲投降，却不知道是他的学生改变了父亲。还有，他听过好多遍的父亲兄弟间的旧事，也有另一个版本。

原来，父亲并不是他一直"以为"的那样。他以为父亲是为了家庭而放弃写博士论文，因此在很长一段时间里无法升任教授。他以为父亲如此严肃固执，烦透了母亲家族的热闹随意——他们俩是多么不同的人啊，父亲一板一眼，母亲热情随和；父亲安静沉默，母亲开朗多言；父亲除了几个好友，好像总是和人保持距离，母亲能迅速和人打成一片。他不知道是父亲自己放弃了去读西点军校的机会，自己选择不写博士论文……《奥德赛》不仅仅是父子的故事，也是夫妻的故事，有着不为人知的秘密。奥德修斯一去不返，生死未卜，家里挤满了前来求婚的人，妻子不得不施计拖延。本就疑心重重的奥德修斯想试一试妻子的忠贞，没想到妻子也想确认眼前这个男子是不是自己的丈夫，于是用一个只有他们俩知道的秘密验证——让保姆去搬床。那是奥德修斯亲手制作的一张不可能搬动的床，由深深扎根地下的大树打造而成。

这些不为外人所知之事，将夫妻二人连在一起。"人与人之间会有牵绊，不是肉体的，是多年相处积攒下来的各种私宅笑话、回忆，以及只有当事人才知道的点点滴滴。"它们维系着婚姻，维系着家庭。"多年后，即使一切面目全非，只要两个人之间有这种牵绊，他们就还能紧紧相系。"

课堂上，父亲对着一群十八九岁的学生说："他母亲当年是最美的姑娘。不是标致，而是由内而外的美。"这就是爱的本质——眼见某个相识已久、关系亲近的人渐渐老去，变得面目全非，但是你对此人的爱意及你们彼此间的亲密已成为习惯融入身体与灵魂，如常春藤探入树皮中一般。

人们不会认为《奥德赛》是一个父子情深的故事，但是，和父亲一起上的《奥德赛》研读课，却在克制平静的叙述中，充满深情。在对《荷马史诗》的解读中，家族故事穿梭于奥德修斯的归程，因为这次课程，学生们得以了解古典学，感受史诗与现实的对接；儿子看到了不一样的父亲，重新认识自己的家庭。

课程结束之后，儿子想和父亲来一场"《奥德赛》巡礼"，去地中海沿岸探寻那些史诗里的古迹。向来对于游轮旅行、观光、度假之类"不必要的奢侈品"嗤之以鼻的父亲，接受了这场"教育"之旅。他在游轮上同人聊荷马，哼唱老歌，却对途中触手可及的古迹兴趣寥寥，因为"史诗比遗迹来得更真实"。

"奥德赛之旅"不久，父亲摔倒了，导致中风。在家人面对要不要放弃治疗的选择时，儿子又一次想起父亲早就说过的那句话："直接把管子拔了，然后出去喝杯啤酒就行。"

丹尼尔·门德尔松就这样结束了《与父亲的奥德赛》。书的译后记中，译者讲述了书中父亲最喜欢的那首老歌《我可笑的瓦伦丁》的创作者罗杰斯与哈特的故事，二人之间也有着许许多多的牵绊。译者写道："如果《与父亲的奥德赛》让读者想要重新审视身边每一个复杂多面之人，我多希望那个热爱押韵与诗律、通过作品给无数人带去快乐与幸福的那个灵巧的词匠哈特，也能去爱一个不完美、复杂而多面的自己。"

史诗，从来都不只是对历史的记叙，更是对人性的阐释，让我们更好地了解他人和自己。

生命是闪耀的此刻，不是过程，就像芳香不需要道路一样。美是唯一的真实，当它到来时，一切都形同虚设。

我感觉最明澈的时候，我像成了空空的走廊，风吹过去，在另一边就产生了花朵和万物。

那是一个多好的晚上，云像鸟一样睡觉，夜深蓝蓝蓝。告别的时候天快亮了，高高的麦地有一层层清晖，像等待拉开的窗帘。鸟一声声叫，树一点点高，你不知道你有多美。

风吹过去就产生了万物和花朵

● 顾城

这时候，你才算长大 ————● 张 洁

到了后来，你总是要生病的。

你不光头疼，浑身的骨头也疼，翻过来、转过去，怎么躺都不舒服，连满嘴的牙根儿都跟着一起疼。

这时，你首先想起的是母亲。想起小时候生病，母亲的手掌，一下下摩挲着你滚烫的额头的光景。你浑身的不适、一切的病痛，似乎都顺着她一下下的摩挲排走了。

好像你那时不论生什么大病，也不像现在这样难熬，因为有母亲替你扛着病痛。不管你的病后来是怎么好的，你最后记住的，都是日日夜夜守护着你的母亲，和母亲那双生着老茧、在你额上一下下摩挲的手。

你也不由得想起母亲给你做的那碗热汤面。当你长大以后，有了出息，山珍海味成了餐桌上的家常便饭，便很少再想起那碗热汤面。可是等到你重病在身，又茕茕孑立、形影相吊的时候，你觉得母亲亲自擀的那碗不过放了一把菠菜、一把黄豆芽、打了一个蛋的热汤面，才是你这辈子吃过的最美的美味。

于是，你不觉地仰起额头，似乎母亲的手掌，即刻会像小时候那样，摩挲过你的额头；你费劲地往干疼的、急需沁润的喉咙里，咽下一口难成气候的唾液……此时此刻，你最想吃的，可不就是母亲做的那碗热汤面？

可是，母亲已经不在了。

你转而思念情人，盼望此时此刻他能将你搂在怀里，让他的温存和爱抚将你的病痛消解。

他曾深爱过你。当你什么也不缺、什么也不需要的时候，他指天画地、海誓山盟、浓情蜜意、情意绵绵，要星星不给你摘月亮。

可是，当你病到再也无法陪他时，不要说摘星星或摘月亮，就是设法为你换换口味他也不愿意。

你退而求其次，什么都不说了，打个电话来安慰安慰也行。电话或手机就在他的手边，真正的举手之劳，可他连这个电话也没有打。当初每天一个乃至几个、一打就是一个小时不止的电话，可不就是一场梦。

……

最后你明白了，你其实没人可以指望。你一旦明白这一点，反倒不再流泪，而是豁达一笑。于是，你不再空想母亲的热汤面，也不再渴望情人的怀抱，并且毅然决然地关闭了电话。

你一边气定神闲地望着太阳投在被罩上的影子，从西往东地渐渐移动，一边独自慢慢地消化着这份病痛。

你最终挣扎着站起来，摇摇晃晃地走到自来水龙头下接一杯凉水，喝得咕咚咕咚。你惊奇地注视着这杯凉水，发现它一样可以解渴。

饿急了眼，你还会从冰箱里搜出一块干面包，没有果酱，也没有黄油，照样把它吃下去。

在喝过这样一杯水、吃过这样一块面包后，你大概不会再沉湎于浮华。即便有时你还得沉浮其中，那也不过是难免而清醒的酬酢。

自此以后，你再不怕自己上街、自己下馆子、自己乐、自己哭、自己应对天塌地陷……你会感到，"天马行空，独往独来"可能比和一个什么人撂在一起更好。

这时候，你才算真正地长大，虽然这一年，你可能已经七十岁了。

我的外婆，从不内耗

● 理微尘

妈妈十几岁时响应号召下乡，吃了很多苦，这段经历对她思想和性格的塑造产生了很大的影响。妈妈总觉得为自己争取利益显得小肚鸡肠，有时甚至宁愿自己吃亏。

我小时候，有一次妈妈要去沿海地区开会，她提议全家同去，开完会后顺便在当地玩一玩。妈妈的同事L也带着儿子同去。我们没有报旅行团，去哪里都是打车。渐渐地，我觉得有点不对劲，因为每次都是妈妈付钱，L从未付过。我跟妈妈提起这件事，她严肃地批评我，说我不大气，我们打车也要花这么多钱，不过是顺路带上他们。我又说："那为什么吃饭你也不让他们付钱？"妈妈愣了一下，让我不要计较那么多，还说我小小年纪就这么小心眼儿。

那时，我感到很委屈，因为我是心疼妈妈才这么说的。妈妈特别节省，布鞋破了都是补了又补，有一次去给我买衣服，营业员盯着她鞋上的补丁看，她不好意思地把脚缩了缩，这一幕刺痛了我。她自己那么节省，为什么对别人却这么大方？那里的物价很高，妈妈等于替他们花了很多钱，用这些钱买一双新布鞋不好吗？同时我也非常疑惑:L和妈妈只是一个厂的同事，没有业务往来，平时两家也不亲近，为什么不能平

摊费用？

读书时，我也有一个这样的朋友。大家聚餐时她总能找各种理由不出钱，借朋友的钱也不还。有一次我急需用钱向她要时，她还大言不惭地说："你就是为了让我还钱才故意说要用钱，你这个骗子。"听了她的话，我感到非常好笑。这样的人三观已经扭曲，善于用各种方式来道德绑架身边的人，如果你不让他们占便宜或者想要维护自身利益，他们反而认为是你的问题。这样的人根本不配称为"朋友"，及早断交是最好的选择。

外婆80岁之前一直独居省城，她为人热情，常在家招待那些从外地来省城办事的亲戚。有一天，远房姻亲H夫妇来拜访。二人穿着考究，却空手上门，这不符合我们当地的礼节——晚辈去长辈

83

家拜访，一般都会带一些食品特产，虽不贵重，但总是个心意。外婆并没有计较，去老牌饭店打包了饭菜，还准备了传统点心，招待他们吃晚饭。吃饭时，夫妇俩提出喝一点佐餐酒，于是外婆打开了酒柜。

外婆喜在晚间小酌，因此藏了不少好酒。她的酒都是有些年份的，有些还不容易买到。晚餐接近尾声时，外婆去厨房将点心装盘，H擅自打开酒柜，挑了其中最贵的一瓶酒。他醉醺醺地问外婆，能不能把这瓶酒送给他。外婆说她当时扫了一眼H的老婆，只见对方低下头一言不发。外婆稍加思索，便答应了。外婆一边夸他眼光好，一边说自己腿脚不便，不能上门拜访，需要夫妻俩帮忙带些东西给H的母亲。一听还有其他礼物，夫妻俩连拍胸脯打包票，说多少东西都能帮她带回去。外婆又说，她托人去准备了，目前还没送来。外婆认真记下他们回程的车次和时间，说到时候去车站送他们俩，顺便把东西一并带去。

到了那天，外婆穿着做家务时才穿的粗布衣，拖着一个破蛇皮口袋去了车站。破口袋上打了很多补丁，里面装着满满当当的树枝，从破口袋的缝隙中清晰可见。在人山人海的候车室门口，外婆大声地说，听中医讲，用这树枝泡水对H母亲的病有帮助（后来我特意问了中医，竟是真的）。她还说已写信给H的母亲，说了托H带礼物的事，让H务必把自己的心意带到。H夫妇穿着考究，嘴巴张了又张，始终没说出什么，只能干巴巴地挤出"谢谢"两个字。

外婆满面笑容地目送着可以直接参演《蒂凡尼的早餐》的二人拖着破旧肮脏、支棱着树枝的大蛇皮袋，在众人的注目礼中走过长长的通道。因为外婆已提前写信给H的母亲，所以H不敢把蛇皮袋扔掉。我不知道他们上车后是怎么安置这件"行李"的，更不知他们出站时的情形又如何，但光是想一想就觉得十分有趣。

此后，H夫妇再没上过门。

表弟知道此事后乐不可支，在各种聚会上提起。知道这件事的亲戚们，有的说外婆跟小辈计较没气量，有的说外婆作为长辈教育小辈是应当的。我觉得外婆做得很巧妙，那天天色已晚，她怎么敢跟醉汉起争执？而且，若其他远亲知道她家的东西可以随便取用，对一个独居老人来说，无疑会惹来许多麻烦。

子曰："小人不耻不仁，不畏不义，不见利不劝，不威不惩。小惩而大诫，此小人之福也。"意思是说："人格卑下的人没有羞愧之心，没有道德观念，没有畏惧，没有正义，不看到利益就不勤勉努力，不受到惩罚就不能在内心引起戒备，受到小的惩罚就会大为警惕。"

外婆有一个"只吃一次亏"的原则：先相信对方，但只要通过观察确认对方不值得交往，就立刻远离。妈妈说，外婆很难有老朋友，但我觉得，真朋友本就不可多得。如果一个人只为占便宜才跟你成为朋友，你又何必去维系这段关系呢？

规则是需要建立的，如果一个人不去维护自己的利益，一味付出，一再突破自己的底线，那么其他人就会视之为理所应当。升米恩，斗米仇，一旦停止付出，对方反而会因此恨你。这是非常恶劣的人际交往模式。

人的时间和精力是有限的，要把它用在值得交往的人身上，这样我们的生命才会变得更加宝贵。

偷偷离去的父母

● 刘 墉

我的一对邻居老夫妇，有个在美国行医的儿子。几乎每次在大厅里遇到他们，都听见他们在跟管理员或其他邻居谈宝贝儿子。

去年，老夫妇终于移民到美国跟儿子住。可是才去半年就回来了，说在那里住不惯。

有一天，在电梯里遇到老太太，我谈起女儿的高中功课好辛苦。她居然叹口气，拍拍我，说别让孩子太辛苦，别让孩子太成功，孩子一成功就飞了，等于没有了孩子。又说他们老两口住在儿子家半年，连一席话都没跟儿子好好说过。有一回，老头子身体不舒服，早上跟儿子到医院去，看完病，找不到儿子了，说在手术室。老先生就坐在医院的大厅等，等到晚上七八点钟儿子才出现，他居然说，忘了爸爸还在医院。

我问："为什么不叫儿子回来呢？台北正缺他这种脑科手术的权威。"

话还没说完，老太太就一挥手："那怎么成？"

我在纽约的一个学生，父亲在中国台北病危，他不得不赶回去。但是他到台北，父亲大概因为高兴，病情好转，出院了。

这学生很高兴地回纽约，上班没几天，却接到弟弟从台北打来的电话，说父亲又病危了。他只好放下工作，再赶回去。

戏剧性的是，他才到台北，父亲的病情又好转了。他待了两个星期，纽约的工作忙，不得不走。

临别时，他父亲居然躺在病床上向他道歉，说对不起他，没及时死掉。

不久后，老先生去世了，家里没通知这位在纽约的大儿子，草草火葬，连葬礼都没办。

学生后来对我说，爸爸遗言交代这么做，是为了不要他再赶回去。

想起学生时代读过的《慈乌夜啼》，有这样的句子："昔有吴起者，母殁丧不临。嗟哉斯徒辈，其心不如禽。"

查书，知道吴起是战国初期卫国著名的军事家，被楚王拜为相国。他严明法令、惩罚贪渎、礼遇战士、拔擢贤才，又南平百越、北灭陈蔡、打败西秦，使楚国威震诸侯。

读到这儿，我想：古人不是说"移孝作忠"，又讲"莅官不敬，非孝也……战陈无勇，非孝也"吗？吴起"莅官敬"而且"战陈勇"，怎能说是不孝呢？

话说回来，如果问他病危的母亲：是希望他回家见最后一面，还是宁愿他留在楚国造福万民？只怕吴起的母亲也会像我那学生的父亲一样，宁愿偷偷死去。

想起小时候常去的礼拜堂里，有位富甲一方的教友，教会里的许多《圣经》都是他奉献的。常听见牧师要他多参加祷告会，多到教堂做见证，因为他的成功是天父赐给的，他要感恩，要来见证天父的大爱。

有一天，那人大概被逼急了，回了牧师几句："是啊！是天父使我成功，我的成功是好的见证。问题是，如果我天天来拜天父，把我的事业都耽误了，我失败了，还是好的见证吗？而且，天父爱我，是会只盼我天天来感恩，还是希望我更成功，更有能力侍奉？"

太太常赞美我对她娘家很大方，对她的父母很孝顺。

但是赞美完，八成会加一句："不过，你

年轻的时候很小气，对我娘家尤其小气，好像总防着我拿钱回娘家。"

她的话一点都没错，我年轻的时候穷，她嫁给我的时候，我还住在铁道边的违法建筑区里。每次陪太太归宁，都要在岳父母家好好泡个热水澡，因为那时候我家连浴缸都没有，只能舀水往身上浇。

我努力赚钱、存钱，也要家里每个人尽力，连三岁的儿子都得帮我包书，再由我们夫妻提去寄。

如今，岳父岳母在美国跟我生活已经快二十年了。他们也常很客气地说，谢谢我给他们这么好的环境，让他们能够多活几年。

只是每次他们这么说时，我都想：如果他们不是长寿，而是早早离开这个世界，对于他们而言，我就只是个把他们宝贝女儿抢走，去过苦日子、做苦工的浑小子。

看到成龙上中央电视台的《艺术人生》节目。

主持人问成龙："你今年五十岁了，觉得对家庭该用怎样爱的方式？"

成龙感慨地说："我是一个孝子，还是一个不孝子？比方说，我妈妈病了三年，如果我哪儿都不去，就坐在她旁边，或帮她按摩，是不是就算孝顺？而我在外打拼算不算孝顺？那时候，我刚做导演，有一天接到个电话，说我妈妈刚刚去世了。我把电话一挂，继续干活，没有人知道。回到酒店，我一个人躲在房间大哭一场……"

看到这儿，我的眼前浮现出一个老妈妈的形象。

当成龙在戏校学习的时候，妈妈常提一桶热水，搭巴士、坐渡轮去学校，只为让儿子洗个温水澡。

成龙成名后，妈妈依然在澳大利亚做清洁工，她把成龙的照片挂满卧室，常过去亲一亲。

她不敢去片场，因为怕见到儿子受伤。她总叮咛成龙"注意安全"。

后来妈妈中风了，卧床六年。

成龙没在病榻前给妈妈送终，但我猜他妈妈可能宁愿如此——如同我那学生的父亲，为了不影响儿子的事业，而选择偷偷死去……

我把爸爸弄哭了

● 〔美〕A. 芙仁德

我问我爸，我是否有过让他哭的时候，因为，我不记得他在我面前流过眼泪。

爸爸说："有过一次。"爸爸告诉我，在我3岁的时候，他将一支笔、一美元和一个玩具放在我面前，他想看我会去抓哪一样。爸爸说，这是中国人的一种测试，所抓到的东西就是孩子长大后最看重或珍视的。

笔代表知识、学问、智慧，钱代表财富、健康，玩具则代表玩乐、享受。爸爸说他这样做完全是出于好奇，不过，他还是对我会抓哪样东西充满了期待。

爸爸说，3岁的我坐在那儿，盯着眼前的东西看了许久，他坐在我对面，耐心地等待着我的选择。

爸爸说，我开始往前爬了，他屏住呼吸，我却罔顾那3样东西，径直向他爬去，然后扑到他怀里。爸爸说，他从来没有想过自己也是其中的一项选择！

那是第一次，而且是唯一的一次，我把他弄哭了。

台风中的父亲

● 蔡崇达

一

晚上 10 点，中风出院的父亲回到家。亲戚们第一时间前来探望，每个人都说着自以为能安慰父亲的话，有几个亲戚一进门就抱着父亲哭。父亲倒是很淡然，一副无所谓的样子："这不是回来了吗，哭什么？"

折腾到凌晨 1 点多，人潮终于散去，父亲这才露出真实、窘迫的样子。住院 3 个月，父亲已经变得有些陌生：由于手术的需要，头发剪短了，背似乎也弯了，说话含混不清，没说几句就喘。记忆中那个讲话总是很大声、总要在亲戚面前摆一副江湖大佬样子的父亲，不见了。

父亲笑着对我说："没事，再过一个月就可以像从前那样了。"我点点头，张了张口，不知道怎么接话。父亲还想回到过去，回到他还是家庭顶梁柱的那个时候。我心里清楚，那是不可能的事了。

第二天一早，他就摔倒了。当时母亲去买菜，我听到沉闷的一声，跳下床，赶到他的房间时，他已倒在地上。我别过头假装没看见他的狼狈样，死命去拖他。当时 100 斤左右的我，怎么也拖不动 160 多斤的他。他也死命地出力，想帮自己的儿

子一把，最终还是失败了。

他和我同时真切地感受到疾病在他身上堆积的重量。他笑着说："你别着急，我慢慢适应。"他小心地支起右腿，摸索着该有的平衡，用力一站，人是立起来了，随即却像倒塌的房屋一样，直直地往右边倾倒。我慌忙冲上前，从右边扛住他，但他的体重获胜了，我们再次摔倒在地，好久都说不出一句话。最后，父亲挣扎着调动脸上的肌肉对我笑，但那个笑，最终扭曲成一个我描述不出的表情。

在父亲刚回家的那几天，所有家庭成员都意识到，自己是在配合他演一出戏，主旨是传达一种乐观的情绪，一种对彼此、对未来的信心，然后揣摩各自的角色和准确的台词。

母亲是个坚毅的女人，父亲在床上大小便时，她笑着说："你看，你怎么像小孩子呢？"自己仓促地笑完，便转身出去黯然地清理床单。这个笑话很不好笑，但她必须说。清理完床单之后，一个人去看守那个已经停业很久的加油站——那是全家人的生计。

姐姐是个乖巧的女儿，一直努力履行职责：喂父亲

吃饭，替他按摩麻痹的半身，帮母亲做饭。

而我，知道自己应该是准一家之主了。像一个急需选票的政客一样，要察觉这几个人的各种细腻表情，以及表情背后的真实心境，然后准确地分配精力，出现在他们身边。

二

父亲以为自己找到康复的方法了。有一天晚上，他兴奋地拉住我讲，他明白了，自己的左半身只是脉络不通。他说："只要我不断活动，活血冲死血，冲到最后，我身体的另一半就会活过来的。"

他第一天试验从家里走到弯道市场要多久，走到来不及回来吃午饭，最后我们三人兵分三路，终于在离家不远的拐角处找到了他。我走过去大概20分钟，他一早拼命挪动6个小时才能到达。

但他觉得这是个好的开始。"起码我知道现在的起点了。"他说。

第二天，他的方案出来了：早上8点出发，走到小巷的尽头折返回来，这样他可以赶在12点回来吃午饭。吃完饭，休息1小时，再出

发，走到更远的弯道市场，可以在晚上7点钟赶回来吃晚饭。晚上则待在家里，坚持站立，训练抬左脚。

每天晚上，大家都会陪他一起做抬左脚的运动。这项运动经常以家庭4人比赛的方式进行，我们都有意无意地让他赢，然后大家在庆祝声中，疲倦但心情美好地睡去。

三

从夏天坚持到秋天，父亲开始察觉，自己的左腿依然只有膝关节有掌控感，更让他恐慌的是，他的脚趾头一个个失去了知觉。

他对时间更苛刻了。

这天，按照天气预报，父亲生病后的第一场台风就要来了。我要去关门，却被父亲叫住："不能关，我待会儿要出门。"我生气地说："台风天出什么门！"父亲说："我要锻炼。"

父亲连饭都不吃了，拿着拐杖就往门外挪。我气急了，想抢下拐杖，他拿起拐杖就往我身上打。母亲赶紧起身去把门关上。父亲咆哮着一步步往门口挪，他用右手拿着拐杖维持住平衡，偏瘫的左手设法开门，却始终打不开。他开始用拐杖死命

敲打那门，边哭边骂："你们要害我！你们就不想我好！"我气急了，把门打开，说："你走啊，没有人拦你！"

父亲不看我，小心翼翼地挪动那笨拙的身躯。刚一出门，风裹着暴雨，像扫一片叶子一样，把他直接扫落到路的另一侧。我冲上前要扶起他，他显然还有怒气，一把将我推开，一个人在那儿挣扎。母亲默默地走过去，用身体顶住他的左侧，他慢慢地站立起来。母亲想扶着他进家门，他霸道地将母亲一把推开，继续往前走。

风夹着雨铺天盖地而来。他的身体颤颤悠悠，像雨中的小鸟一样，渺小、无力。邻居们也出来了，每个人都叫唤着，让他回家。他像没听见一样，继续往前挪。

一阵大风刮来，他又摔倒了。邻居要去帮他，他一把推开。他放弃站起来的想法，就趴在地上，像只蜥蜴，手脚并用地往前挪……最终，他筋疲力尽了，才由邻居帮忙抬着回了家。休息到下午4点多，他又拿了拐杖，往门口冲。

那一天，他就这样折腾

了 3 次。第二天，台风还在，他已经不想出门，也不开口说话，甚至不愿意起床了。他心里的某些东西完全破碎了。

四

疾病击垮了他，同时也释放了他。他不再假装坚强，会突然对着自己不能动的手臂号啕大哭，甚至扔掉了父亲这个身份该具备的样子，开始像小孩一样撒娇。

虽然父亲像个孩子一样，拉着我不让我远行，但他最终接受了我去北京工作的决定。我没日没夜拼命工作了 3 年，攒了将近 20 万元。我心里萌生了一个奢侈的计划：再过两年，把父亲送到美国看病，听说那里有一种仪器，能把堵在他大脑里的那个瓣膜拿出来，这样他就能找回他的左半身。直到那个下着雨的傍晚，我突然接到了堂哥的电话——父亲走了！下午 4 点多，母亲回到家，看他昏倒在地上，赶忙叫堂哥开车送他到医院急救，但在路上，他已经不行了。

我辗转到家，已经是晚上 11 点多。我哭不出来，一直握着父亲的手，那是冰冷而且僵硬的手。我压抑不住愤怒，大骂着："你怎么这么没用！摔一跤就没了，你不是不想死吗？你怎么一点儿诺言都不守！"

父亲的眼中突然流出一行泪。亲戚拉住我说："人死后灵魂还在身体里，你这样闹，他走不开，会难过到流泪，他一辈子已经够难了，让他走吧。"

我惊恐地看着不断涌出的泪水，像哄孩子一样轻声说："您好好走，我不怪您，我知道您已经很努力了……"哄着哄着，我终于忍不住号啕大哭起来。

文学的韵致

● 余秋雨

《诗经》使中国文学从一开始就充满了稻麦香和虫鸟声。这种香气和声音，散布久远，至今还闻得到、听得到。

"大宋"之"大"，一半来自宋词里的气象。如果说古诗词容易束缚现代人的思想，那么，这个毛病在宋词里是找不到的。我更鼓励年轻人多背诵一点宋词，甚至多过唐诗。原因是，宋词的长短句式更能体现中华语言的音乐节奏，收纵张弛，别有千秋。

当我遇到那些已经解决的难题，就把它们交付给课堂；当我遇到那些可以解决的难题，就把它们交付给学术；当我遇到那些我无法解决的难题，也不再避开，因为有一个名为"散文"的箩筐等着我。

艺术家与常人的一个重要区别，在于他们很早就在世相市嚣中发现了一种神秘的潜藏，一种怪异的组合，一种处处弥散而又抓不着、摸不到的韵致。

给我妈尝尝

● 严明

前年春天，父亲住了一段时间医院，回到家后，我问妈："我能不能出去一段时间？"我妈说："去吧，肯定没问题。"我打算跟合肥的张亮从定远出发，开车去甘肃拍照。走的时候我跟卧床的父亲辞行，妈帮我喊他："严明要去甘肃了，过些天就回来！""哦……"愣了一会儿，他又补了一句，"带点好吃的。"话刚说完我妈就笑了，说："你牙都没有了，能吃什么？"妈说的是实情，缺牙外加病重，爸已经只能吃我妈包的小馄饨了。其实爸的那句话没说全，隐藏了后半句，就是"给你妈尝尝"。

妈妈的人生是极简的，她绝不会主动消费去尝鲜、吃稀奇，也无吃零食的习惯。回想起来，我也没给爸妈买过什么，买得最多的好像是茶叶。

几个月前，我在外地讲课，临走时收到礼品，一箱石榴。纸箱外印有硕大的彩色石榴图片，还有"怀远石榴"几个大字，看着亲切。我从小就知道，石榴是怀远老家的特产，不过没有吃过的印象，大概是因为没在它成熟的季节回去过。石榴花我是见过的，钟形的花裂为六瓣，蕊在其中，艳丽异常。它有个坚实的底托，那就是孕育果实的地方。

我不是一个喜欢花花草草的人，但石榴花是个例外。以前有首民歌，唱"石榴花一样的阿娜尔罕"，我曾好奇，石榴花一样的

女子到底是什么样的呢？为什么新疆也有石榴花？资料上说，石榴择土不严，在沙土上都能茁壮生长。我老家的地里就是那种土壤。

我妈说过，她嫁过去那会儿什么都缺，什么好东西都没吃过，坐月子才能吃一点红糖水泡馓子。我把奶瓶里的奶喝完了，还哭闹，她就把我平放在床上，将奶瓶垂直对着我的嘴，依靠地心引力的帮助让我获得最后几滴奶……

不多想，能在第三地见到怀远石榴也是意外，我不想再坚持严控行李重量的习惯了，我要把它们带回家，给我妈尝尝。

回到家后，妈妈很欣喜，拿出几个石榴送给邻居，笑呵呵地回来，再拿出一个，坐在门前开始品尝。我也吃了，果真很甜，水分特别足，籽儿很小，一大把入得口中，稍一抿嘴，果粒即破。然后，就可以像喝饮料一般饮下那些汁水。在整个吃石榴的过程中，妈妈都很沉默，她每递给我一块我也不推让。想必是因为产地的关系，母子的这场分食异常平静，平静得有些肃穆。我心里清楚，这奇异的果实是那片土地所出，如今爸爸正长眠在那片土地上。

妈妈上一次吃怀远石榴，很有可能是在她刚嫁过去的时候，或是在生我的时候。

那时，她才二十多岁。那时候，她是石榴花一样的女子。

他在岁月面前认了输　● 丁立梅

他花两天的时间，终于在院门前的花坛里，给我搭出两排瓜架子。竖十格，横十格，匀称如巧妇缝的针脚。搭架子所需的竹竿，均是他从几百里外的乡下带来的。难以想象，扛着一捆竹竿的他，走在车水马龙的大街上是副什么模样。他说："这下子可以种刀豆、黄瓜、丝瓜和扁豆了。"

其时，夕阳正穿过一扇透明的窗落在院子里，小院子像极了一个敞口的罐子。"多得你吃不了的。"他两手叉腰，矮胖的身子泡在一罐阳光里。仿佛那竹架上已有累累果实。

我不想打击他的积极性，不过巴掌大的一块地，能长出什么来呢？而且我根本不稀罕吃那些。我言不由衷地对他的"杰作"表示欢喜："哦，真不赖。"

他在我家沙发上就座时，碰翻了茶几上的一套紫砂茶具。他进卫生间洗澡，水漫了卫生间一地。我叮嘱他："帮我看着煤气灶上的汤锅啊，汤沸了帮我关火。"他答应得相当爽快："好，好，你放心做事去吧，这点小事，我会做的。"然而，等我在电脑上敲完一篇稿子出来，发现汤锅里的汤已溢得满灶盘都是，他正手忙脚乱地拿着抹布擦。

我们聊天，他的话变得特别少，只顾盯着我傻笑，我无论说什么，他都点头。我说："爸，你也说点什么吧。"他低了头想，突然没头没脑地说："你小时候，一到冬天，小脸就冻得像个红苹果。"想了一会儿又说："你妈现在开始嫌弃我喽，老骂我老糊涂，她让我去小店买盐，我到了那里，却忘了她让我买什么了。"

"呵呵，老啦，真的老啦。"他这样感叹，叹着叹着，就睡着了。身子歪在沙发上，半张着嘴，鼾声如雷。灯光下，他头上的发，腮旁的鬓发和下巴的胡茬，都白得刺目，似点点霜花。

可分明就在昨日，他还是那么意气风发，把一把二胡拉得音符纷飞。他给村人们代写家信，文采斐然。最忙的是年脚下，村人们都夹了红纸来，央他写春联。小屋子里挤满了人，笑语声在门里门外荡。我上大学，他送我去，背着我的行李，大步流星走在前头。再大的城，他也能摸到路。那时，他的后背望上去，像一堵厚实的墙。老下去，原来不过是一瞬间的事。

我带他去商场购衣，帮他购一套，帮母亲购一套。他拦在我前头抢着掏钱："我来，我有钱的。"他"唰"一下，掏出一把来，全是5元、10元的零钱。我把他的手挡回去，我说："这钱，留着你和妈买点好吃的，平时不要那么省。"他推让，极豪气地说："我们不省的，我和你妈还能忙得动两亩田，我们有钱的。"待看清衣服的标价，他吓了一跳："太贵了，我们不用穿这么好的。"

那两套衣服，不过几百块。

我让他试衣服。他大肚腩，驼背，衣服穿在身上，怎么扯也扯不平整。他却欢喜得很，盯着镜子里的自己，连连说："太好看了，我穿这么好回去，怕是你妈都不认得我了。"

他先出去的。我在后面叫："爸，不要跑丢。"他嘴硬，对我摆摆手："放心，这点路，我还是认得的。"等我付完款，拿了衣服出

母爱，踩着云朵而来

● 丁立梅

父亲对我说："你妈现在在家门口都能迷路。"母亲小声争辩："是夜里黑，看不见嘛。"

母亲去亲戚家做客，夜里搭顺风车回来。车子停在离家半里路的河对岸，过了新修的桥就到家了。可她硬是找不着回家的路，稀里糊涂地踏上了相反的方向，越走离家越远，幸好遇到晚归的同村人，把她送回家。

母亲老了，这是不争的事实，她再也不像以前那般利索和能干了。我看着母亲，百感交集，想起了多年前与她相关的一件事，我一直觉得那是个奇迹。

那年，我在外地上大学，第一次离家上百里，就像独自跋涉在沙漠里，想家想得厉害，便写了一封家书，字里行间满是孤寂。母亲不识字，让父亲念给她听，听完，她竟一刻也坐不住了，决定坐车来学校看我。

母亲从未出过远门，大半辈子只圈在她那一亩三分地里。可她决心已下，谁也阻拦不了。她去地里拔了我爱吃的萝卜，烙了我爱吃的糯米饼，用雪菜烧了小鱼……临出发前，她还特意穿了做客的衣服——一件鲜艳的碎花绿外套。母亲考虑得周到，她不想给在大学里念书的女儿丢脸。

左拎右捐的，母亲上路了。那时从家去我的学校，需要在中途转两次车。到了终点站还要走十多里路。我入学报到时，是父亲一路陪着的，上车下车，穿街过巷，直转得我头晕，根本分不清东南西北，记不住路。

然而我不识字的母亲，却准确无误地找到了我的学校。我清楚地记得，那是秋末的一天，黄昏来临，风起，校园里的梧桐树飘下片片金黄的叶。最后一批菊花在秋风里，燃尽了最后一把热情，黄的脸蛋、红的脸蛋，笑得满是皱褶。我在教室里看完书，正要收拾东西回宿舍，一扭头，竟看见母亲站在窗外，冲着我笑。我以为是眼花了，揉揉眼，千真万确，是母亲啊！她穿着鲜艳的碎花绿外套，头上扎着方格子三角巾。三角巾被风撩起，黄昏的余晖为母亲镀上了一层橘粉色，她像是踩着云朵而来。

那日，我的宿舍里像过节一般。女生们个个都有口福，她们吃着母亲带来的大萝卜，吃着小鱼，还有糯米饼，不住地说："阿姨，好吃，太好吃了。"而母亲，只是拘谨地坐着，拘谨地笑着。那会儿，一定有风吹过一片庄稼地，母亲淳朴安然得犹如一棵庄稼。

一路上，母亲是如何上车下车，又是如何七弯八拐到达我们学校的；后来，她又是如何在偌大的校园里，在那么多的教室中找到我的，都成了谜。

我问过母亲，但她始终一笑，不答。现在我想，这些问题根本不需要答案，因为她是母亲，所以她的爱能踩着云朵而来。

门，却发现他正在商场门口转圈儿，他已经辨不清方向了。

我上前牵了他的手，他不习惯地缩回。我也不习惯，这么多年了，我们都没牵过手。我再次牵他的手，我说："你看大街上这么多人，你要是被车碰伤了怎么办？你得跟着我走。"

他"唔"一声，粗糙的手，惶惶地，终于在我的掌中落下来，脸上，露出迷惘的神情。

我的眼睛有些模糊，是夕阳晃花眼了吧？什么时候，他竟这样矮下去，矮下去，矮得我看他时，须低着头。他终于如一株耗尽生机的植物，匍匐到大地上。

"调教"父母指南

● 张皓宸

一个人的成长，其实可以从他与家人联络的频率中看出来。我想起到北京的头两年，几乎每三天与我妈通一次电话。那个时候，刚离开故乡，稚气未脱，与家人说闲话、唠家常，自然毫不费力。后来几年，受他乡环境浸染，动辄脱胎换骨，几年光景就有可能彻底改变一个人。这些伤筋动骨的疼痛我很少向父母提及，筛选后能聊的话题不多。我妈问我："你是不是报喜不报忧？"我说："报忧你能给我解决问题吗？我还要反过来安抚你容易激动的情绪。"

那些吃喝拉撒的琐事，经不住三天一个电话，通话的间隔变成五天、一周……我妈发来无声的抗议，那是一篇转自微信公众号的文章。不知道是哪国专家的研究，说人们沟通中的信息，实际上只有百分之七通过语言传递，百分之三十八通过语气传达，而身体语言占到了百分之五十五。我会意，自此我们的沟通方式从发语音消息变成了打视频电话。

父母的样子不能细看，尤其是这个年纪的父母。每一道皱纹都长在我的心上，每一根白发都刺在我的眼里，每一次操作手机时，他们笨手笨脚的样子都打在我的情感软肋上。尽管与父母相处，就是要克制一点感性，但还是抵不过对他们不断加深的思念。

我一向认为与父母相处需要"调教"。首先是用经济独立来宣告自己已经成年。

如果一个步入社会的人，还在主动或被动地伸手接住父母递来的钱，那在父母眼里，亲子关系都还是与小孩子博弈的供需关系。有一年过年——那时我已经出版了三本书，算是踏入经济独立的门槛——吃年夜饭时，按照我爸的要求，晚辈们要逐个起立说祝酒词。在发言之前，我给桌上的每个亲戚都包了红包，尽管数目不大，但那次发言我比任何一次都有底气。我聊人生，希望所有人活在当下，今后大家都照顾好自己。所有人

认真地看着我，似乎听得很尽兴。

那种情绪很复杂，每个孩子用尽浑身解数想要得到大人的关注，有时是想多讨一颗糖，而有时，只是想让他们认真听自己说话。这样的注视来之不易，我知道从这一天开始，我终于等来了他们眼中我真正的成年。

"调教"的另一个阶段，是告知父母你的边界，亲情不可切割，但是生活需要切割。

我们早已不是当初的我们。我们既经历过思想的匮乏，情绪的无处发泄，又要接纳身体里膨胀的自我，那些逆耳忠言劈头盖脸地降临，让我们成为体面、善良的矛盾综合体。生活中徘徊的振奋和沮丧，像一场幻梦，醒来后还要自己擦干眼泪。以上种种，父母都没有参与，他们也很难理解，这不是靠耐心沟通或者一片孝心就能解决的问题。

这个世界，会越来越看见和尊重每一个特别的人。但父母看不见特别，你说人

要有自我，他们听不懂。因为他们的一生都在为环境让步，为别人工作，为别人考虑。有了你之后，又只会围着你转，追求自由这件事本身就不自由。

书上说，身为父母、配偶、被爱之人的你，别让你的爱成为黏合的胶水，而要让它成为磁铁。先是相互吸引，然后反过来相互排斥，以免那些被吸引的人，误认为他们必须黏着你才能活下去。这其实是一种伤害。

人人都要渡河，水花不断溅起，人真的够累了。有权利让你开心和难过的，只有你自己。所以将你的边界、不想被打扰的生活半径、会伤害到你的言论，都要明确地告知父母，甚至要奔着会大吵一架的后果去说。场面或许难看，但爱就是一场磕碰，他们如果爱你，即使永远不理解，也能看到你的态度。

"调教"的最后阶段，无法选择父母，就选择放过自己。

我妈的性格比较偏负面，凡事容易往坏处想，她也常说自己嘴笨，总是口是心非。最戏剧性的一次，她还在我面前掉眼泪，说自己是个失败的妈妈。我爸的性格是另一个极端，过分乐观。我特别喜欢与我爸抬杠，在日常生活中与他斗智斗勇。有一次，我爸杠不过我，往家庭群里连发好几张他们在公园拍的游客照，试图转移我的注意力。我点开看，飞舞的丝巾底下，是眼睛都没睁开的我妈，他绝对是我妈的头号"黑粉"。

我性格中的明媚与忧伤，在了解他们之后越发清晰，父母的结合，塑造了现在的我。近几年，"原生家庭"这个词被频繁提及，好像一个人所有的性格缺陷和不幸福都可以推给原生家庭。我见过真实的受困于原生家庭的例子，最残忍的莫过于要接受父母其实不爱你的现实。那道血淋淋的裂缝，日后再多的爱和歉意都无法填补。我有时悲观，自我剖析的时候，也想从父母身上找原因，但我这个年纪都已经可以组成新的家庭了，还从原生家庭找原因，着实有点不靠谱。原生家庭的"因"你无法更改，但是那个"果"你可以接住并尝试扔掉。

二〇二二年我的记忆很混乱，源于生活的一地鸡毛。可叹又可笑的是，我与父母就见了两次面。一次是回成都，外公突然发高烧病倒了，全家都在照顾他。那时药店买不了感冒药，只能去医院。前后折腾了一天一夜，外公终于吃了药，在我家睡下了。那晚我们轮流照顾他，我爸累了一天，很快传来他睡在沙发上发出的呼噜声，我妈坐在一旁的凳子上，直直地望着外公房间的门，眼里已然没了神。我能感受到她的无助和慌张。

清晨，外公终于退了烧，我们在厨房忙碌，准备给他煮养生粥。我爸洗着菜，笑着问我："等我们老到走不动路，你会不会这样照顾我们啊？"我开玩笑说："你们身体那么好，可能反而是我比较需要你们照顾。"我妈举着铁勺，抢过话："别说照顾，就算现在是枪林弹雨，我也会拼尽全力挡在我儿子面前。"

没想到一语成谶，第二次见面，是我在重庆开画展，他们来了，结果忙前忙后连饭也没有一起吃一顿。当晚我与主办方庆功，没想到酒精中毒，呕吐到第二天，下床都困难。他们来酒店照顾我，喂我吃了药，我妈坐在床边，看我疲惫的样子满脸心疼，还拨弄起我的头发。我也不知道自己怎么了，这一年身子弱了，白发疯长，全被我妈看在眼里。她不停地念叨："儿子怎么转眼这么大了，好难过，好难过。"

我不是矫情的人，说这是遗传了他们的少白头。有些话，我当时没有说出口，不想将外面世界的难处告诉她，她解决不了，说了她只会睡不着觉。我们很久没有这么近距离地观察过对方，

她眉间的川字纹还是很深，脸颊的肉下垂了一些，怎么就老了这么多呢？我明白我妈说的难过，我们都在以对方不易察觉的速度衰老，只是他们衰老得更快一点，身体一卸力，扶住了时间的肩膀。养育一个孩子，最终是完成一场盛大的告别。我们都在用各自的方式爱对方，也都在以互相推开的姿态，表达我们内心对失去的害

怕。

"调教"父母的"调"，是往一碗热汤里调味，淡了加点盐，咸了加点水；而"教"，是不断提醒他们，有一天我们都会老去，那时谁都可能离开他们，但我们一定都会陪在他们身边，喂他们喝完这碗我们共同熬了一辈子的热汤。人是爱的容器，记得我爱你。

远离否定式赞美 ● 高一然

朋友说，她新认识了一个同事，很喜欢夸赞她，但每一次夸赞都令她在"死亡线"上反复挣扎。具体来说，这个同事非常擅长一种"否定式的赞美"，表面上极其友善，实质上却否定了朋友的一切。比如：

朋友提交了一份报告，这位同事说："哇，你做得真是太好了，我都没想到是你做出来的！"

朋友点了一份下午茶，这个同事说："真羡慕你都不用担心胖，没有男朋友管就是好啊。"

她们俩稍微交了点儿心，这个同事便特别"真诚"地跟我朋友说："我终于明白你为什么总和大家格格不入了，原来是你的思想比他们超前许多。"

刚听到这个困惑时，我也尝试着劝解朋友，把这些无心之失当作几句玩笑话，但仔细想想，这些言语已经构成了某种程度的暴力。这种暴力藏在夸赞的语言外壳之下，制造了羞辱、愤怒、伤害和自我怀疑。

大多数人认为，如果他们遭受了语言暴力，他们会知道。毕竟，语言暴力通常包括指责、辱骂、威胁和吼叫。但事实上，语言暴力远比我们意识到的要多得多，语言暴力的形式远不止"看得见"的辱骂和贬低，还包括"看不见"的否定，否定你的思想和感受——"你太敏感了吧"；重复负面评价——"同事们都不喜欢你"；沉默对峙——"我拒绝和你对话"；伤害性不大、侮辱性极强的玩笑——"你穿这件衣服真好看，凸显了你的大屁股"；错误指控——"你穿这件衣服就是为了提高回头率"；否定或合理化自己的行为——"我不是那个意思，我这是在夸你呢"。

随着时间的推移，受害者可能会开始同意施暴者的观点，并进行内向批评。这些日常言语中的"碎玻璃碴儿"开始逐渐瓦解受害者的自我意识，令受害者质疑自己的价值，以至于无法再真实地看待自己。

当父母的"树叶"脱落

● 王双兴

双重丧失

为父亲办理后事时，亦邻发现，母亲的情绪像钟摆一样，变来变去。那是2018年春天，父亲走了，母亲病了，几乎是在同一时间，匀速行驶了几十年的列车，突然脱轨、失控。

处理完父亲的后事不久，3个女儿带母亲去了医院，医生递过来的诊断书上写着"中重度老年认知症"，属于阿尔茨海默病和血管性痴呆的混合型。父亲从这个世界消失，母亲的记忆被一点一点抹除，两个旋涡遇到一起，变成更大的旋涡，整个家被裹挟其中，乱了阵脚。

20世纪60年代，父母在部队相爱、结婚、生子。两个人感情好得出名，一起看电影，一起做家务，一起跑步，一起骑自行车，直到头发白了，还保留着甜蜜的情趣。有段时间，父亲看起了言情剧，还去逗母亲："他们又抱到一起了，来，我们也抱一下。"母亲就笑，翻一个嗔怪的白眼。父亲得了冠心病后，两个人开始手握着手睡觉，这样，如果父亲不舒服，母亲就能立刻察觉。亦邻回忆，舅舅去世时，父母还抱在一起哭，"约定以后两个人一起走"。

没人料到他们会突然被拽进疾病的深渊。父亲患上心衰，卧床直到离世；而母亲的情绪，在激动和漠然之间来回切换，有时候跟跟跄跄跑过去关心父亲，但多数时候，是麻木的、不耐烦的。

2018年5月，在病床上处于昏睡状态的父亲突然清楚地喊出4个字："准备出发！"过了一会儿，又喊了一句："出发！"然后离开了人世，终年84岁。母亲的病情继续不可逆地恶化，很多记忆被抹除，越来越像一个孩子。

"捡来"的小孩

父亲下葬前一晚，三姐妹分别和他告别。到亦邻了，她发现自己很难和父亲对话，脑袋一片空白，最后决定用自己擅长的方式——画画。

亦邻做了20多年插画师，但画自己的父母，此前从未被列上日程。父亲去世后，悲痛之余，亦邻总觉得有些含混不清的情绪堆积在那儿，埋怨、自责，或者遗憾？童年时代系在心里的一个又一个疙瘩似乎没有机会解开了，宣泄似的，她拿起了笔。

亦邻的童年记忆大部分与乡村有关。当时，因为保姆离开，父母决定把一个孩子送到外婆家。姐姐清雅不愿意，还没与家人分别就大哭，于是亦邻成了被送走的那个。

月亮、蜻蜓、独轮车，还有一眼看不到头的田间小路。乡村生活的快乐是真实的，但情感缺失也是真实的。父母变得越来越陌生，有时候，亦邻在外面玩，看到爸爸妈妈来了，撒腿就往回跑，钻到牛棚里躲起来。那些举动里藏着小女孩的巨大心事：亦邻想跟父母走，又怕他们不是来接自己的，更怕被接走几天又要被送回来。为了不被拒绝，干脆装作不期待。

五六岁时，亦邻被接回父母身边。在外婆家时，她还是那个开心就笑、生气就闹、脾气上来就满地打滚的小兽，但回家后，因为担心再被送走，她突然变得小心翼翼，不笑不闹更不打滚，每天竖着耳朵听爸妈聊天。

妹妹小蔸出生后，亦邻的失落感变得更强。妹妹足够可爱，会撒娇，赢得了爸爸的偏爱。妹妹学跳舞是被支持的，但亦邻学画画却被反对；妹妹出门回来父亲翘班也要去接，亦邻曾凌晨三点一个人拖着行李回家。很多年之后姐妹俩聊起父亲，同时惊叹道："我们说的爸爸是同一个人吗？"

那时候，亦邻总听周围人说："你是捡来的，爸爸妈妈都不喜欢你。"叔叔们抱着胳膊，跷着二郎腿，把调侃和挑衅一个女孩作为茶余饭后的消遣。亦邻气不过，歪着脑袋怼回去："爸爸妈妈不喜欢我，我还有外公外婆。"看热闹的人不尽兴，继续说："你外公外婆也不喜欢你，不然怎么会把你送回来。"亦邻站在人群中间，用力想办法抵挡这些中伤，最后装出恶狠狠的样子，说："都不喜欢我算了，我自己喜欢自己！"没想到，爸爸在一旁听到这句话很高兴，说亦邻"有志气"——这是她在成长中得到的为数不多的认可。

装出来的盔甲被当成真的坚强，亦邻只能把眼泪憋回去。以至在后来的岁月里，亦邻花了很长时间、很大精力，想要确认和证明自己是被爱着的。

后来，三姐妹陆续长大、离家，童年的伤没机会治愈，被搁置在那里。

姐姐清雅在外工作几年后回了故乡，亦邻去了广东，妹妹小蔸去了北京，天各一方。几十年里，亦邻和父母相处的最长时间是一个多月——她把父母接到广东的家里住过一次，其他时间，她只在春节回家。再后来，一家人重新聚到一起，是在父亲的灵堂。

和解

在和母亲一起画画的过程中，亦邻聊起了小时候的自己，那个在长辈眼里淘气、像男孩子，但又藏着敏感和脆弱的女孩。

母亲说，怀亦邻的时候，人们根据母亲的肚子大小、形状，走路姿势等迹象，推测会是男孩。听到这些，亦邻几十年的困惑才有了解答——当一个女孩呱呱坠地，父母心中的期待多少有些落空，于是有意无意在她身上强化对男孩的想象。他们希望她坚强、坚硬，能扛事，也觉得她足够强大，不需要给予太多关注。

童年的境遇，让亦邻和妹妹有了完全不同的性格。小菀是现代舞者，她教舞蹈的机构里，有一部分学生是特殊儿童。排练舞蹈时，她能敏锐地发现某个小朋友情绪的异常，她提起最多的两个词是"尊重"和"接纳"。大概，因为被爱，所以爱别人显得容易。

2021年4月，三姐妹回故乡给父亲扫墓。当姐姐清雅和妹妹小菀分别和父亲述说完想念以及近况，亦邻仍迟迟说不出话，后来直接

跪在那里，大哭——从小到大，亦邻都是家人眼中最坚硬的那个，看电视剧时，小菀已经"天崩地裂"了，亦邻也"绝对不会落泪"；但在父亲去世后，两代人之间的缝隙，慢慢被眼泪灌满了。

被困住的父母

在亦邻的漫画里，父亲永远高大魁梧、腰杆笔直。他是抗美援朝老兵，一辈子坚强、刚硬，很少生病，走起路来也风风火火，他最讨厌一个人"霉起霉起（没精打采）"的样子。

但到暮年，他的腰再也没直起来。很长一段时间，因为身体疼痛、睡卧不安，父亲只得整宿坐在轮椅上，不停看时间。回到病床，因为腰痛，总想不停地躺下、坐起，调整姿势。最后一段时间，他连"坐"这项最基本的技能都无法独立完成，需要女儿把他推起，并在背后用肩膀抵着，才能勉强坐一会儿。

生病住院时，父亲抵触一切象征身体机能丧失的事物，拒绝请护工，拒绝用轮椅，拒绝女儿帮他擦洗身体，更拒绝她们帮他接尿。

在亦邻的印象里，父亲

讲起自己在部队的事情，女儿们问，如果上战场你怕吗？他挺着腰板说，不怕。当时，他做好了为国牺牲的准备；但几十年后，面对正常的衰老和死亡时，他是无助的。

冲击之下，关于"意义"的命题第一次出现在亦邻近50年的生命体验中：如果生命衰弱到无法控制，活着的意义是什么？

同一时间，父亲被心衰损害了躯壳，被困在空间里；母亲被阿尔茨海默病损害了记忆，被困在时间里。但不管意识是否清醒，尊严都被疾病消耗殆尽。

有一次，亦邻和一个年轻朋友聊起阿尔茨海默病，聊到动情处，朋友突然感慨道："一个人真的就像一棵树一样，我们在年轻时会有很多的妄想、妄念，觉得我努力增加很多的树叶，做到了这个，做到了那个。但实际上，'你是谁'这件事情不过是一大堆的记忆，时间长了，树叶会不断地掉落，会留下一些，扔掉一些，美化一些，隐藏一些……感觉挺虚无、挺脆弱的。"

"意义"两个字又一次出现在亦邻脑袋里：如果有一天，生命变得无知、无觉、

无痛、无惧，活着的意义又是什么？

出口

父亲去世后，三姐妹共同在家生活了一段时间。妹妹在北京有自己的舞蹈教学机构，需要回去上课；姐姐长期和父母生活在一起，照顾起来顺理成章。最焦虑的是亦邻。她做插画师，时间相对自由，但和上一代人不同，"尽孝""养老送终""天经地义"这些传统理念被更独立的自我意识取代，"责任"不再能将她和父母捆绑在一起。

心理学者陆晓娅的母亲也是阿尔茨海默病患者，在接受媒体采访时，陆晓娅说起过同样的困扰："我不是圣人，我受不了这种没完没了的陪伴。我想阅读，我想写作，我想备课，我想有精神上的交流……为什么我要为一个精神上已经荒芜的人牺牲我的创造力？"

但在"个人"和"责任"之间，还横亘着"情感"两个字，让亦邻不可避免地摇摆起来。很长一段时间，亦邻做旅行绘画，但母亲生病后，因为心理负担，她再也没有出去旅行过，只能让自己尴尬地夹在急躁和愧疚之中。

原本以为，离家几十年，已经割断了自己和父母的联结，但在陪伴父母的这段时间里，亦邻又重新把亲情置于生活的重要位置。

有段时间，母亲变得非常沉默，女儿们绞尽脑汁和她聊天，也只能换来点头和摇头，但唯有一个问题，任何时候问起，都能换来母亲认真的回答。

"你这辈子最自豪的事情是什么？""就是生哒（了）你们3个女儿！"

有些时刻，亦邻会突然觉得，自己就像现在的母亲，穿着红舞鞋一直走一直走，停不下来。但疾病作为生命的一部分，更像一道缝隙，让人停下来，透过它，看到衰老与死亡，进而看到生命本身。

亦邻想起，小时候，一家人有晚饭后散步的习惯，等天幕一点点变黑，他们就停下，转身，顺着原路回家。那些不断跳出来的"意义"命题，也渐渐在"原路返回"的过程中有了答案。小菀说："对意义和价值的思考是没有结果的，它在不断地升华，会渗透在你怎么对待家人、怎么对待生命的态度之中，要不断去探

索，走到这一步才知道会遇到什么，还有什么东西在前面等着你。也因为没有标准答案，所以过程是美妙的。"亦邻有同样的感慨："思考意义的过程，就是意义本身。"

亦邻在日记里写道："所有的美好都退到记忆的背后，迎面而来的是责任带来的沉重，看来中年确实是接受岁月捶打的阶段，而我目前所做的工作就是和大家一起将过去的一切都推到台前来，这样至少可以让我们多一点抗捶打能力。"

风雨还在继续。亦邻把那些脱落的树叶捡起来，做成标本。其中一片，被夹在她为父母画的书的第313页：那天，亦邻和姐姐、母亲站在阳台上看月亮，母亲突然指着夜空，一个字一个字地蹦出些琐碎的句子，连缀在一起，像一首诗：

看，月亮出来大半个了。

那边天上还有星星在闪。

如果到外面去看，可以看到满天的星星。

你看对面的房子，一层一层。

每一层都有光。

我在母亲身上看见了自己

● 刘晓蕾

母亲已经去世20年了。

这么多年来，我一直在梦里找妈妈，总也找不到，然后哭醒。直到几年前，在我的梦里，她不再出现了。

也许，是我终于释然了吧。

她走的那一年，我还在读硕士研究生。我没告诉舍友，她们只知道我妈妈病了。我装得若无其事，白天跟她们一起吃饭、说笑，夜里独自辗转反侧。怎么就这么倔强？想来，一是不愿暴露自己是孤儿（父亲已先于母亲5年去世），不想看见别人同情的目光；二是自己也拒绝接受现实，有逃避心态。母亲的葬礼结束后，一个堂姐看着我哭了："你以后可怎么办啊？"我甚至还笑了一下说："没事。"

接下来，我硕士毕业，然后去南京大学读博。没人知道我父母双亡，跟大家一样，我读书、逛街、谈恋爱，为论文苦恼，唯有在梦里会找妈妈，找不着，呜咽着醒来。

我也会问自己：这么多年过去了，为何还不能放下？

每个人都有自己的心结，母亲是我生命里最原初的痛与爱。

每一代人的父辈，都有时代的烙印和个体的缺憾——大环境简单粗糙，自己还没长大，就仓促间为人父母。结果，夫妻关系、亲子关系和社会关系，搅在一起，成了一团乱麻。

我是"70后"，母亲是"40后"。父亲是小学校长，谨慎内敛，又敏感细腻。母亲是小学老师，天真得一塌糊涂。她好像永远都搞不懂自己的社会角色，不会跟别人打交道。父亲经常因为母亲说错话、做错事而大发雷霆，与此同时，母亲就头痛，然后蒙头大睡。多年后，我终于恍然大悟，其实这是焦虑导致的神经性头痛：她知道自己错了，但不懂自己错在哪里，又知道自己改不了，头痛是一种应激反应，也是她的自我惩罚。

所以，在我的心中，母亲不只是母亲，还是一个孩子。我跟她一起焦虑，一起难过，一起头痛，也一直不放心她——父亲生气，我总替母亲打圆场；她去外婆家，我会一直等，直到她骑着自行车，歪歪扭扭地出现在村口的小路上，才欢天喜地地一起回家吃晚饭。

这是一个没长大的小孩，对一个永远长不大的大人，混沌而强烈的同理心和责任感。

原生家庭的影响是深远的。母亲的天真和幼稚，让我一直对社会和他人，既恐惧又好奇，既敏感又疏离。

中国人一向认为，个体一定要被群体接受，社会是个体的归宿，成熟的标志便是个人价值被社会承认。融入社会，就像一滴水汇入大海，一粒沙隐入沙漠，然后才有安全感。一个人被社会抛弃，是可耻的。

在西方语境里，尽管也有社群主义，强调社会性，但总体上，个人与社会保持着某种紧张和对立。所以，对西方式的"自我"而言，社会是敌人，是异化的力量。因此，尼采才会对群氓充满警惕，萨特才会说"他人即地狱"。

西方人有西方人的痛苦，单纯激烈；中国人有中国人的痛苦，复杂暧昧。并非所有人都像薛宝钗那样，天生适合集体生活，并认为社会化是理所当然的。

对有些中国人来说，融入社会，其实是被残酷绞杀的过程，凶险、惨烈，受到的创伤，甚至伴随一生。母亲的症状是非定期发作的剧烈头痛，我的症状则是在自我贬斥、自我怀疑和自我肯定之间，来回摇摆。

不过，值得庆幸的是，正是在这种巨大的折磨中，自我才逐渐形成、显现。我们才能真正思考，自己到底想要什么样的人生，成功的定义是什么。

世事如此，自我也如此。自我是流动的，成长是一个不断破碎、不断重建的过程。

我想起林黛玉。她小时候也孤傲、任性，谈恋爱的时候也耍各种小性子。因为对这个世界有爱、有期待，所以格外敏感多疑。但我们也看见，她在一点点长大，开始理解贾宝玉，甚至接纳了宝钗，越来越心平气和。《红楼梦》第七十六回里，她跟史湘云在凹晶馆联诗，天上一轮皓月，湘云说要是坐船吃酒该多好，"你我竟有许多不遂心的事"。倒是黛玉笑道："古人常说的好，'事若求全何所乐'。"黛玉还说："不但你我不能称心，

就连老太太、太太，以至宝玉、探丫头等人，无论事大事小，有理无理，其不能各遂其心者，同一理也，何况你我旅居客寄之人哉！"

这样的黛玉，这样通情达理、心平气和，我为她开心的同时，居然有点儿怅然若失——她的沉醉忘情、跌宕多思，就这样一去不复返了。而这些，往往是诗意和自由的来源。

所以，过去、现在和未来，到底是得还是失？都很难说清楚。

母亲的天真，未尝就一定要拒绝、要排斥。她的数学特别好，在学校里，她讲的课永远最好。如果天地足够广阔，天真就是生命的源泉，内在的活力。

有一天，我突然就明白了这个道理。

作家安·兰德在《源泉》里说："创造者所关心的是征服自然，而寄生虫所关心的是征服他人。"

创造者为他的工作而生存，他并不需要其他人，他的首要目的存在于自身；而寄生虫通过侵占的方式生存，他需要其他人，其他人成了他首要的动机。

所以，她说："对一个创造者来说，所有与他人的

关系都是次要的。"

所以，她说："成功就是捍卫自己的完整性，跟功成名就没什么关系。"

年轻的时候，我惧怕自己活成母亲的样子。

现在我知道，母亲是我的基因，我的血液。我不能拒绝她、否定她，要爱她和接纳她。她是我的过去，也是我的起点。

母亲在我的梦里不停地出现，我寻她不得，焦虑哭泣，其实是因为我内心缺乏安全感。等我理解了她，接受了她，就是理解了过去，接纳了自己，从此，她便从我的梦里消失了。但我知道，她已经以另一种方式，跟我和平共处了。

父母和儿女，就这样互相折磨，也互相成全。

尽管我的父母都不完美，但我知道他们爱我。我爱吃水果，父亲会骑着自行车去果园，买一大麻袋苹果、梨子，打开袋子的时候，香味四溢，那一天就是我的节日。

母亲特别会做红烧茄子，可是父亲每次买回来的茄子都老掉牙了。母亲切开茄子，看见满满的籽："唉，又这么老！不是教你怎么辨认老茄子和嫩茄子了吗？你咋就学不会呢！"

哎，妈，我到现在也不会辨认呢。这一点，我真像父亲。

父亲责备了母亲一辈子，最后他遭遇车祸瘫痪了，是母亲给他做饭，带他看病，背他上厕所，背他晒太阳。一次，我看见父亲拉着母亲的手，掉起眼泪，母亲也哭了。

我早就知道，他们是互相爱着对方的。

这是我父母留给我的最宝贵的东西——不管世人如何，我一直相信爱。即使伤痕累累，也无怨无悔。

感到幸福的一个瞬间　●张　春

那大概是一个下午。那天上午我做了一些家务，到中午，觉得全都打扫完了。环视四周，看到刚铺过的干净整齐的床，就爬上去躺着。不知过了多久慢慢睡着了，也不知道是过了多久才醒来的。

醒来时是半下午，可能是3点多。从窗外的清凉绿荫中吹进来一阵风，我可能是被那阵风吹醒的。我有点儿惊讶地醒来，竭力想回忆起一点儿值得关注的事情，但是没有。空气白，而自有分量。我意识到自己的全部身心都沉浸在那阵风里，所有的生活都聚集在此处、此时。

一时之间，我不知道该怎么办，动了动手脚，不知道要往何处活动。张开嘴，想不起来要说什么，却没有来由地轻轻发出了一点声音："嗯？"好像这样能从空气里喊出一个关照我的神仙，又好像可以把这一声轻唤留在茫茫宇宙中，它将和我永不止息地呼应。

我疑惑着：自己为什么从未决定像这样顺从地幸福下去？许多年后我才明白，那并不是一个幸福的开始，那就是幸福本身。后来，我就对幸福有了经验：它灿烂，宁静，出其不意，无法复制并且转瞬即逝。

它的降临，为我那个大雪从未停过的故乡，钉下了一块路牌。路牌上面写着：我曾路过这里，当时死亡还没有来。

有位朋友问，你注意过更年期的母亲吗？

我想这句话想了很久，母亲今年七十多岁，更年期已经过去了很久。印象中，母亲一直好好的，上有老，下有小，种了好多地，喂了几头猪……朋友说，不管多劳碌，更年期总是会经历。她说，她母亲正在更年期，脾气很大，看她爸不顺眼，看她不顺眼，见碗见盘子也不顺眼，总之，许多不顺眼。有一天还莫名其妙地流泪。有一回，她母亲说，这辈子算是完了，绝经了。她没心没肺地说，多好啊，不用痛经了嘛。惹得她母亲又哭一场……

我常常回家看母亲，因为她中风了。她头一次中风，恢复得算好，两个月之后能做饭，从前能把土豆切得像丝一样，这一回，切得像棍儿，不过四个月之后，又切得像丝了。可惜一年之后二次中风，彻底做不成饭了，生活还能自理，却需要人来照应。

我看母亲，母亲也看我。好多年前，有一回我睡午觉，迷迷糊糊地半睁着眼睛，看见母亲坐在床边，一声不响地看着我，于是我赶紧闭上眼睛，假装睡着。母亲就那样看了很久，好像我浑身都是她的目光。在那样的目光里，母亲一定想起了我小时候，尿床，淘气，哭鼻子；少年时，贪吃，冒失，荒唐；青年时，木讷，喝醉，小老头似的背着手走路……现在，却睡得安稳。

后来，我在一篇文章里写道，要给母亲凝视你的机会，安静地让她凝视，让她回味你成长的片段，回味已经远去的年月。她就像洋葱，你水灵灵地长，她却就那么瘪下去，

认真看母亲时，她就老了 ● 南在南方

瘪下去……

去年腊月十九，我回老家过年，保姆眼巴巴地盼我。我回去那天晚上，她就回家了，年关了嘛，她得回家置办年货。母亲虽然中风多年，但是生活基本能自理，就是晚上起夜没办法，虽然也有尿不湿，但她不想穿，说是像尿床一样。她手脚吃不上力，起不来，得有人拉一把，平常是保姆睡她旁边，起来拉他。保姆回家后，便是我睡母亲旁边。

母亲睡得早，我睡时，问她起不起夜，她一般要起来。扶她回来睡下，母亲要说几句话，我应着应着就睡着了。

我起来问母亲，我打鼾你没睡好吧？母亲说，你打鼾也好听，一下子，像是打雷要下雨了；一下子，又不打雷下雨了。我干着急，翻不过身，我想捏一下你鼻子就好了……

母亲要起床，轻轻喊我，怪呀，我轻轻喊一声，你一骨碌就起来了！我却怎么都爬不起来。说着，母亲就笑。

母亲中风之后，爱笑。

母亲差不多六点半就要起床，我得帮着她穿衣裳，穿袜子，穿鞋，倒水让她洗脸，扶着她坐在客厅的炉边，然后给她倒水喝药，再泡一杯茶给她。那时，天才微微亮。

有天清晨，我醒来，窗外已经大亮，我看见母亲正瞅着我。她平躺着，歪着脑袋瞅着我，我赶紧闭上眼睛，接受凝视……只三分钟吧，我正式睁开眼睛。

我说，妈，今儿起得迟啊！母亲说，我看你睡得香……一晃，你的胡子都白了几根儿……

你在外面，不必担心家里

● 武六七 口述

一

碗里的粥和餐桌上的筷子突然震动起来，我比其他人反应更快——地震了。

几秒钟后，传来大队干部的喝令："到场院集合避险！"

紧接着，我们收到消息：甘肃岷县、漳县交界区域发生了6.6级地震。5分钟后，森林消防大队接到任务：奔赴300公里外的震中岷县禾驮乡参与救灾。

奔赴震区的军车上，像我这样的新兵蛋子一个个摩拳擦掌，老兵则淡定很多。突然，我的手机震动了一下，打开一看，是父亲发来的消息："新闻说你那边地震了，你是不是要参与救援？"

我本想向父亲炫耀，作为一名人民子弟兵到了派上用场的时候，但想起上车时老兵们的教海：在部队，对家里要报喜不报忧，别让家人再为你操心。

于是，我回复父亲："灾区救援那么重要的事，怎么轮得上我这个小兵。"我又故作轻松地问他在干什么。父亲回复："正在太原卖西瓜。"

二

经过4个多小时的急行军，大队赶到了震中岷县受灾严重的禾驮乡山脚。

这是我第一次见识灾难的可怕——房屋倒塌，路基被山体的流土截断，灾民惊慌失措，哀声四起。

其他救援队已经到了，四处都是警笛声，直升机在头顶盘旋。

大队干部和指挥所沟通完毕，确定我们的任务是上山进村，在直线距离3公里山腰处的拉路村，挨家挨户排查搜救被压埋的生命。一句话，就是救人。

刚到村口，我们就碰见一个满脸泥土的小女孩，她眼神惊恐地看着人群。

小女孩家的老房被震垮，母亲抱着她在路边号啕大哭，她却目不转睛地盯着我们。中队长似乎觉察到什么，上前问小姑娘需要什么帮助，她指了指坍塌的房屋说："弟弟，弟弟还在里面。"

我们立刻扑向废墟，用肩扛，用手刨，将房梁、土坯一块块挪开。直到天快黑了，我们才把小女孩的弟弟救出来。当时他已经血肉模糊，但还活着。

虽然森林消防平日受过搜救护理训练，但在地震搜救的专业性和设备仪器上，还是不能和救援队比。当下我们能做的，就是最简单的敲、抬、刨、喊，跟时间赛跑。

三

救灾当晚的下山途中，我忍着搜救时受伤的剧痛给父亲打电话，骗他说自己在训练。

我暗自庆幸，父亲没往别处想。

第一天，最关键的人员

搜救已经完成。从第二天开始，大队即将展开更细致的财物搜救。

拉路村是贫困村，草药是村民们的重要经济作物。地震过后，大量草药被埋，天气预报显示，两天后会有大降雨。上级命令我们，尽可能挖出被埋的草药。

余震中，我们钻进废墟，搬挪挖掘。

第三天，由于连续高强度的作业，我们的体力已经开始下降。各班组为了提高士气，一边在废墟中挖，一边互相喊着号子："二班啊，加把劲儿啊，看谁救的东西多呀！""一中队啊，比一比啊，看谁手上速度快啊！"

终于，在大雨来临前，我们把村民的草药全部转移到了安全地带。

四

第四天，大雨如期而至，整个灾区一片泥泞。

由于积水，双人帐篷里湿漉漉的，隔潮垫已经失去作用。我顾不上那么多，只想倒头就睡。临睡前，我想到了父亲。

我家世代务农，暑夏没有农活，父亲就开着三轮车到周边收西瓜，然后再拉到城里卖。有时候他连着十天半个月都不回家，晚上就把三轮车前的轿棚扯出来，搭个简易帐篷，在马路边上睡一晚。和年迈的父亲相比，我这几天吃的苦，也算不了什么。

我打算给父亲打个电话，掏出手机，却发现不知什么时候手机没电关机了。

救灾完毕，回到部队营区，我打开手机，发现父亲的几条信息——他知道我们每周一到周五训练期间都会上交手机，但这次一连8天没有音信，让他很担心。我谎称最近在加强训练，不让用手机。我问他在忙什么，父亲语气轻松地说："我还在太原卖西瓜呢。"

五

一年后，我考上武警警官学院。2月学校放假，我参军以来第一次回家探亲。从上次父亲送我入伍，我已经两年多没见到他了。

饭桌上，父亲不胜酒力，喝两杯就话多起来。他问我："你讲实话，'7·22'地震时，你是不是参加救援任务了？"

此时距救援已经过去快两年，我很是自豪地把整个救援过程向父亲和盘托出。

我问他："你怎么猜到我是去执行任务了？"

父亲从柜子里拿出一个笔记本，翻到某一页念起来："7月22日，甘肃岷县地震，儿子发信息说在参加训练；7月23日到30日，儿子电话一直关机……"我拿过笔记本，看到上面全是有关我的记录。父亲说："从你当兵那天起，我就开始写，我没办法照顾你，就把你的点点滴滴都记下来，没事儿的时候就看看。"

我翻到7月22日地震当天的记录。

那天父亲的确在太原卖瓜，跟路人问清楚地震的震级后，连忙贱卖一整车西瓜，连夜回到家里，和母亲守着电视关注震区消息。

此后的几天怕影响我，他们一直没敢打电话，只发了几条信息。当我完成救灾任务给他们回电话时，父母已在电话旁整整守了8天。

我想起打电话的那一刻，父亲对我说："我正在太原卖西瓜呢，你不要担心家里。"

2018年，我从军校毕业，回到甘肃部队，成为一名基层军官。同年夏末，依然是个多雨的季节，父亲突发心梗，永远地离开了我们。

我们离家的日子，他们还好吗

● 艾小鱼

孩子是风筝，无论飞得多高，线总在父母手里。

高中时最大的愿望，就是尽自己的能力考一个远一点的大学，越远越好。后来，终于到了那所离家两千公里的学校，终于可以自由作息、为所欲为。再后来，留在了城市里工作、生活……但不久，我们终于生了病，一种名叫homesick（想家）的病。在外地的我们，眷恋着父母这所"旧房子"。

带来的一切包容和温暖，我们如此地爱他们，但爱并不是认识，也不是了解，甚至很多时候，我们以爱之名，故意地不去认识，不去了解。

比如我们从来没注意到，我们离开家的日子里，爸妈过着怎样的生活……

关键词：改变

每一次我们回家的时候，他们总能弄出一大桌子菜，给我们准备许多的水果、零食，还有衣服、鞋子。他们会和我们聊七大姑八大姨的琐事，领着我们去逛这逛那，家里热热闹闹，十分温馨。但没有我们在家的日子里，他们是"空巢老人"：他们会一直很安静，或许还有一些失落；他们节约而简单，说话不多，发呆不少……他们的生活远没有我们在家时那样丰富多彩。

妈妈一盘菜可以吃很多天

网友huanghaizhen：每次我回家，妈妈总是一大早就买好鸡，然后加很多补品去炖。我一只脚刚踏进门，妈妈就会说："又瘦了！"然后陆续将大鱼大肉买回来。当我看到一盘不新鲜的肉，问她怎么还留着时，妈妈说："没事，一个人，吃不完就放到冰箱里，反正不会坏的，一盘菜可以吃很多天。"

看着我们吃，他们比吃在自己肚子里感觉还香。

他们更省了，为了给我们攒

网友火星小精灵：大城市的房价嗖嗖地涨，我和男朋友因为买不起房子，婚期一拖再拖。爸妈知道后，拿出了所有的积蓄。

看着那些钱，我都想哭了。10万块，是爸妈辛苦了这么多年，不舍得吃，不舍得穿，不舍得用，才攒下来的。今天因为女儿要买房，他们二话不说就把存折拿给我们。爸只说："女儿有大房子，我开心，有苦我也要和女儿一起吃。"

可他们以后养老怎么办？难道不吃不喝吗？这笔钱我怎么能要！

他们省吃俭用，总是将最好的东西给我们。

他们学上网，为和我们视频

网友朝阳：家里有了电脑，可以跟爸妈视频聊天了，但因为硬件的问题，只能看到人，没有声音，我只好打字跟他们沟通。爸妈上岁数了，屏幕上的一句话，我能感觉到他们要看半天，几乎是一个字一个字地念着。明年我就要结婚了，妈妈说结婚后就不能回家过年了，说今年不回去的话，以后正月初三前就不能回去了，说得我泪如泉涌。

为了看到远方我们的样子，他们愿意在电脑前等几个小时。

关键词：想念

你也许收到过这样的短信："什么时候回家？你爸想死你了！""有空多给爸爸妈妈打电话。""兔崽子，是不是把爸妈忘了？"儿女是父母心头的一块肉，长出来了，就永远也无法割舍。家里，我们的房间，甚至放在床头的书，爸妈都不乱动，说是感觉那样像是孩子还在家里似的。这两位老人，在我们不在家的日子里，习惯于把我们一次次地想起，把思念一遍一遍地温习。想儿女，就像是呼吸一样，是他们每时每刻都在做的事情……

他们会拿出我们从小到大的照片细细地看

网友八宝糖：由于工作原因，我已经几年没有回家。爸妈有一次打电话告诉我："女儿啊，爸妈每天都要看一看你的照片，从你满月到大学毕业的，我们都看。你有新的照片记着寄回来，爸妈几年不见你，真怕记不得你的样子，认不出你啊……"听完我就彻底泪奔了。

如果可以，他们一定愿意再陪我们成长一次。

他们从不错过我们所在城市的天气预报

网友swevenJAN：有一次，老爸打电话来说："不要再出去吃东西了，你看现在食品中又检验出什么菌的，小心吃坏肚子。出门穿厚点，你们那里降温到10度了。"我说："你还看我这儿的天气预报啊？"他说："天天都看，你那十几度，深圳也十几度（弟弟在深圳），有风，降温了，没我这冷，但要保暖，别冻着……"

爸妈永远是在远方与我们分享阳光、分担风雨的那对老人。

总是把我们的房间一遍遍打扫

友Mint：暑假回去的时候，见餐桌上还放着一套紫砂茶具，那是之前我在家时拿出来用的，临走时没时间收拾进柜子，就一直摆在那儿。我问妈，不是说让你收起来的吗？妈说，你爸不让动，让还放在那儿，感觉回家来就能喝到你泡的茶，他每天都会擦一擦茶具。

最伟大的爸妈不是愿意一辈子养孩子，而是愿意为了孩子的幸福放他们去飞，而他们就甘愿为孩子经营那一辈子的窝。

他们总随身携带手机，不是离不开手机，是离不开我们

网友低低低腰裤：爸爸妈妈连拼音都不

记得了，用的是我的旧手机，手写的。平时他们一个月也没几个电话，但在我离开家以后，他们俩去哪里都会带着这部手机，就怕错过我打给他们的电话。

网友若若：有天一大早，我妈打来电话，说："你爸昨晚10点半说想你了，非要打电话给你，我跟他说你睡了，他才答应今天早上打。"

全中国增加的手机用户中，有多少是离不开儿女、时刻惦念儿女的父母。

关键词：不便

父母老了。爸爸不再是那个把我们高高扛上肩膀的年轻小伙，妈妈也不再是那位干家务十分麻利的年轻美女。老，是一种让人伤感的事情，但他们为了不给我们添麻烦，总是说自己一切没问题。他们每次在电话里的第一句话总是："宝贝，你好吗？家里一切都好，不用担心。"其实你不知道，没有你在家的日子里，他们过得并不容易……

突发急病，身边却没有年轻人能送他们到医院

网友世界最忧伤的狗：父亲夜里生病了，只有我妈陪他大老远地跑去县城看病。病情很严重，我感到莫名的悲哀。都说养儿防老，可是像我这样身在远方，他们需要我时，我除了在电话里说两句，还能做什么？父亲喜欢喝酒，大家老早就担心这个问题，但是因为他身体没什么异样，所以也没反对，这次终于表露出来了。酒，肝的天敌，如果发现得再晚一点，不知道有什么更可怕的后果。他在电话中还笑着对我说没事，我真的有种撞墙的冲动。

请坚持每年带父母体检一。

买了一大袋子米，两个老人拖了一个小时才拖到家

网友好多虫虫：我的爸爸年轻时就很想要一个儿子，他说等他年老了，家里还有个有力气的人帮他扛米、扛煤气罐上楼……他生了我这么一个儿子，但儿子长大后读了书就再也回不到那个小城镇了。今年爸爸50多岁了，以前一手抱我，一手还能扛50公斤米的他，如今每次去买米都得叫上妈妈，两个老人一次买20公斤米都要轮流拖着回家。每次想到这些，我真的很想回到他们身边。

记着回家时帮爸妈买好米，充好电费，再续上网费。

爸妈老了，开始动作缓慢、反应迟钝

网友jackone32123：印象中的老爸一直都是个能手，什么都难不倒他。后来我上学、工作一直在外地，直到有一天，在网上聊天时教他用Gtalk、Gmail等网络交流工具，我给他讲了一遍，他没明白，我又讲了一遍，他还是没太懂，我补上一句："急死我了，半天都冒不出一句话……"然后我看见屏幕上正在输入的提示停下了，过了很久，屏幕上冒出来一句："儿子，你别着急，爸爸老了，反应不过来了。"我当时泪奔，恨不得抽自己两个耳刮子。

把动作放慢一点，等等他们，多问问冷暖，就像我们小时候他们对我们那样。

一人在外打拼很辛苦，那是自己选的就得自己承担。只是，累了就回家吧，爸妈永远高兴为你多添副碗筷。

接受亲人的不完美

● 闫 红

张爱玲的妈妈黄逸梵，晚年听说张爱玲结婚了，高兴地给她的忘年闺蜜邢广生写信，说"又免了我一个心愿"。

这几个字，我看了很久。天下妈妈大概都是这个心思吧，希望女儿能找到一个陪伴她、照顾她的人。但是放在黄逸梵身上，却让人既感动，又微微有些讶异。因为此前看了太多张爱玲的吐槽，总觉得这是一个时髦高傲到不大懂得母爱的女人，她居然还有这份儿放不下？

如今回过头来再想，真不能说张爱玲的妈妈不爱她。黄逸梵在经济很拮据的情况下，给张爱玲请5美元1小时的家教；为了让张爱玲受到好的教育，拒绝儿子的投奔；那么矜持的人，去世前曾给张爱玲发电报，想要再见她一面，而张爱玲只是给她寄了100美元而已。黄逸梵对女儿依旧没有一丝怨恨，她知道"20世纪，做父母只有责任，没有别的"。她最后将一小箱古董留给了张爱玲。

但我也能理解张爱玲心中的芥蒂，黄逸梵的问题不在于是否有"爱"，而在于她做人太紧绷，不能接受家人，尤其是女儿的不完美。张爱玲后来活得那样紧张敏感，黄逸梵负有很大责任。

张爱玲在《天才梦》里半开玩笑地说，她16岁时，妈妈从法国回来，将睽违多年的女儿研究了一下，对她说："我懊悔从前小心看护你的伤寒症，我宁愿看你死，也不愿看到你活着使你自己处处受痛苦。"

张爱玲说，母亲给她两年的时间学习适应环境。除了教她洗衣、做饭等生存技能，黄逸梵还让张爱玲练习行走的姿势，看人的眼色。教她照镜子研究面部神态，告诉她如果没有幽默天分，千万别说笑话……最后，黄逸梵还是很失望。张爱玲说："在待人接物方面，我显露出惊人的愚笨。除了使我的思想失去均衡，我母亲的沉痛警告没有给我任何的影响。"

"沉痛"两个字用得很幽默，但黄逸梵和张爱玲只怕都笑不出来。张爱玲后来一次次描述她当时的那种惶恐，说，母亲总是在盘算，自己为她做的牺牲值得不值得。

张爱玲似乎想多了，但是一个不放松的妈妈给人的压力真大啊。在《今生今世》里，胡兰成将他和张爱玲的关系描述成神仙眷属。换成张爱玲来写，张爱玲总是在猜，胡兰成是怎样看她的。这就是少年时留下的心理暗疾，她能从任何人那里，看到母亲当年审视自己的眼神，看出自己的不完美。她后来的离群索居，很难说不是为了逃避这种审视。

不接受亲人的不完美，其实就是控制欲。不只是想控制亲人，更重要的是，想要借此掌控生活。以为把家人的小毛病都摘除，生活就可控了，自己心中的秩序也就能建立了。可是，生活神出鬼没，根本无序可言。

不懂这个道理的，还有贾宝玉的母亲。很多人说，王夫人这个人如何坏，我不太接受。别的不说，她那么讨厌赵姨娘，对探春尚能区别对待，这就不是每个人都能做到的。她能体谅妙玉的孤傲，施舍多年不曾走动的刘姥姥，荣国府上下，谁也说不出她的不好来。但是假如我们确定《红楼梦》是一部自传体小说，就能知道，贾宝玉对她一定是有怨恨的。

"好好的爷们，都叫你教坏了！"当着宝玉的面，她给了跟宝玉调情的金钏一耳光——这一耳光应该在宝玉心头回响了很多年吧？王夫人不接受成长中的宝玉在所难免的轻佻，认为他学"坏了"。她万般警惕，坚壁清野，誓将一切危险因素剔除干净，驱逐晴雯、芳官一干人等，让大观园的花团锦簇瞬间失色，也让宝玉的华丽青春变成残酷青春。

在王夫人身上，你能看到很多妈妈的影子，她对宝玉也是真爱，各种关怀宠溺、苦口婆心，但她的不接受，使得这一切毁于一旦。

懂得接受，应该成为一个母亲的基本修养。在这方面，《窗边的小豆豆》中的妈妈做出了教科书般的示范。

那个小豆豆，很像童年的我，稀里糊涂地，一天到晚犯错误，自己还不知道错在哪里。只是，我小时候每天都要被各种人，比如我爸妈和老师批评上千遍，每天都灰头土脸的，那种自卑感，到现在还影响着我的言行举止。小豆豆最后却成了非常受人喜欢的电视节目主持人。我觉得，这跟她妈妈从来都接受她的不完美，或者说，她妈妈没有世俗世界里的那种完美概念有关。正是她妈妈那种温柔的智慧，让小豆豆不恐惧、不焦虑，不会进退失据，平添无谓的耗损。在轻松的爱里，她可以一路向前奔跑，跑赢世间隐藏的风险。

接受亲人的不完美，不只是给予家人轻松感，还能影响家人的生活态度，触类旁通地化解所有的不如意。就像《佐贺的超级阿嬷》里面的那个阿嬷——德永昭广的外婆，是一个智慧的老母亲。

阿嬷是个穷老太婆，靠打扫卫生谋生，但她很乐观，说："穷有两种，穷得消沉和穷得开朗，我们是穷得开朗，而且和由富变穷的人不一样。不用担心，因为我们家世世代代都是穷人。穷人习惯穿着脏衣服，淋了雨，坐在地上，摔跤也无所谓。"

德永昭广把成绩单拿回家：数学1分，社会2分，语文1分，英语1分……阿嬷笑着说："不要紧，不要紧，一分两分的，加起来，就有五分啦。"

德永昭广问："不同科目也能加在一起吗？"

她严肃果断地说："人生就是总和力！"

说得好。除了接受孩子的不完美，她还教会孩子接受这个世界的不完美。她对德永昭广说："别抱怨'冷啊''热啊'的！夏天要感谢冬天，冬天要感谢夏天。"

德永昭广成名后又遇到低潮期，阿嬷也有办法帮她打气："即使有两三个人讨厌你，转过身来还有一亿人。"

阿嬷的乐观，不只安慰了德永昭广，也给了无数读者以力量——将人生的如意和不如意照单全收，用自己的力量，化不完美为"不，完美"。

做什么样的人，比拥有什么样的人更重要。

我的奶奶被传染上肝炎，是在爷爷去世后不久，她病了很长一段时间。我不知道那场病会不会消解掉一些她失去丈夫的痛苦。

等她出院以后，就不再与我们一起吃饭。刚开始，她还与我们坐在一个饭桌上，不过是用自己的碗筷，坐得远远地，让爸爸夹菜给她，绝对不直接碰桌上的食物。那时候，她变得小心翼翼，脸上常常带着惊恐的表情，像是病菌已经长期在她的身体里扎根，再也不会离开。她甚至不太愿意让我坐她坐过的椅子，那也是一把专门的椅子，她每天坐在上面看报纸。

再后来，她就不再与我们一起吃饭了，甚至很少出现在我们的房间里。她开始写日记。她曾经是个中学老师，但在我的记忆里，她一直是个独自坐着的老人，与外面的世界根本没有联系。她写日记的劲头非常猛，常常从醒来到睡过去，都在写。有时候下午趁我爸爸妈妈不在，她会来问我讨支圆珠笔芯，或者是讨一叠用过的草稿纸，那多半是她写到一半，纸笔用完了。不知道为什么，她仿佛从来不问我的爸爸妈妈要这些东西，甚至故意要避开他们似的。

自从她开始写日记，就渐渐变得日夜颠倒。常常清晨的时候她还醒着，有时又会一觉睡到傍晚，下午四五点钟把午饭热一热吃掉，等到晚上十点再吃晚饭，完全生活在与我们平行的世界里，像是我们家里的一个"幽灵"。

现在有时，我也会在傍晚醒来，"在傍晚醒来"被我列在人生绝望辞典的前几名，特别是那些天黑得特别早的冬日，醒来以后像是生活彻底失重一般，觉得一切都难以继续。

来不及珍重的告别

● 周嘉宁

我会在这样的时刻想起我的奶奶，想起她在人生最后的那很多年间，面对过许多这样的时刻，每每想起，我心里都一片黑暗。

没有人看过奶奶的日记，只知道她铺天盖地地写。过年时有亲戚来我家里，开玩笑地问她是不是在写回忆录。她向来内向害羞，面对这样的问题，只能用手捂起脸来笑笑。但其实有一次，我偷偷看过她的日记。她的字迹很潦草，难以分辨。细细看来，她写的是每天在电视新闻里看到了些什么，领导人发表了什么讲话，主持人穿了什么颜色的衣服。然后她会写到在弄堂里遇到了隔壁邻居家的谁，说了些什么话。中午妈妈为她准备了哪些菜，也一样样地写出来，不忘加一句说，媳妇很贤惠，饭菜都很有营养。她也写到我，写我每天晚上都上楼给她送水果吃，写我的考试成绩。

之后她的身体变得很差，我去念大学了，家里也没有人能够时刻看护着她，于是爸爸决定把她送去养老院。我记得送她走的那天，她整理好衣物，安静而羞怯地坐在床边，她总是担心打扰到别人，尽量隐匿自己的存在。等到车来接她的时候，她像是突然鼓起勇气似的问我爸爸："日记怎么办呢？"我爸爸愣了愣，他一定没有想到，奶奶会提出这样的问题。接着奶奶说："就这样放在屋子里，不会被其他人看到吧？"我站在旁边，心里咯噔一下，差点哭出来。

她那么敏感、纤细、孤独、胆小，这漫长的二十年间，难得的几次与我走在马路上，都要紧紧地拽住我的袖子。所以我其实真的不知道，她的内心是怎么去面对死亡的。家里人对她的照顾向来很好，但是在很多个冬天里，我看到她穿着棉袄，缩手缩脚地坐在窗边，旁边是一盆正要冒出花苞的水仙，脸上依然是那种害羞的神情，混杂着一些忧愁。

自从她去了养老院，我就很少看到她。自从她去了那儿，就迅速地衰老，变成了一个真正的老人，或者说一个真正在等待死亡的人。就好像她身体里的那根橡皮筋也松掉了，她总是茫然地躺在那儿，也不太跟旁边的人说话。

我最后一次看到奶奶，是在我去北京之前。我沿着充满消毒水气味的走廊走向她的房间，她不在，我又转头去走廊里找。过了一会儿，才看到她坐在走廊里，旁边有几个老人在聊天，她仿佛在听，却又扭头看着其他地方。不知道是谁帮她剪的头发，非常短，像个男人。我不知道她有没有为此发脾气。在那最后的几年里，她的脾气变得非常不好，妈妈有时候会抱怨一下，我却总是不由得想起，在爷爷去世后不久的那些暑假里，我与奶奶两个人度过的一个又一个的白天。我常常无缘无故地对她发火，有一次我画一幅油画，画到一半去午睡，醒来时看到她把我的油画笔洗了，而且在水里泡坏了。我为此坐在床边大哭起来。我不知道自己为什么要对她发火，我想她也一定不知道为什么我要对她发火，她心里肯定也很难过。

那天她看到我，从一个皱巴巴的塑料袋里掏出一片柚子给我吃。我告诉她，我要去北京了，她听得不是很清楚，反正那时我也常常要出远门的，所以她大概只当我是去某个地方玩一会儿，很快就回来。她握着我的手说："你是最好的。"

她去世那天，我在北京，接到家里人打来的电话。挂掉电话后，我独自坐在那儿发呆，眼睁睁地看着外面的天色暗下去。天黑

后，有朋友叫我出去吃饺子，那天大概是冬至吧。我们约在一个地铁站见面，然后他用自行车带着我在胡同里乱窜。那家饺子铺闹哄哄的，门口挂着个棉门帘阻挡外面的寒气。我们叫了差不多一斤的各色饺子，他还专门跑去隔壁帮我买了桂花酒，给自己买了二锅头。我们像平常一样大吃大喝，还大声说话，我假装得都已经意识不到自己在假装了。

然后朋友给我说了一个笑话，在我听来一点都不好笑。他把一张纸巾撕来撕去，贴在脸上假装是猪八戒。大笑带来了剧烈的情绪失控，一会儿我就转为大哭了。朋友看着我，他也没有问我为什么哭，只递给我纸巾，然后自己把剩下的饺子都吃完了。

那天我始终在哭，一直到深夜。有朋友给我打电话，我因为过分哽咽而根本没有办法接。我想起和奶奶最后住在一起的那段日子里，我常常熬夜到凌晨，两点或者三点的时候，奶奶会从她的房间里走出来，若是看到我房间的灯还亮着，她就走过来看看我。我总是在对着电脑玩游戏，屏幕发着光。她不是很明白外面的世界已经变成什么样子，只以为我一直在做作业。于是她站在旁边看一会儿，然后说一句："做功课不要做得那么晚。"其实那时我早就已经不需要再在半夜做功课了。

我那处处为别人着想的奶奶，在面对自己至亲至爱的家人时，却一直被"怕给别人带来不便"的想法深深围困在自己的世界里。她对周围的人爱得越是热烈，这种因为害怕触犯他人而不敢表达爱的痛苦就越深。我常常想，在被自己的善良所束缚的世界里，她的心中该有多么重的孤独感，那种孤独几乎是绝望而没有出路的，慢慢吞噬着她眼中的光芒。

母亲是游子的故乡

● 洪 烛

这么些年来，在我心目中炊烟般袅袅升起的乡愁，最浓郁最无法割舍的一缕是属于母亲的。从18岁开始，我就多了一重古典气息浓郁的身份：游子。于是，我的爱常常只能从一个检票口开始，到另一个检票口结束——我常常只能借助一张车票来维系与母亲的联系。母亲是游子精神上的故乡。而故乡对于我，相当于被放大了的母亲的概念。翻开地图，看到长江下游那座叫南京的城市，我从内心深处感到温暖：我的母亲今天仍然生活在那里，在其中的一扇窗户里面做饭、洗晾衣物并且思念着她的儿子。

这种时空无法阻隔的心灵感应，该算是一生中永不消逝的电波吧？

我18岁那年，母亲骄傲地用她的私房钱买了一张船票，在细雨蒙蒙的码头上送我去武汉读大学；4年以后，又是母亲排队买了火车票，交到我手里——我就这样开始了迁徙到北京的个人生涯。母亲当时没有料到，她对世界的这两次慷慨，铸成了她终生都将追悔的过错：我从此便被她无意识地移交给世界，而不再属于她。她已经付出并将继续付出漫无涯际的失眠、泪水、挂念，来承担世界对一个平凡的母亲的掠夺。我离开故乡已经十几年了，愈行愈远，留给母亲的，永远只是背影——一次次的背影。

我和母亲生活在两座城市里，坐火车需要一夜的时间，这就是一个母亲与她的孩子的距离。我如果在北方的旷野上呐喊一声，恐怕要经过一夜才能传到母亲的耳边。唉，思念母亲的时候，真想能以光速回到她眼前——当然，这肯定也是母亲的愿望，甚至堪称我苍老的母亲对生活最奢侈的要求。我太了解她了。每年回家探亲，总发现母亲老了许多：前年是皱纹多了，去年是头发白了，今年是牙齿掉了……顿时有天上一日、人间一年的恍惚感。我简直不敢继续想象下去，于是转而安慰自己：母亲健在就是一种幸福。

虽然天各一方，但她的心跳无时无刻不在震撼我的耳膜。就像冬天的候鸟怀念远处的巢，母亲的音容笑貌是我流浪生涯中最隐晦最柔韧的寄托。母亲居住在哪里，哪里就是我的故乡。游子的心室里安放着一枚隐形的磁针。

这些年我一直出门在外，大部分时间只能靠书信与家中保持联系。仿佛成为惯例了，收到的家书一般都是父亲执笔，母亲只在信末附上几句话。母亲的字迹一生未有大的变化，横平竖直、纤巧紧凑，一笔一画都保留着女中学生的风采。这恐怕也是母亲总让父亲写正文，自己仅附注几笔的原因——母亲觉得自己的字拿不出手，加上父亲日常拟惯了公文，遣词造句自如，讲述事理也极周全，因而似乎更有发言权。然而我知道，家中频繁来信，大多源自母亲耐不住自己的思念，而催促父亲"又该给孩子写信了"，父亲不过是代言人而已。每次拆阅家书，我心理上总偏爱地视作"母亲又来信了"，虽然母亲的话总是很短很短。

母亲的爱是细致而不无担忧的，总是敏感于我写信间隔太长。"是否生病或发生什么事了？"她每每不厌其烦地探询，实则负载着太深的挂念。

我没想象过母亲接到孩子的信时的心情，但母亲说她常常是读了一遍又一遍，直到眼泪流出来。作为男孩子，大大咧咧惯了，有时把写家信当作应付差事，潦草完成；有时事务一多就疏忘了这茬，白惹母亲担心了无数次。

偶逢父亲出差，写信的任务就完全由母亲完成。然而母亲的信仍然很短很短，翻来覆去说不腻的仍然是那么几句。唯一异乎寻常的是，母亲悄悄地问我是否找女朋友了，然后勾勒一遍她理想中儿媳妇的模样——不外乎温柔贤惠能干之类。对于母亲的操心，我微笑之余常常无言以对。

有一次平淡地拆开信，一张小画卡掉出来，我才想起那天是我的生日。也许所有母亲确实比儿女更深刻地记得那一天，它是儿女生命的起点，更是母爱随之诞生的日子。母亲啊母亲，从此开始了她的养育、守望、担忧、欣慰以及对离别的畏惧。这是一段多么漫长、艰辛而又伟大的历程啊！

每年回南京休假，日程排得满满的，早出晚归，忙于探亲访友、参加各种聚会，有时深夜喝得半醉悄悄溜进家门，发现母亲房间的灯还亮着，她仰躺在床头，用耳机听磁带，眼睛却望着天花板发呆。我仿佛洞察了母亲寂寞的日常生活是怎样度过的，包括我不在身边的那无数个夜晚，她是怎样以思念来填补那可怕的空白。这时我才懊悔虽然回到家中，陪伴母亲的时候仍很少。对于成熟了的儿女来说，母亲只是他生活的一部分；但对于衰老了的母亲来说，儿子却接近于她生活的全部。

母亲越老，精神上就越脆弱。以前离别，无论刮风下雨，她坚持要送我到火车站，我一次次地目睹她站在月台上挥手的身影从缓缓移动的车窗里消失——就像不断重演的神圣仪式。记不清从哪一年开始，她改为在家中的阳台上目送我。她说每次离别对于她都是不小的打击，每次我走后她都要流好半天的泪，这几年越来越觉得有点承受不了，要过好几天才能恢复。我提着行李箱走到拐弯的丁字路口，下意识地回头，发现母亲瘦弱的身影凄楚地倚在二楼阳台上，像被世界遗弃了一样，我知道自己又留给她一年的痛苦了。那一瞬间我真想抛掉箱子飞跑回去再拥抱她一次，或索性永不离开。可我只能故作超脱地向她挥一挥手，然后就不可阻止地从她的视野里消失了。在异乡想起母亲，头脑中总浮现出这个画面，仿佛她自始至终都伫立在故乡的阳台上，一分钟都不曾离开。同样，母亲思念我时，也会反复咀嚼我的背影，我竖起衣领逆风而行的背影，留给她的是苦涩的滋味吧？

一次次迎面走来，又一次次转身离去——这就是母亲眼中的我。是谁在折磨这个平凡、善良而无辜的女人——是我还是命运？阳台上的母亲，你别再流泪了。千里之外的母亲，你别再衰老了。请你一定站在原地，等我回来。

父子应是忘年交

● 冯骥才

儿子考上大学时，闲谈中提到费用。他忽然说："从上初中开始，我一直是用自己的钱交学费。"

我和妻子都吃了一惊。我们活得又忙碌又糊涂，没想过这种事。我问他："你哪来的钱？"

"平时的零花钱，还有过年时的压岁钱，攒的。"

"你为什么要用自己的钱呢？"我犹然不解。

他不语。事后妻子告诉我，他说："我要像爸爸那样，一切都靠自己。"于是，我对他肃然起敬，一下子感到他长大了。

那个整天和我踢球、较量、打闹并被我爱抚着、捉弄着的男孩儿已然倏忽远去。人长大，不是身体的放大，不是唇上出现的软髭和颈上凸起的喉结，而是一种成熟，一种独立人格的出现。但究竟他是怎样不声不响、不落痕迹地渐渐长大，忽然有一天叫我如此惊讶、如此陌生的呢？是不是我的眼睛太过

于关注人生的季节和社会的时令，关注每一个嫩苞、每一节枯枝、每一块阴影和每一片容光，关注笔尖下每一个细节的真实和每一个词语的准确，因而忽略了一直在身边却早已悄悄地发生了变化的儿子？

我把这感觉告诉了朋友，朋友们全都笑了。原来在所有父亲的心目中，儿子永远是"夹生"的。

对于天下的男人们，做父亲的经历各不一样，做父亲的感觉却大致相同。

这感觉一半来自天性，一半来自传统。

1976年唐山大地震那夜，我睡在地铺上。地动山摇的一瞬，我本能地一跃而起，扑向儿子的小床，把他紧紧拥在怀里，任凭双腿被乱砖、乱瓦砸伤。事后我逢人便说自己如何英勇地保护了儿子，那份得意、那份神气、那份英雄感，其实是一种自享，享受一种做父亲、尽天职的快乐。父亲，天经地义是家庭和子女的保护神。天职就是天性。

至于来自传统的做父亲的感觉，便是长者的尊严、教导者的身份、居高临下的视角与姿态……每一代男人都从长辈那里感受到这种父亲的"专利"，一旦他自己做了父亲，就会将这种"专利"原原本本地继承下来。

这是一种传统感觉，也是一种"父亲文化"。

我们就是在这一半天性、一半传统中，美滋滋又稀里糊涂地做着父亲。自以为对儿子了如指掌，一切尽收眼底，可是等到儿子一旦长大成人，才惊奇地发现自己对他竟然一无所知。最熟悉的变为最陌生的，最近的

站到了最远处。对话忽然中断，交流出现阻隔，弄不好还可能会失去他。

人们把这弄不明白的事情推给"代沟"这个词，却不清楚，每个父亲都会面临重新与儿子相处的问题。

我想起，儿子自小就不把同学领到我们狭小的家里来玩，怕打扰我写作，我为什么不把这看作是他对我工作的一种理解与尊重？他从来没有翻动过我桌上的任何一张写字的纸，我为什么没有看到文学在他心里也同样神圣？

当我把这些不曾留意的细节与他中学时就自己缴学费的事情联系到一起时，我便开始一点点向他靠近。

他早就有了一个自己的世界，里边有很多发光的事物，而直到今天我才探进头来。

被理解是一种幸福，理解人也是一种幸福。

从此，我不再把他当作孩子，而把他当作一个独立的男人。

儿子，在他孩提时代是一种含义，但长大成人后就变了。除去血缘上的父子关系之外，我们又是朋友，是忘年交。而只有真正成为这种互为知己的忘年交，我们才会获得做父子的圆满的幸福，才会拥有实实在在又温馨完美的人生。

谢谢你，愿意做我的孩子　　● 冯尘

朋友参加完姥爷的葬礼，给我讲了一个故事。听完，我们俩一起哭了很久。

姥爷在快过世的那些日子，胃口已经很差了，每天能吃下的东西少得可怜。于是妈妈到处搜罗姥爷没吃过的东西，给他尝鲜。

那天，妈妈带去几颗莲雾。姥爷半躺在床上，吃完一颗，又吃了一颗，然后定定地看了妈妈很久，说："谢谢。"

妈妈以为在说莲雾，漫不经心地回了句："喜欢你就多吃点，回头我再给你买。"

姥爷又说："谢谢你做我的孩子。

"你哥哥、姐姐小时候，我没管过，都是你妈一个人管。你妈生你难产离世，我只好自己带你。这才知道，原来养孩子那么辛苦，可是又真的开心。

"以前我总想，等我退休了就自杀，绝不给你们添麻烦。可是看着你们生儿育女，又看着你们的孩子生儿育女，我实在舍不得。现在，倒要你们像照顾小孩一样照顾我。"

妈妈早已泪流满面，哽咽着说："爸，你别讲了。"

可姥爷说："你不懂，我没时间了。"

第二天，姥爷就去了。

姥爷去后，妈妈无意中拿起姥爷吃剩下的莲雾，才咬了一口，就酸得掉下了眼泪，她又哭了很久。

亲友安慰她，她抬起头来说："你说多好笑，都要走了还说胡话，养我这么大，我没谢谢他，他反倒感谢我。"

朋友说，其实姥爷要讲的是——他因养育妈妈而学会了爱；妈妈赡养他，又让他学会了如何被爱。

第四章

事常与人违，事总在人为

心有多净，世界就有多净

● 林楚方

这些天，我对所处世界有过很多思考。无论是花前月下还是繁星满天，我都在思考怎么和世界谈谈，怎么和这个世界相处。和大家交代一下我的心路历程吧，都是些小故事。

几个月前我在办公室加班，保安打电话给我，说车停的位置不对，我答应赶紧挪车；保安又说，副驾驶的车窗没关，我赶紧谢谢提醒；还没完，他说我的钱包忘在副驾驶座位上，我立马

提高警惕：想讹我钱？他怎么知道我的电话？我又没在物业做过登记？下楼才知道，他巡查时看到我的钱包在副驾驶座位上，担心有人偷走，就帮我收好，然后通过钱包里的一张洗车卡查到我的电话。他平静地叙述整个过程，并提醒我以后别这么大意。看来我之前的担心，是以小人之心度保安之腹了。

另一个故事是：几天后，北京大雨，我开车路过

一家酒店时，一个外地游客拦住我，问多少钱走一趟，把我当黑车司机了。我犹疑了几秒钟，他恳求说，雨太大，等很久没出租车。我没再犹疑，打开门让他上来，他说想去希尔顿酒店，我告诉他我也去那个方向，顺路。其实我去的方向与他完全相反。路上"客人"想给我100块钱，我笑说，给钱就不载了。他非常感谢我，还说要交个朋友。

两个故事间隔不足一周，我都当作美好记忆，并讲给朋友听。有个朋友提醒我，真实情况很可能是这样：保安看到你车窗没关，就把头伸进来看看有没有东西可以顺走，结果发现一个钱包，高兴得不得了，但打开一看才200元，决定不冒这个险，顺手送人情，没准你会屁颠屁颠写封感谢信给物业。你搭载的那个人可能回去就吹，"哥们儿在北京赶上大雨，满大街都打不到车，但凭哥三寸不烂之舌，愣让一人把我送回酒店，一分钱没收，临了那人还乐呵

呵的"。

当朋友分析时，我第一反应是，真实的情况很可能是这样，尤其那个搭车人，他的感谢一点不真诚。他告诉我他是做投资的，而做投资的最会讲故事，他夸我的目的只是想搭车，他一定在想，这是他这一天最得意的一笔"投资"。朋友还提醒我，不要让陌生人搭车："万一是钓鱼执法呢？"我苦笑道："北京好歹是个大城市，不会有这么坏的执法者……"

但几分钟后，我就想明白了，然后告诉他："这个世界是干净还是脏，并不取决于眼睛，而是取决于想法，心有多净，世界就有多净。这个世界是简单还是复杂，常常不取决于世界本身，而是取决于你和它相处的方法，你用复杂的办法对付它，它会呈现出无比的复杂；你用简单的办法和它相处，它就回馈出奇的简单。善良是什么？过于善良是不是没有原则？其实善良本身就是原则。我完全可以

这么想，那个保安平时就很称职，他捡过很多东西，每次都尽力找到失主，对他来说，这只是例行公事，他会为此心情舒畅，就像我让那个外地人搭车一样。那个搭车的人，也许回去就跟朋友讲，怎么还有这样的人？在大雨天免费送他回酒店，陌生人之间是可以信任和帮助的。他也许会把这个故事讲给好多人，这样越来越多的人见到他人有困难，也会伸出援手，露出笑脸。"

人很容易放弃自己所学。刚毕业的学生很容易住进地下室。

一位同学在地下室跟一位女生相依为命，以给电台写稿为生。对电影，上学时没学懂，毕业后接触不到，也就放弃了。

两年以后，他还住地下室，跟另一位女生相依为命。此女是他的邻居，初次串门时，敬重他是学电影出身，拿出一张碟片来放，还说："给我讲讲电影吧。"他顿时陷入巨大的危机，如果说不出什么，他跟她也不会发生什么。

突然，他急中生智了，看出了上学时看不出来的东西，并讲得头头是道。

学电影的人，会有种普遍的焦虑，学得越多，越害怕学到的只是知识。知识再多，遇上实拍，便像压缩饼干一样，一咬即碎。只要有知识，就会有创作的恐慌。

但没事，创作是一种分寸感和思维力。

莫听穿林打叶声

● 徐皓峰

这两样东西有一天突然就到来了，快如闪电。上学时老师不教"人心险恶"，也没事，这些重大的生存技巧，在剧组待几个月就谙熟了，犯不着在人生最好的四年里学。

在技术化的年代，要庆幸没有早早地学生存的本事。能一通百通，能后来居上，恰是在不知不觉中形成的审美。别急着学什么，别急着当个能人，青春本就是用来浪费的。选择做个挣不到钱的人，选择过狼狈一些的生活……总有人来相依为命，总有急中生智的一天。

你是否在"赶生活"

● 采 铜

"为什么我总是时间不够用？"我们常被这个问题困扰。我们抱怨有太多的事情要做，好像永远都做不完。于是，"没有时间"成了我们的口头禅。

现代社会就像一架高速运转的机器，机器越转越快，人就被推着一直往前跑，疲于奔命。同时，人的消费欲望被无孔不入的广告和形形色色的营销手段拉动，人们开始无法满足于已经拥有的东西，不断地想拥有更多。如此一推一拉之下，人就会陷入欲望的泥潭，反反复复地折腾，过了许久之后回头一看，人生就这么过去了。

在这种背景下，"时间管理"理念应运而生。时间管理理念中提倡的很多方法，并不是要让人们逃离现代性境遇所构筑的牢笼，反而是要对其加以技术性强化。时间管理是要教会我们更精细、更严苛地分割和利用时间。

我们原本就因为快而痛苦，时间管理却要教我们如何更快。

所以，虽然时间管理会对提升人们的工作效率和工作业绩有一定的帮助，但人们的主观感受常与此不一致。我们依然会觉得时间不够用，事情永远都做不完，甚至为此而心力交瘁。

哈佛大学的李欧梵教授在《人文六讲》一书中写道："现代人的日常生活应该有快有慢，而不是一味地和时间竞赛。什么叫有快有慢？用音乐的说法就是节奏。如果一首交响曲从头快到尾，人听后一定会喘不过气来，急躁万分。所以一般交响曲都有慢板乐章，而且每个乐章的速度也是有快有慢的，日常生活中的节奏和韵律也应该如此。"

他让自己慢下来的方法是，每天抽一点时间去"面壁"，在私人空间里，静静地倾听自己内心的声音，让心中不同的"自我"参与对话和辩论。这样，可以让自己不随波逐流。而另一些事情，像处理日常公务，诸如看邮件、写报告等，则是越快越好，李欧梵先生说他都是用"极有限的时间"把它们处理掉的。

现代人常犯的一个错误，就是把工作和生活相混淆，不是"过日子"，而是"赶生活"。美学家朱光潜先生说过："做学问，做事业，在人生中都只能算是第二桩事。人生第一桩事是生活。我所谓'生活'是'享受'，是'领略'，是'培养生机'。假若为学问和事业而忘却生活，那种学问和事业在人生中便失去了真正的意义与价值。"这番话，值得好好深思和回味。

如何去面对这些痛苦

● 余　华

在一些文学作品中，表达得比较多的是痛苦。痛苦是很难表达的，文学的价值永远在后面，痛苦发生之后，如何去面对这些痛苦，这是非常重要的，这也决定了你所写的"痛苦"能否准确并打动人。

莎士比亚的作品中有这样一个情节，一个忠臣被诬陷，国王把他流放到一个荒岛上，最后国王被奸臣迫害时，才知道对他忠诚的是被流放的那个人。

等他打败奸臣，重新掌握政权以后，他就下了一道诏书，要把那个忠臣从荒岛上召回来，但是，那个人已经在那里生活了二十多年，眼睛已经瞎了，而且他也适应了荒岛上的生活，不愿意改变。

派去的人把诏书给他，他说，这上面的字即使每一个都是太阳，我也看不见。

我再举一个例子，一个将军在指挥打仗时，前方突然传来消息说他的儿子已经战死，结果那个将军若无其事，仿佛死掉的只是一个和他没有关系的普通士兵，战争照样继续。

后来他身边的仆人也战死了，他一下子就崩溃了，当场倒地死亡。

这样的描写非常了不起，儿子和仆人在他心中的分量肯定是不一样的，可是为什么他的儿子死时，他若无其事，他的仆人死时，他却崩溃了？这就是写出了他对痛苦的承受力。当他的儿子战死时，他表面上若无其事，实际上接近崩溃的边缘，当他的仆人死时，只需轻轻地加一点，就够了。

这对我们的生活也是有启发的。生活中会遇到各种问题，假如你不及时发泄，遇到一些小事就可能崩溃。

生活中，有时会遇到一些朋友因为一些小事而发火，我曾经不理解，但是看到这个故事后我就明白了。文学能够让你理解很多事情的发生，让你明白它们为什么会发生。明年5月，我会到法国里昂参加一个"世界作家圆桌会议"，3月，他们会推出一本文学词典。他们让参会的作家每人写一篇写作关键词，我写的那份，其中主要的关键词是"日常生活"。

文学是包罗万象的，一部文学作品中包含着政治学、经济学、历史学、社会学、人类学以及个人的隐私和情感，集体和时代的情感等，即使是100万个字，也无法把文学包含的东西都包罗进去。那么和文学相对应的，又有什么东西能像文学一样包罗万象？那就是我们的日常生活。如果我们的每一个"每天"延续起来，那么政治、军事、历史等都会在其中，所以我说我是一个关注日常生活的人，我只要把我认为非常具有代表性的日常生活写出来，那么政治评论家就能从中看到政治，历史学家就能得到历史学的东西，社会学家就可以窥见中国的各种社会现实。

我选择了日常生活中的关键词，并不是说两个生活在同一场景中的人，他们就是一样的。如果他们对生活的观念和认知不一样，那么即使生活在同一环境中，他们对生活的体悟也会是完全不同的，日常生活能让不同时代的作家不一样，也能让同时代的作家不一样。

所以，从这个日常生活延续开来，我发现我认识的一些人里，不管是从事写作的，还是从事其他行业的，我都特别喜欢那些知识丰富的人。不要看这个人是搞金融投资的，但是他谈起文学、社会学也能滔滔不绝，我喜欢这样的人，或者说一个学者，他能大谈其他和他所研究的专业毫不相干的东西。

我发现这些人有一个共同点，那就是好奇心强。好奇心是特别重要的，有好奇心才能使其知识面变宽泛，同时又能分析和使用一些有价值的知识和信息。文学给我带来了非常多美好的东西，有一些是你们所看到的，但更多的是你们没有看到的。

文学是虚构的，生活是现实的。其实每个人在现实中都不可能把他的情感和欲望全部表达出来，现实生活会限制某些表达。

而像我这样虚构一个世界，可以突破这些限制。其实无论是写作，还是阅读，都能够让人的内心变得健康起来，尤其是生活在现在这个快节奏社会，我们每一个人，不管成功或不成功，都会有很多委屈，有很多不高兴，甚至有很多不满，但是在现实生活中很难准确表达。而阅读文学作品的过程，就是把你的情感放到某个人的情感上，为他的命运哭，为他的命运笑，为他的命运惋惜，为他的命运高兴。

反之，就可能像那位死了儿子的将军，总有一天是要出事的。人有时是需要发泄的，这样内心才能平静下来。文学就能起到这样的作用，这也是别的专业无法替代的。文学真的给了我们很多。

快乐比任何学问都难？

● 陈文茜

2010年，"荷兰好声音"冠军得主马丁·赫肯斯，在得奖之后走到街头演唱，其视频在网络上已有数亿人观看。他原是一名面包师，拥有荷兰一家面包店的部分股权。金融危机后，面包店撑不下去，卖给了连锁商家，他失业了。整整两年，他游荡街头。他的女儿知道父亲除了做面包，还有一副好嗓音，2010年就为他偷偷报名"荷兰好声音"。一个50多岁的老头站上舞台，高唱《今夜无人入睡》，登上冠军宝座。接下来，电视台及舞台剧的邀约不断，但马丁没有选择趁此机会赚钱，他选择在街头演唱。

马丁选择的街头，正是他失业潦倒、痛苦匮乏时最熟悉的角落。他说："记得那天下着雨，我鼓起勇气走到街头，没有人认出我，甚至没有人注意到我，我决定站在那熟悉的街口演唱。"马丁知道，街头总有许多飘零的心。他选择了一个让别人快乐，也让自己感到有意义的方式回馈他刚刚获得的荣誉。

什么是快乐？快乐的定义可能很简单："今天的你比昨日的你慈悲、感恩。"贫穷的人，可以因家人还相聚快乐，因自己还健康快乐。即使面临死亡，回忆一生曾拥有的美好时光，哪怕只是片段，也可含笑而去。

我真不该将这些玫瑰种在这里。我不得不承认这一点。你瞧，那些蔓生的玫瑰与菊花挤挤挨挨地共处一片花槽，看上去多么古里古怪。更要命的是，这些恣意滋生的枝条还伸到从我们家房间到庭院的小径上，不时地要钩住我们的腿，抓住我们的衣袖，甚至要划破我们毫无防备的肌肤。毫无疑问，这一丛玫瑰真的是种错了地方。

不过，这也不能全怪我。当时，我种下它的时候，它可不是这么一大丛。那是一个午后，我在花园里修修剪剪忙乎了好一阵，正准备将那些剪下来的冗枝扔进垃圾时，我的一位邻居来了。我的这位酷爱养花种草的园丁邻居，当即就怂恿我从这些差点被丢掉的杂枝中挑出些种起来。

我本无意再要一丛玫瑰，但又不想太扫这位仁兄的兴，就随便从那些参差不齐的残枝中抽了一枝就近插入身边一个齐腰高的砖砌花槽。

我这样做实在是不用费吹灰之力的：一来，这个花槽刚刚松过土；二来，它还有其他任何地方都无可比拟的优势：我甚至无须屈身弯腰。

我想，肯定是这个花槽还有其他什么独特的品质正好适合这一剪枝，因为，才几个星期的工夫，它就生芽发枝，并开始向四面八方疯长。每次在给它修枝的时候，我就想：一定要给它搬个地方——只要天气合适、只要有空、只要……

直到一年以后，那个花槽仍旧滋养和包容着它的这丛外来户。春天，我终于戴上园艺手套、拿起铲子，来到花园里准备为这些花丛找个新家。意外地，我发现在这丛绿色中，有生以来第一次萌出了几个稚嫩的花苞。它会开出什么样的花朵来呢？会和它的母枝

开在哪儿都是玫瑰

● 叶　磊

拥有同样的颜色吗？强烈的好奇心升上来，漫过了我那本来就已迟到的决心。我想，还是等它开过花再移走吧。

结果，从那一年的3月起，贯穿整个4月份，一直到5月，这一丛花让我们饱饱地美享了它桃红色的美丽灿烂。当最后一朵花儿凋谢时，我再次来到花园拿起我的工具，这一次，我可真的要行动了。

可是，我把它们安置在哪儿好呢？我不由自主地想起，当它们花开烂漫，自己从房间的窗户一次又一次地欣赏如画美景的日子来。要不是种在地上，我又怎能有幸看得到如此风光？要不是它们的枝叶延伸到花园小径，我又如何能将这丛纷纷攘攘的花朵全部收入眼底？那些种在"合适"之地的玫瑰，我们每天又能几次走到后院，欣赏几次它们的芳影？

有时，偶尔有点错位，比起永远循规蹈矩的各就各位来说，能给我们带来更多的欢愉。

我将铲子丢到一边。

我想，只要我们还住在这座房子，我就会让这丛玫瑰待在那儿了。每个春天，我们都会急不可耐地守望着它的第一枚花苞，然后美美地在它慷慨的开放里沉醉一个春季。

这花种错了地方吗？也许。

可它却找到了最好的地方，真的。

人的成长是一个不断尝试、经历磨炼和失误，最终变得聪明起来的过程。每当你充满信心采取行动时，你永远无法预见会有什么样的结果，或成功，或失败。不论最终成功与否，这些尝试都是可贵的。事实上，你往往可以从失败的经历中学到更多的东西。

要想使这一学习过程轻松些，你必须首先修得同情和宽恕这两门基本课程。否则你永远只能是井底之蛙，永远不能把错误转化为宝贵的学习机会。

同情之心

所谓同情，就是敞开你的心扉，抛开你的情感障碍，用心去感受、体会这个世界。同情心是种感情黏合剂，它使你与自己的心灵和周围其他人的心灵联系起来。

对于呈现在你眼前的课程，你可以选择学习，也可以选择不学。此时，你就需要用心选择是敞开还是紧闭你的同情心。如果你选择同情，你可以试着站在对方的立场，设身处地地为对方想一想。这样你就能与对方的心灵联系起来，消除你心中的成见。

有时你过分苛求自己，此时你也需要对自己敞开同情之心。当你自责犯了某个错误，或辜负了自己的期望时，你往往会在你的真正自我和所谓的"犯错嫌疑人"之间竖起一道障碍。拥有了同情之心，你才能开启宽恕的大门，才能使自己从自轻自鄙的困境中解脱出来。

宽恕之心

宽恕是指宽大为怀，尽释前嫌。由同情到宽恕，你已拥有一颗开放的心灵，并开始逐步地、有意识地释放自己的愤怒与不平。如果你认为过去的行为都是错误的，势必会让你内疚、自责。而当你忙着自责时，你根本无暇顾及从中汲取任何有益的东西。

有四种类型的宽恕。

第一种是对自己的初级宽恕。

没有错误，只有教训

● 许兰贞 编译

不为闲名所累

● 孟祥菊

洞山禅师即将圆寂之时，众僧赶来探望。禅师得知情况后笑着对满院的僧众发问："我在世间沾了一点闲名，如今躯壳即将散坏，闲名也该去除。你们之中有谁能够替我除去闲名？"

院里一片寂静，没有人知道该怎么办。正在这时，一个几日前才上山的小沙弥走到禅师面前，恭敬地顶礼之后，高声说道："请问和尚法号是什么？"话刚一出口，院子里便传出一阵闹哄哄的声音，大家都在斥责小沙弥目无尊长，对禅师不敬。

洞山禅师听了小沙弥的问话，朗声回了一句："好啊！从现在起我已经没有闲名了，还是小沙弥聪明呀！"话音刚落，禅师淡然静坐，闭目合十，瞬间圆寂。小沙弥含泪看着师父，脸上溢满了欣慰。众僧则将小沙弥团团围住，七嘴八舌地责问他："真是岂有此理！连洞山禅师的法号都不知道，你到这里来干什么？"小沙弥看着周围的人，很无奈地说了一句："他是我的师父，他的法号我岂能不知？我那样做就是为了除去师父的闲名！"

第二种是对他人的初级宽恕，即你需要宽恕他人的过失。

第三种是对自己更深层次的宽恕，所涉及的是那些令人非常难过的严重过失。当你做了某件违背自己的价值观和道德观的事情时，你的实际行动和你的为人准则之间就出现了一道裂缝。这时，你需要努力去原谅自己的过失，以便修复这道裂缝，重新找回真正的自我。这并不意味着你可以很随意地原谅自己或不知悔恨、一错再错；但是，一味地深陷自责、悔恨是不健康的，而且过分的自我惩罚只会使你越发远离你的道德标准。

第四种也是最难的一种宽恕，就是对他人的更深层次的宽恕。生活中，有时你可能受到过极大的委屈、极深的伤害，而且这一切似乎是不可原谅的。但是，如果你的心中充满仇恨以及复仇的幻想，那你只会深陷于受伤害的情绪之中，不能自拔。此时，你必须强迫自己把眼光放得长远一些，只有这样你才能转移你的注意力，不至于沉溺于怒火和仇恨之中。只有通过宽恕，你才能忘却过错，重新获得心灵的平静。当你最终能够从中解脱时，你也许会意识到这是你成长过程中必修的一课。

鲁迅的动物世界

● 李木生

鲁迅有一个动物世界，热闹天真又深刻别致，至今流动着鲜活的鲁迅动物伦理。他的动物世界就是一面镜子，不仅照见一个更为真实也更为可爱的自己，同时折射出那时的中国。

蛇的真相

蛇，在鲁迅的动物世界里，是一个复杂的存在，乍看是爱恨交加，其实是在不同语境中的不同呈现，内质却是统一的。

在《我的失恋》这首拟古的新打油诗中，作者用四种信物回赠自己追求的爱人：猫头鹰、冰糖壶卢、发汗药与赤练蛇——

"……爱人赠我玫瑰花；回她什么：赤练蛇。从此翻脸不理我，不知何故兮——由她去吧。"

虽是"打油"的、讽刺的，"是看见当时'阿呀阿唷，我要死了'之类的失恋诗盛行，故意作一首用'由她去吧'收场的东西，开开玩笑的"（《三闲集·我和〈语丝〉的始终》），但这四种事物是鲁迅所喜欢或者日常必备的。赤练蛇当然也是他的所爱，不然他不会赠送给自己的爱人。

这条赤练蛇，有美的意味。早在他的百草园里就出现过："长的草里是不去的，因为相传这园里有一条很大的赤练蛇。"更早的时候，赤练蛇便出现在小说《补天》中，以此比喻女娲挥舞的紫藤。

《我的失恋》，鲁迅写于1924年10月3日，两年多后的1927年1月11日，鲁迅在给许广平的信中，又提到蛇，当然是直抒对于蛇的爱："我就爱枭蛇鬼怪，我要给他践踏我的特权。我对于名誉、地位，什么都不要，我只要枭蛇鬼怪够了。"

鲁迅属蛇，曾有笔名"它音"。对此，许广平有过明确的解释："它，《玉篇》，古文佗，蛇也。先生肖蛇，故名。"鲁迅从八道湾搬去砖塔胡同暂居，与俞氏小姐妹相处了10个月，并在此留下了一个充满童趣的外号——"野蛇"。其实，"野蛇"的获得，得益于他的调皮，是他先以属相分别称她们俩为"野猪""野牛"，遭到"反击"，才有了"野蛇"的回赠。

仇猫

在作品《兔和猫》与《狗·猫·鼠》里，猫是主角，而且鲁迅并不讳言他对猫的厌恶与他的"仇猫"情绪。那时的"正人君子"、学者名流之类与鲁迅论战正酣，其"仇猫"便成为罪状之一。

比如陈西滢说："看哪！狗不是仇猫的吗？鲁迅先生却自己承认是仇猫的，而他还说要打'落水狗'！"直接将鲁迅用狡辩的逻辑推理成"狗"。鲁迅才不依他们的照葫芦画瓢，径直说出自己仇猫的缘由来，而且觉得"理由充足，而且光明正大"：一、"它的性情就和别的猛兽不同，凡捕食雀鼠，总不肯一口咬死，定要尽情玩弄，放走，又捉住，捉住，又放走，直待自己玩厌了，这才吃下去，颇与人们的幸灾乐祸、慢慢地折磨弱者的坏脾气相同"；二、"它不是和狮虎同族的吗？可是有这么一副媚态"；三、"配合时候的嗥叫，手续竟有这么繁重，闹得别人心烦，尤其是夜间要看书，睡觉的时候"；四、"只因为它吃老鼠——吃了我饲养着的可爱的小小的隐鼠""到了北京，还因为它伤害了兔的儿女们"。

在这里，鲁迅将猫与人共论，他亲见了青年们抛洒的鲜血与被虐杀的生命。虽然写的是动物，却又是在写压迫者与压迫者的帮凶。

一只中国的猫头鹰

人民文学出版社出版过一套丛书——"猫头鹰学术文丛"，其封底有这样的介绍："在希腊神话中，猫头鹰是智慧女神雅典娜的原型；在黑格尔的词典里，它是哲学的别名；而在鲁迅的生命世界中，它更是人格意志的象征。鲁迅一生都在寻找中国的猫头鹰。他虽不擅丹青，却描画过猫头鹰的图案。我们选取其中的一幅，作为丛书的标志。"

猫头鹰曾是鲁迅的自画像，也是他精神与意志的象征。早在1909年，在浙江两级师范学堂任教时，鲁迅就曾在一本书上手绘一只铁线描的猫头鹰，两个站立的男女组成全图，以男女二人的脸作为猫头鹰的两只眼睛，似乎既在观察又在解释这个世界。到了1927年，鲁迅为自己的杂文集《坟》设计的封面上，有一只自己绘制的猫头鹰，刀刻般醒目。它站在封面图案的右上方，一只眼睛睁得大大的，瞪着这个充满罪恶与苦难的人间；另一只眼睛则微微地虚闭着，对各式的敌人透露出强悍的不屑与轻蔑。

鲁迅有一篇名为《夜颂》的文字，是他之所以热爱猫头鹰最好的注解。猫头鹰，正好有"听夜的耳朵和看夜的眼睛，自在暗中，看一切暗"。作为"中国的猫头鹰"的鲁迅，当然也要在这"光天化日"的黑暗里，看见与揭露、批判与书写，"惯于长夜过春时""怒向刀丛觅小诗"。于是，中国便有了一只全天候都在大睁着警惕眼睛的猫头鹰，一只中国的猫头鹰。猫头鹰及它的延伸，曾被鲁迅用作各种笔名：隼、翁隼、旅隼、令飞、迅行等。鲁迅说，"迅即卂，卂实即隼之简笔"；许广平也曾说，"隼性急疾，则为先生自喻之意"。

白象

在鲁迅的动物世界中，亦有温馨与柔情。

那只"小白象"到来的时候，已经是1929年的5月14日，即鲁迅49岁时。鲁迅去北京探母，许广平在表达思念的信的抬头便用了"象"的缩写字母"EL"（Elephant）。这个"象"字来源于林语堂的《鲁迅》一文。

文中说鲁迅在厦门大学"实在是一只（令人担忧的）白象，与其说是一种敬礼，毋宁说是一种累物"。此文说鲁迅是"现代中国最深刻的批评家""少年中国之最风行的作者"，而"白象"，当然是说鲁迅的珍贵与稀有，也即许广平的"难能可贵"。白象，是深得鲁迅认可的，稀有倒在其次，主要是其可爱，不然他不会在回信的时候，在落款处再手绘两只长鼻之象，且一只长鼻高昂，一只头颈谦垂。不仅如此，他还在5月15日的回信中，直接以"害马"（HM）称呼爱人许广平。

在《柔石日记》中，有关于鲁迅和象的记述："鲁迅先生说，人应该学一只象。第一，皮要厚，流点血，刺激一下了，也不要紧。第二，我们强韧地慢慢地走去。"等到他们的孩子海婴出生，那个一身通红的婴儿便成了鲁迅的"小红象"。正是这个"怜子如何不丈夫"的"中国白象"，创作了哄睡儿子的摇篮曲：

小红，小象，小红象，
小象，红红，小象红；
小象，小红，小红象，
小红，小象，小红红。

人活在自己心里，而非是他人眼中

● 〔德〕叔本华

每一个人首先是并且实际上确实是寄居在自身的皮囊里的，而不是活在他人的见解之中。因此，我们现实的个人状况受到健康、性情、能力、收入、配偶、孩子、朋友、居住地点等因素的影响，对于我们的幸福，其重要性百倍于别人对我们随心所欲的看法。

人们拼命追逐官位、头衔、勋章，还有财富，其首要目的都是为了获取别人对自己更大的敬意。甚至人们掌握科学、艺术，从根本上也是出于同样的目的。

我们对于他人看法的注重，以及我们在这一方面的担忧，一般都超出了合理的程度。我们甚至可把这视为一种普遍流行的，或者毋宁说，是人类与生俱来的一种疯狂。

我们必须清楚：人们头脑里面的认识和见解，绝大部分都是虚假、荒唐和黑白颠倒的。因此，这些见解本身并不值得我们重视。

一旦不再担心和注重别人的看法，那些奢侈、排场十之八九马上就销声匿迹。

听话的艺术

● 杨绛

假如说话有艺术，听话当然也有艺术。说话是创造，听话是批评。说话目的在表现，听话目的在了解与欣赏。不会说话的人往往会听说话，好比古今多少诗人文人所鄙薄的批评家——自己不能创作，或者创作失败，便摇身一变而为批评大师，恰像倒运的窃贼，改行做了捕快。英国18世纪小诗人显斯顿（Shenstone）说："失败的诗人往往成为愠怒的批评家，正如劣酒能变好醋。"可是这里既无严肃的批判，又非尖刻的攻击，只求了解与欣赏。若要比批评，只算浪漫派、印象派的批评。

听话包括三步：听、了解与欣赏。听话不像阅读，能自由选择。话不投机，不能把对方两片嘴唇当作书面一般啪地合上，把书推开了事。我们可以"听而不闻"，效法对付嚣张的厌恶的办法："装上排门，一无表示。"自己出神也好，入定也好。不过这办法有不便处，譬如搬是弄非的人，便可以根据"不否认便是默认"的原则，把排门后面

的弱者加以利用。或者"不听不闻"更妥当些。从前有一位教士训儿子为人之道："当了客人，不可以哼歌曲，不要弹指头，不要脚尖拍地——这种行为表示不在意。"但是这种行为正不妨偶一借用，于是出其不意，把说话转换一个方向。当然，听话而要逞自己的脾气，又要不得罪人，需要很高的艺术。可是我们如要把自己磨揉得海绵一般，能尽量收受，就需要更高的修养。因为听话的时候，咱们的自我往往像按在盒里的弹簧人儿（Jack in the box），忽然会哇地探出头来叫一声"我受不了你"。要把它制服，只怕千锤百炼也是徒然。除非听话的目的不为了解与欣赏，而另有作用。19世纪英国诗人台勒爵士（Sir Henry Taylor）也是一位行政职员，他在谈成功秘诀的《政治家》（The Statesman）一书中说："不论'赛人'（Siren）的歌声多么悦耳，总不如倾听的耳朵更能取悦'赛人'的心魂。"成功而得意的人大概早就发现了这个诀窍。并且还有许多"赛人"喜欢自居童话中的好女孩，一开口便有珍珠宝石纷纷乱滚。倾听的耳朵来不及接受，得双手高擎起盘子来收取——珍重地把文字的珠玑镶嵌在笔记本里，那么"好女孩"一定还有更大的施与。这种人的话并不必认真听，不听更好，只消凝神倾耳；也不需了解，只需摆出一副心悦诚服的神态，便很足够。假如已经听见、了解，而生怕透露心中真情，不妨装出一副笨木如猪的表情，"赛人"的心魂也不会过于苛求。

听人说话，最好效陶渊明读书，不求甚解。若要细加注释，未免琐细。不过，不求甚解，总该懂得大意。如果自己未得真谛，反一笔抹杀，认为一切说话都是吹牛拍马，撒谎造谣，那就忘却了说话根本是艺术，并

非柴米油盐类的日用必需品。责怪人家说话不真实，等于责怪一篇小说不是构自事实，一幅图画不如照相准确。说话之用譬如衣服，一方面遮掩身体，一方面衬托显露身上某几个部分。我们绝不谴责衣服掩饰真情，歪曲事实。假如赤条条一丝不挂，反惹人骇怪了。难道一个人的自我比一个人的身体更多自然美？

谁都知道艺术品的真实并不指符合事实。亚里士多德早说过：诗的真实不是史实。大概天生诗人比历史家多（诗人，我依照希腊字原义，指创造者）。而最普遍的创造是说话。夫子"述而不作"，又何尝述而不作！不过我们看戏听故事或赏鉴其他艺术品，只求"诗的真实"（Poetic truth），虽然明知是假，甘愿信以为真。柯立芝（Coleridge）所谓："姑妄听之"（Willing suspense of disbelief）。听话的时候恰恰相反："诗的真实"不能满足我们，我们渴望知道的是事实。这种心情，恰和柯立芝所说的相反，可叫作"宁可不信"（Unwilling suspense of belief）。同时我们总借用亚里士多德"必然与可能"（The inevitable and probable）的原则来推定事实真相。举几个简单的例。假如一位女士叹恨着说："唉，我这一头头发真麻烦，恨不得天生是秃子。"谁信以为真呢！依照"可能与必然"，推知她一定自知有一头好头发。假如有人说："某人拉我帮他忙，某机关又不肯放，真叫人为难。"他大概正在向某人钻营，而某机关的位置在动摇，可能他钻营尚未成功，认真在为难。假如某要人代表他负责的机关当众辟谣，我们依照"必然与可能"的原则，恍然道："哦！看来确有其事！"假如一个人过火地大吹大擂，他必定是对自己有所不满，很可能他把自己也哄骗在内，自己说过几遍的

话，便信以为真。假如一个人当面称谀，那更需违反心愿，宁可不信。他当然在尽交际的责任，说对方期待的话。很可能他看透了你意中的自己。假如一个人背后太热心地称赞一个无足称赞的人，可能是最精巧的谄媚，准备拐几个弯再送达那位被赞的人，比面谀更入耳洽心；也可能是上文那位教士训儿子对付冤家的好办法——过火的称赞，能激起人家反感；也可能是借吹捧这人，来贬低那人。

听话而如此逐句细解，真要做到"水至清则无鱼"了。我们很不必过分精明；虽然人人说话，能说话的人和其他艺术家一般罕有。辞令巧妙，只使我们钦慕"作者"的艺术，而拙劣的言辞，却使我们喜爱了"作者"自己。

说话的艺术愈高，愈增强我们的"宁可不信"，使我们怀疑，甚至恐惧。笨拙的话，像亚当夏娃遮掩身体的几片树叶，只表示他们的自惭形秽，愿在天使面前掩饰丑陋。譬如小孩子的虚伪，哄大人给东西吃，假意问一声："这是什么？可以吃吗？"使人失笑，却也得人爱怜。譬如逢到蛤蟆般渺小的人，把自己吹得牛一般大，我们不免同情怜悯，希望他天生就有牛一般大，免得他如此费力。逢到笨拙的谄媚，至少可以知道，他在表示要好。老实的骂人，往往只为表示自己如何贤德，并无多少恶意。一个人行为高尚，品性伟大，能使人敬慕，而他的弱点偏得人爱。乖巧的人曾说："你若要得人爱，少显露你的美德，多显露你的过失。"又说："人情从不原谅一个无须原谅的人。"凭这点人情来体会听说话时的心理，尤为合适。我们钦佩羡慕巧妙的言辞，而言辞笨拙的人，却获得我们的同情和喜爱。

人生就是与困境周旋

● 史铁生

开场白

坐在这个位置上的本该是位大夫，可现在却是个病人，一个资深病人。我是以一个老牌病人的身份，跟各位交流一下生病的体会，所以我只能保证以毫不隐瞒的态度来说说我自己的经验，看看有没有什么可以让各位借鉴的东西。这个开场白有两个目的：一是请各位不要对我抱太大希望；二是我自己先给自己减轻一下负担。我写作的时候，也总是先给自己减去负担，劝自己：别去想这一回能写得多么好，能够在哪儿发表，甚至得一个什么奖，这一回只当是闲来无事自己跟自己说说话，写一篇废品吧。这样劝过自己心里就比较轻松。

困境不可能被消灭

同是生活在这个世界上，谁的生活中都难免有些艰难，谁心里都难免有些苦恼和困惑。甚至可以这样说，艰难和困惑就是生命本身，这是与生俱来的，甚至终生不能消灭的，否则人生岂不就太简单了？

设想一下，要是有一天生活中的困难都被消灭干净了，人生实在也就没什么意思了；就像下棋，什么困阻都没有你可还下的什么劲儿？内心世界比外部世界要复杂得多，认识内心世界比认识外部世界要困难得多。心理的问题浩瀚无边，别指望一蹴而就即可解决所有我们心里的迷惑。那么指望什么呢？我想，人们能够坐在一起敞开心扉，坦诚地说一说我们的困惑，大胆地看一看平时不敢触动的心灵的某些角落，这就是最好的办法。心里的困惑存在一天，这办法就不会过时。就是说，一切具体的心理治疗方法，都要由这样的开端来引出。自我封闭，是心理治疗的最大障碍。

与人交流达到新境界

困境不可能没有，艰难不可能彻底消灭，但是人与人之间的交流、沟通、宣泄与倾听，却可能使人获得一种新的生活态度，或说达到一种新境界。什么新境界？我先讲个童话《小号手的故事》。战争结束了，有个年轻号手最后离开战场回家。他日夜思念着他的未婚妻，可是等他回到家乡，却听说未婚妻已同别人结婚；因为家乡早已流传着他战死沙场的消息。年轻号手痛苦之极，便离开家乡，四处漂泊。孤独的路上，陪伴他的只有那把小号，他便吹响小号，号声凄婉悲凉。有一天，他走到一个国家，国王听见了他的号声，叫人把他唤来，问，你的号声为什么这样哀伤？号手便把自己的故事讲给国王。国王听了非常同情……看到这儿我就要放下了，心说又是个老掉牙的故事，接下来无非是国王很喜欢这个年轻号手，而且看他才智不俗，就把女儿嫁给了他，最后呢，肯定是他与公主白头偕老，过着幸福的生活。

可是我猜错了，这个故事不同凡响的地方就在于它的结尾。这个国王不落俗套……他下了一道命令，请全国的人都来听这号手讲他自己的身世，让所有的人都来听那号声中的哀伤。日复一日，年轻人不断地讲，人们不断地听，只要那号声一响，人们便来围拢他，默默地听。这样，不知从什么时候，他的号声已经不再那么低沉、凄凉了。又不知从什么时候起，那号声开始变得欢快、嘹亮，变得生机勃勃了。

所谓新境界，我想至少有方面。一是认识了爱的重要；二是困境不可能没有，最终能够抵挡它的是人间的爱愿。什么是爱愿呢？是那个国王把自己的女儿嫁给小号手呢，还是告诉他，困境是永恒的，只有镇静地面对它？应该说都是，但前一种是暂时的输血，后一种是帮你恢复起自己的造血能力。后者是根本的救助，它不求一时的快慰和满足，也不相信因为好运降临从此困境就不会再找到你，它是说：困境来了，大家跟你在一起，但谁也不能让困境消灭，每个人必须自己鼓起勇气，镇静地面对它。

人生困境不可根除，这样的认识才算得上勇敢，这勇敢使人有了一种智慧，即不再寄希望于命运的全面优待，而是倚重了人间的爱愿。爱愿，并不只是物质的捐赠，重要的是相互心灵的沟通、了解，相互精神的支持、信任，一同探讨我们的问题。

新境界的另一方面就是镇静，就是能够镇静地对待困境，不再恐慌了。别总想着逃避困境，你恨它、怨它、跟它讲理，其实都是想逃避它。可是困境所以是困境，就在于它不讲理，它不管不顾、大摇大摆地就来了，就找到了你头上，你怎么讨厌它也没用，你怎么劝它一边儿去它也不听，你要老是执着地想逃避它，结果只能是助纣为虐，在它对你的折磨之上又增加了一份自己对自己的折磨罢了。

我敬重我的病

有一回，有个记者问我：你对你的病是什么态度？我想了半天也找不出一个恰当的词，好像说什么也不对，说什么也没用。最后我说：是敬重。这绝不是说我多么喜欢它，但是你说什么呢？讨厌它吗？恨它吗？求求它快滚蛋？一点用也没有，除了自讨没趣，就是自

寻烦恼。但你要是敬重它，把它看作是一个强大的对手，是命运对你的锤炼，就像是个九段高手点名要跟你下一盘棋，这虽然有点无可奈何的味道，但你却能从中获益，你很可能就从中增添了智慧：比如说逼着你把生命的意义看得明白。一边是自寻烦恼，一边是增添智慧，选择什么不是明摆着的吗？

所以，对困境先要对它说"是"，接纳它，然后试试跟它周旋，输了也是赢。再比如说死亡，你一听见它就着急、生气、发慌，它肯定就会以更加狰狞的面目来找你；你要是镇静地看它呢，它其实也平常。死，什么样儿？就像你没出生时那样儿呗。

死，不过是在你活着的时候吓唬吓唬你，谁想它想得发抖了，谁就输了；谁想它想到坦然镇定了，谁就赢了。当然不能骗自己，其实这件事你想骗也骗不了。但要是你先就对它说"不"，固执地对它说"不"，其实所有的困境，包括死，都是借助你自己的这种恐慌来伤害你的。

死对我曾是诱惑

在我双腿瘫痪的时候，

以及双肾失灵的时候，有人劝我：要乐观些，你看生活多么美好呀！我心里说，玩儿去吧，病又没得在你身上，你有什么不乐观的？那时候，尤其是21岁双腿瘫痪的时候，我可是没发现什么生命的诱惑。我想的是，我要是不能再站起来跑，就算是能磨磨蹭蹭地走，我也不想再活了。那时候，我整天用目光在病房的天花板上写两个字，一个是肿瘤的"瘤"（因为大夫说，要是肿瘤就比较好办，否则就得准备以轮椅代步了），另一个字是"死"；我祈祷把这两个字写到千遍万遍或许就能成真，不管是肿瘤还是死，都好。我想我只能接受这两种结果。到后来，现实是越来越不像肿瘤了，那时我就只写一个字了："死。"

但我为什么迟迟没有去实施呢？那可不是出于什么诱惑，那时候对我最具诱惑的就是死；每天夜里醒来，都想，就这么死了多好！每天早晨醒来，都很沮丧，心说我怎么又活过来了？我所以没有去死，绝不是生的诱惑，而是死的耽搁，是死期的延缓，缓期执行吧。是什么使我要缓期执行呢？是亲情和友情，是爱。

困境使我知命

那时候我也还是不大想活，希望能有一个自然的死亡。但是死亡一经耽搁，你不免就进入了另一些事情，就像小河里的水慢慢丰盈了，你难免就顺水漂流，漂进大河里去了，四周的风景豁然开朗，心情不由得也就变了。终于有一天你又想到了死，心说算了吧，再试试，何苦前功尽弃呢？凭什么我非得输给你不可呢？这时候，你已经开始对死亡有一种幽默的态度了。

启发我的是卓别林的一部电影，名字叫《舞台生涯》。女主人公要自杀，结果让卓别林把这女的救了。这女的说："你为什么救我？你有什么权力不让我死？"卓别林的回答妙极了，令我终生不忘，他说："急什么？咱们早晚不都得死？"这是大师的态度，不悟透生死的人想不出这样的话，这里面不仅有着非凡的智慧，而且有着深沉的爱心。是说，这是困境，是我们谁也逃避不了的困境，但是，我们在一起，我们先一起来看看有没有什么别的办法。这就是爱！我就是靠了这种爱而耽搁和延缓了死亡的，然后才

感到了生的诱惑。你要是说这爱就是生命的诱惑，也行。但那绝不是生理性生命的诱惑，而是精神性生命的诱惑，是生命意义的诱惑。不过，我觉得"诱惑"这个词并不算很贴切；"诱"字常常是指失去了把握自己的能力，"惑"呢，是迷茫的意思。所谓"四十而不惑"，大概就是说明白了生命的意义吧。所以，当终于有一天我不再想自杀的时候，生命不见得是向我投来了它的诱惑，而是向我敞开了它的魅力和意义。所以我说，对病，对死，对一切困境，最恰当的态度是敬重，它使我提前若干年"知命"了。所谓"知命"，就是知道命运反正是不可能都遂人愿的，人呢？必然不能逃避困境，而是要正眼看它。你下棋吗？你打球吗？其实人生的一切事，都是与困境的周旋。

爱需要自己去建立

如果你觉得这仍然不够，你也可以一个人静静地思索，与天、与地、与上帝或与佛祖都谈谈，那样就能让你更清楚什么是生，什么是死。总之，千万别把自己封闭起来，

克制怒气的修行

● 闫晗

在金庸的小说里，很多人被愤怒吞噬了。《天龙八部》中，段誉、乔峰、虚竹分别对应着贪、嗔、痴三毒。乔峰热血易嗔怒，武功盖世却受到命运无情的捉弄，亲手误杀了最爱的人，终生悔恨。

而《飞狐外传》里，高手"毒手药王"不断修行，就是为了"制怒"。年轻时他脾气暴躁，出家后法名"大嗔"；后来修心养性，更名"一嗔"；收程灵素为徒的时候，法名叫"偶嗔"；最后改作"无嗔"，境界一层层往上走。

药王谷有个规矩，不下没有解药的毒。当年苗人凤跟一嗔过招时，一嗔扔给他一个铁盒，里面既有咬人的毒蛇，又有医治的解药。程灵素说："倘若先师彼时仍是叫作大嗔，铁盒中便只有毒蛇而无解药了。"这让苗人凤想想都有些后怕。"毒手药王"还有个师弟，名字一直叫"石万嗔"，想害人反害己，不得善终，也是巧妙的对应。

《西游记》里的"嗔"就更有趣一点。孙悟空拜师学艺时，对菩提祖师自我介绍说："人若骂我，我也不恼；若打我，我也不嗔，只是赔个礼儿就罢了，一生无性。"没什么本领的孙悟空的确没脾气，学艺时笑容可掬，勤勤恳恳做长工，和大家打成一片。可学成武艺，便大不相同，回到花果山听到猴子猴孙诉苦被妖王占了洞府，立即大怒，现出山大王本色。在取经路上更是脾气暴躁，唐僧有了紧箍咒才能制住他。

西行路也是孙悟空克制怒气的修行，经历了许多人和事，到达灵山时，他的世界已然开阔许多。从小人物的忍气吞声，到略有能力时的张扬恣肆，再到最后知道什么让自己生气、在和谁生气、如何不生气，从而达到虚怀若谷的境界，也是很多人的成长过程吧。

你要强行使自己走出去，不光是身体走出屋子去，思想和心情也要走出去，走出一种牛角尖去，然后你肯定会发现别有洞天。我写过，地狱和天堂都在人间，地狱和天堂是人对生命以及对他人的不同态度罢了。友谊、爱以及敞开自己的心灵，是最好的医药。

但是，爱，或者友谊，不是一种熟食，买回来切切就能下酒了；爱和友谊，要你去建立，要你亲身投入进去，在你付出的同时你得到；在你付出的同时，你必定已经改换了一种心情，有了一种新的生活态度。

其实，人这一生能得到什么呢？只有过程，只有注满在这个过程中的心情。所以，一定要注满好心情。但你要是逃避困境——但困境可并不躲开你，你要是封闭自己，你要总是整天看什么都不顺眼，你要是不在爱和友谊之中，而是在愁恨交加之中，你想你能有什么好心情呢？其实，爱、友谊、快乐，都是一种智慧。

风中跌倒不为风

● 林清玄

路过乡间一座三合院，看见一个孩子正在放声痛哭，妈妈心疼地在旁边安慰。

妈妈一手慈爱地搂着孩子，一手用力地拍打地板，对孩子说：

"哎呀！拢是这个土脚不平，害阮宝贝仔辉绊倒，妈妈替你拍土脚，哎呀！"

妈妈拍地的动作非常滑稽夸张，使那哭闹不停的孩子也忍不住破涕为笑了。

我站在一旁看着这一幕，心里感到十分温馨，想到从前我的妈妈也曾如此安慰过我。

不只是我的妈妈，从前乡间的父母几乎都是这样安慰孩子。

跑的时候被树枝绊倒了，就把树枝折断，说是："坏树枝！怎么可以绊倒我的好孩子。"

走路不小心跌倒了，就打骂土地，就是："歹土地，怎么可以害我的乖儿子跌倒。"

甚至完全没有原因跌倒，找不到什么东西可以责备，就骂风，说："都是风吹得太凶，才让我的心肝仔跌倒。"

我们小的时候都会信以为真，以为跌倒是因为风、土地或树枝的缘故，我们也会像父母亲一样，找借口来安慰自己，很少想到是自己走路不小心。

记得有一次，我在门口庭前跑步，不小心摔了一跤，头破血流。妈妈从灶间跑出来，左看右看，找不到可以打骂的东西，因为庭前的土地非常平，既没有树枝，也没有小石子。

妈妈怔了好长一段时间，我已经站起来了，她还怔在那里，手里拿着一支锅铲，样子有点滑稽。

妈妈看我望着她，以为我要放声哭出来，突然大声地骂天："都是这么恶的风，吹得阮阿玄仔跌倒！"

我抚着自己头上的伤口，对妈妈说："妈，不是因为风，是我自己不小心跌倒的。"

那时，庭前确实只有灿烂的阳光，一丝风也无。

妈妈这时笑得像阳光一样灿烂，过来检视我的伤口，欣慰地说："你大汉了！"

妈妈的意思是我长大了，可以承认自己的错误与失败。

当我们发现到，不论任何形式的跌倒，都是由于自己的不小心，而不是去找借口，这时我们就长大了。

我们在情感与姻缘上跌倒的时候，也像孩子时一样，即使土地不平、荆棘横路、风狂雨暴，都不应该是我们跌倒的借口。最应该检视的是我们的心，去承担错误与失败。

孩子的跌倒顶多是皮肉受伤，姻缘的挫败也顶多是锥心刺骨，并不会伤到情感的本质。因此，一个人不应该在爱中受伤，就失去爱的勇气，一个人也不应该因为爱的痛苦，就失去承担的心。

要寻找到生命最内在的本质，是不能有任何借口的。当我们还有借口，本质就不会显露出来。

我对自己过去情感的受伤、姻缘的挫败也没有任何借口，这都是我生命的必然之路。我也愿坦然承担任何的批评，并把这些批评当成石阶，走向更高的位置来回看自己的人生。

在风中跌倒，在爱中流泪，这都是人生不可避免的旅程。如果我们在每一段旅程，都能学习到更广大的胸怀，都能不失去真爱的勇气、美好的追求，一切的挫折不也都有深刻的意义吗？

我站着看那拍打土地安慰孩子的母亲图像，一面忆起往事，一面想到我们的人生可能永无平静之日，但我们要使心安宁，只在当下的转念之间。

奇迹在坚持中

● 曹卫华

这是发生在我大学期间的一件事，至今犹记在心。

公共课"社会学"的老教授给我们出了这样一道题目：如果一件事的成功率是1%，那么反复尝试100次，至少成功1次的概率大约是多少？备选答案有4个：10%、23%、38%、63%。

经过十几分钟的热烈讨论，大部分人都选了10%，少数人选了23%，极个别人选了38%，而最高的概率63%却被冷落，无人问津。

老教授没作任何评价，沉默片刻后，微笑着公布了正确答案：如果成功率是1%，意味着失败率是99%。按照反复尝试100次来计算，那失败率就是99%的100次方，约等于37%，最后我们的成功率应该是100%减去37%，即63%。

全班哗然，几乎震惊。一件事倘若反复尝试，它的成功率竟然由1%奇迹般地上升到不可思议的63%。

有一句名言是这样说的："要在这个世界上获得成功，就必须坚持到底，剑至死都不能离手。"其实任何人成功之前，都会遇到许多的失意，甚至难以计数的失败。你选择了放弃，无疑就放弃了一个成功的机会，因为轰轰烈烈的成功之前的失败，往往离成功只有一步之遥。自古以来，那些所谓的英雄，并不比普通人更有运气，只是比普通人更有锲而不舍、坚持到最后的勇气罢了。

亲爱的同学们：

首先祝贺你们！经过几年的刻苦学习，你们圆满地完成了学业。你们有的拿到了博士学位，有的拿到了硕士学位，最低的也拿到了学士学位。并且，这个学位是北大的，这个学历是光华的。在中国，谁还能获得比这更牛的学位？

你们来到北大，选择光华，是出于对知识的渴望、对人生价值的追求。我相信，北大没有辜负你们的期待，光华没有让你们失望！对你们一生来说，知识是重要的，但仅有知识是不够的。智慧比知识更重要，因为只有智慧，才能使你们真正活得幸福。北大能给你们知识，但没有办法给你们智慧，因为知识可以来自书本，智慧只能来自生活；知识是他人经验的积累，智慧则是自己经验的积累。这话是印度哲学家奥修说的，但也是我自己的人生体验，我愿意与你们分享。

我出生在陕北黄土高原上一个偏僻的乡村。在我很小的时候，我们家就有一棵杏树，它伴随我成长，留下我童年的记忆。这棵杏树现在还活着，还在结果。即使在离开30年后，每次回老

我怕你们急于求成

● 张维迎

家，我还是会去看看它，摸摸它，甚至还会像小时候一样爬上粗壮的老树杈。

小时候，到农历三月，杏树开花了，春天也就到了。每天放学之后，我会跑去看杏树，有时会睡在杏树底下，仰望蓝蓝的天空，等待着洁白的杏花结成绿绿的杏果，因为杏是我重要的口粮。杏花凋谢了，变成小小的果实，我就迫不及待地摘下来吃。你们知道，刚成果的杏，一咬就咬到嫩嫩的杏仁，非常非常苦，是没有办

法吃的。但我还是忍不住摘下来尝一尝。等待杏的成熟真是漫长的熬煎。慢慢地，杏核变硬了，果实也变大了，我就开始大规模地吃，当然杏还是很酸的，酸得让人龇牙咧嘴。到农历五月底、六月初，杏开始发黄了，但我们家杏树上的杏已差不多被我吃光了。我拿着最后剩下的自家的杏与村里的小朋友交换着吃，结果发现，尽管我家的杏个头较大，但别人家的杏都比我家的香甜可口。为此，我曾

几次向父亲建议，把这棵杏树刨了，栽一棵新的杏树。当然，不知为什么，父亲一直没有采纳我的建议。所以，在我记忆里，我家的杏是全村最酸最苦的杏。

1978年我上大学了，就再没有可能与我们家的杏树朝夕相处。在大学的第一个暑假，我从西安回到家乡。我一到家，妈妈就给我端上来一大盘杏。她知道我爱吃杏，又听说城里没有杏树。这杏又大又甜，真是好吃，是我吃过的最好吃的杏。我问妈妈："这是谁家的杏，这么好吃？"妈妈说："就是咱自家的杏啊！"这怎么可能呢？

原来，我们家的杏比别人家的熟得晚，即使表面上看上去发黄了，还得等上十天半月才能真正熟透。熟透了，就是最香最甜的杏。小时候，我从来没有吃过熟透了的杏，难怪在我的记忆中，我们家的杏总是酸的。

同学们，在你们即将开始人生新的旅程的时候，我与你们分享这个真实的故事，是想告诉你们：杏如人生，先苦后酸，再由酸变甜；杏如小孩，有的发育早，有的发育晚；杏如万物，长在向阳地的开花早，长在背阴地的结果迟；杏又同人一样，有的成熟早，有的成熟晚。我家那棵苦杏树不是天生就苦，而是因为长于背洼，每天太阳光照少，加之品种的问题，因此成熟得比别人家的晚。别人家的杏黄了，它还是绿的；别人家的果实熟透了，又香又甜，它还是又酸又苦。其实，只要多等十天半月，一旦熟透了，那种清香美味胜过别人家早熟果实的好多倍！

作为北大的学子，我不担心你们没有远大抱负，但很担心你们急于求成！到了新的岗位，你们会期待早早得到提拔，早早涨工资，早早成名成家，甚至早早进入福布斯排行榜。但你们应该记住老子《道德经》中的话："企者不立，跨者不行。"生活是需要耐心的，成功是一个自然的过程，伟大是由耐心堆积而成的！耐心意味着要经得起眼前的诱惑，意味着要道法自然，意味着无为而无不为。耐心不是压抑，而是修行。不要采摘没有成熟的果实，否则，你的生活一定是苦涩的！成熟是自觉自悟。只要你顺其自然，不急于求成，你吃到的杏一定是甜的。

时间的容颜　● 刘亮程

我奔波在这座陌生城市的街道上，一扭头，看见了落向天边的夕阳。

那缓缓西沉的太阳，像一张走远的脸，我蓦然回转，被它看见，看得泪流满面。

那一刻，我知道每个黄昏的太阳，其实都落在我的家乡。

时间在一年年地经过村庄，用一场场风的方式，用人们睡着和醒来的方式，用四季花开和虫鸣鸟叫的方式，也用一个孩子孤独寂寞地长大和一村庄人悄无声息地老去的方式。

时间把它的愁苦和微笑留在人们脸上，也留在路边的一根朽木上，时间的面目被一个乡村少年看见。整个村庄都是时间的容颜，一村庄人的生老病死都是时间的模样。

生活没那么复杂

● 马　德

和一个学生谈心。

一只麻雀在我们身边跳来跳去，极轻盈，像一团温暖的旧棉絮。一会儿"呼"地飞起来，转个圈，轻轻地，又落在我们的脚边。

它一边蹦，一边不时地抬起头来看我们一眼，小小圆圆的眼睛里，没有一点惊惧。

也许，在它看来，当生命与生命彼此交心的时候，这个世界，可以轻松到不需戒备。

身边有好多爱抱怨的朋友。工作累，他们抱怨；职称评不上，他们抱怨；社会的种种不公，他们抱怨。

然而，有抱怨的人，才是尘世里的人啊。

不要去苛责他们。其实，更多的时候，他们有嘴无心。

这多少像一个人在硬板凳上打瞌睡，刚还嘟囔着不舒服呢，再看时，早已睡着了。

"老师，我一辈子忘不了你。"

"为什么呢？"

"因为，我复读那一年，一次，我下楼梯遇上你，你居然喊出了我的名字。"

"那也没什么啊。"

"可是，你知道吗？你才教了我们没几天。"

考试中。

穿花格子衬衫的女生用笔轻轻地捅了前面的男生一下。轻轻地，只一下。

男生也穿着花格子衬衫，他回过头来，朝她嫣然一笑。

他们并没有作弊。是的，生活没那么复杂，之后，他认真地答题，她也认真地答题。

那一瞬间，不过是燃烧着的青春的一个剪影。

违纪学生的母亲来了。

"老师，给你添麻烦了。"母亲像自己做错了什么。学生在一边冷冷地说："妈，你什么也不用说，没必要！"

"其实，我这孩子挺听话的。"母亲向老师谈起自己的孩子小时候如何听话，初中时成绩如何棒，讲到高兴处，眉飞色舞。

一边的学生早就不耐烦了，"妈，你麻烦不？这点陈芝麻烂谷子，谁愿听你的！"

"不，你妈说得挺好的，我爱听。"老师对自己的学生说。

学校有一个废置的变压器，弃在一个偏僻的角落里。

一只蛐蛐蛰伏在那里低唱，我找寻它，却无意间发现了一棵草。

芥草如针，长在变压器的一个铁窝窝里，覆土不过指甲盖大小，厚不盈豆。然而，它就长在那里。

一场风，送来了尘土和种子，又一场雨洒落下来，它便破土而出了。

是啊，当一个生命纯粹到只想活着的时候，它对这个尘世可以简单到一无所求。

我们活一辈子，只是人生的门外汉。

这就很好，把人生看得太透了，生命的胡琴里，咿咿呀呀的，只会是悲观和失望。

好的人生，是一片迷蒙的月色，你只是觉得它美，却永远说不清它美在哪里。

这，就足够了。

一

我出生在河南一个三乡交界的小村庄。从我们家到村里的小学，有三里地。

20世纪80年代，我读小学时，村里普遍贫穷落

为了找到这样的自己

● 刘 娜

后，满眼都是低矮的砖瓦房，家家都是木门、木窗、破院子。

对于我们这些除了去乡里赶集，连城里都没有去过的小孩来说，能吃饱饭、穿暖衣、有书读，就觉得人生已然抵达高光时刻。所以，在整个小学阶段，我没有一点儿贫富观念和心理落差。

我穿的确良衣服，别人也穿的确良衣服；我穿方口

布鞋，别人也穿方口布鞋；我吃馒头就咸菜，别人也吃这两样；我放学回来就跑到沟边、河边，给牛和猪割草，别人跑得比我还快，割的草比我割的还多；我背着我妈给我用花布条在缝纫机上做的荷叶书包，别人也背着他们的妈妈用碎布条做的五彩斑斓的布兜；我早晚自习用我爸给我做的煤油灯，两只鼻孔都被熏得黑乎乎的，别人一个个也都被熏成大花脸……没有分别，就没有羞耻；没有比较，就没有伤害。

那时候，我和小伙伴迈着大步穿梭于村头、田间、河沟、坟场和学校，盲目自

信地认为，全世界都和我们村一样，全世界最有文化的人大概就和我们村的小学校长差不多，全世界最有钱的人肯定是乡供销社社长。

但这种井底之蛙般的愚昧无知，很快就随着我们行走半径的扩大，被击得粉碎。

二

12岁时，我到乡里的中学读书。

乡里的孩子，绝大部分和我一样，来自多子女的家庭，父母都是面朝黄土背朝天的农民，他们穿着姐姐或哥哥的旧衣裳，用香皂洗脸，用洗衣粉洗头发，用搪瓷缸子吃饭，蹲在地上大口大口地吃着食堂里因用碱过量而满是黄斑的大馒头。

只有极少部分同学，和我们不同。

这极少部分同学，来自镇上，父母要么是乡政府的工作人员，要么是乡派出所的警察，要么是学校的老师。

我记得，我当时的同桌，是我们学校电工的女儿。

她长得漂亮，性格开朗，对我也好。我初中第一次来例假时，根本不知道这是怎么回事，发现时裤子已

经弄脏了，我吓得想哭。她果断地把自己的外套脱下来，系在我的腰上，然后挽着我的胳膊陪我去厕所。

但她对我的好，并没有换来我对她的不设防。她越对我好，就越让我在与她的比较中，发现自己不够好。尤其是，当她告诉我，洗脸要用洗面奶，洗头发要用洗发膏时，我更觉得她和我不是同一个世界的人。

如今想来，她不过是说出自己的日常生活，我却认定她在嘲笑我的粗鄙。

所以，那时和我玩得最好的女同学，仍然都是来自农村的孩子。我们天性相通，惺惺相惜，心心相印。我们在气味极重的厕所门口的路灯下挑灯夜读，睡在老鼠到处乱窜的大通铺上，吃着从家里拿来的辣椒酱和芝麻盐，周末的下午骑着锈迹斑斑的二八自行车，有说有笑地沿着乡间的小路，回到十多里外的家。

大概从那时起，我就深谙一个道理：我们虽然对异类充满好奇，但只会在同类面前感到放松。

三

15岁时，我去了我们县最好的高中。

我第一次在学校的小食堂里，吃到了热干面、馄饨和米线。我也是第一次知道，在馒头和青菜面条之外，这世上原来还有那么多好吃的东西，它们都被称作"食物"。我甚至也是第一次知道，世界上真有红绿灯这种东西。"绿灯行，红灯停，黄灯亮了等一等"，原来是城市交通的基本规则，而不仅仅出现在儿歌里。

高中时，班里不少同学，家都在县城，父母是各行各业的职工。如今看来，他们也是穷人家的孩子，但在当时，被我们这些农村的孩子，称为"城里的"。

我上高中时的几个同桌，都是城里的。她们穿着好看的裙子，身上带着好闻的香味，做事总是不慌不忙，有条有理。

其中有一个同桌，对我特别好，她总爱从家里拿来苹果、火腿肠、巧克力这些东西给我吃。"我妈说，再不吃就过期了，我吃不完，我妈以后就不给我买了，你帮我吃点。"她眼睛笑成月牙儿，温柔地说。

那是我第一次吃巧克力，觉得巧克力有点儿苦。这苦，更像一个除了学习什么都不知道的女孩内心的拧巴和苦涩。我不知道如何排解这种拧巴和苦涩，就想当然地认为，是我那温柔的女同桌带给我的。我一边接受着她的恩惠，一边又在她面前伪装得特别自负。

多年后，我大学毕业，在外工作多年，回到故乡，和她相逢。她留在了县城，在父母身边工作。谈及旧事，我提到她总是给我带好吃的。她笑着说："你知道吗，当时你就有1.63米那么高了，但瘦骨嶙峋的，肩胛骨的骨头翘得很高，你学习那么用功，我真怕你因为营养不良而晕倒……"

那一刻，县城十字路口的车流和人流快速后退，唯有她圆圆的笑脸，在我模糊的记忆里，幻化成几个人，又重叠成一人。

她一直都那么好。只是很多年后，我才知道。

四

高中毕业后，我考上了大学，背着编织袋，坐上绿皮火车，逃离了贫困的故乡。

我们宿舍里一共有7个姑娘，其中两个来自城市，5个来自农村。来自城市的两个，都是独生女。她们每次被父母开车送到学校时，都会带整箱的零食，和我们分享。睡在我下铺的那个姑娘，长得温柔可爱。她会给我们讲她父母的爱情故事，也会和我们讲她跟随军医父亲几次转学的心路历程，以及她暗恋过的男孩。她毫无保留的分享，让睡在上铺的我，在震撼之中，体会到一种叫"坦荡"的力量。那是为了掩盖自卑故作高傲，为了遮掩贫困故作冷漠，为了证明优秀而活在分裂中的我，所不曾拥有的力量。那是一个长期生活在宽松环境里的孩子，在父母温柔平和的爱里，对自我深度接纳后，所拥有的对周围信赖的力量。

第一次，我想成为她那样的人，想拥有她那样的力量。我想做一个可以真诚地向别人打开自己，准确地说出内心的想法，与自己的缺点和忧伤坦然相处的姑娘。

我知道，那是另一个世界的一些孩子天然就拥有的东西。出生于这个世界的我，必须从苦涩和拧巴、自卑和孤傲、分裂和对抗里挣脱出来，才能向那个世界，一步步靠近。

五

大学毕业后，我留在城市工作，如父辈所期许的那样，吃上了公家的饭，成了城里人。然后，我嫁给一个在城里长大的男人，生了一个城里的孩子。

但多少个锅碗瓢盆叮当作响的日子里，我看到我的"咸鱼"老公，悠闲地躺在沙发上看电视，温和地给我们家的鹦鹉投食，哼着小曲儿给阳台上的花草浇水。

而我那明显继承了他爸"咸鱼"体质的孩子，吃着零食，打着游戏，做完老师布置的作业，无论如何也不想再多看一页课本，风风火火地约上一帮"熊孩子"，没心没肺地在小区里疯玩。只有我像一个停不下来的陀螺，又是读书考证，又是打扫卫生，又是做饭洗衣，一刻也不允许自己闲下来。

因看不惯老公和孩子的悠闲，我忍不住一次次抱怨发脾气时，一股悲凉之情涌上心头：贫穷刻在我骨子里的不安全感，和必须努力奋斗以证明自己有用的焦虑感，从来就不曾远离我。这是一个出身于贫寒家庭的孩子心中的魔咒，哪怕我已经在城市扎根很多年。

也就是在那一刻，我忽然羡慕我的老公和孩子：他们对生活如此满意，对当下如此满足，对自我如此接纳，对一切如此温柔平和；他们极少和人比较，也从不忌妒他人，他们不是活在目标和执念里，而是活在当下。

我问自己：不断破局的我和坦然随和的他们，孰优孰劣？思来想去，我最终不得不承认：没有优劣高低，我们生而不同。我不是他们，他们也不是我。我所经历的是他们未曾经历的，他们所拥有的我也未曾有共鸣。我不必拿自己的标准苛责他们，他们也从未拿自己的那套否定我。

不同的出身，造成不同的经历；不同的经历，带来不同的感受；不同的感受，形成不同的见识；不同的见识，指导不同的行动。尊重这种不同，或许是我们生活在同一个屋檐下的和解之道。

我从乡村来到城市，从贫穷走向富足，从自卑走向自信，最终的使命，不就是为了找到那个终于知道"他人不同于我，世界是参差不齐"的自己吗？

为了找到这样的自己，我竟然用了30多年。

"内卷化"系统出逃指南

● 人神共奋

武林是怎么沦落的

小时候，一直有一个问题困扰着我，为什么古代有那么高的武功，到现代就绝迹了呢？

直到最近，我看到一个完美的解释——武林"内卷化"。

原因就在《笑傲江湖》的结尾，那本《葵花宝典》其实并没有被任我行毁掉，而是被他公开。这真是一个歹毒的计划：你练这个功，就要自宫，功夫也传不下去；你不练，若仇家练了，你就死定了。

"内卷化"解释了一个现象，个人的理性常常导致集体的非理性，聪明人的聪明决策，常常损害整体的利益。

"内卷化"一旦发生，在没有外力作用的情况下，身处其中的人是很难避开的。比如有人想了个主意，可以先生孩子再练功。但所有人都能想到这一点，结果仍然无法避免"内卷化"。

不过，"内卷化"有被滥用的趋势，常常跟"竞争"混淆。事实上，并非所有的竞争都是"内卷化"，所以讨论的前提是要分清楚，这个现象是不是"内卷化"。

哪些竞争不是"内卷化"

到底有没有陷入"内卷化"，取决于对某件事投入的资源和这件事对整个社会而非个人产生的总效益，孰大孰小。

有些博弈论文章喜欢以打折促销和做广

告为例：A 投入广告把 B 的消费者拉来，B 公司投入广告再把 A 拉的消费者拉回来，双方的销售额没有增长，广告费却谁也不敢省。

但现实生活中，投放广告反而是一种避免"内卷化"的差异化竞争。几家头部品牌通过投放广告，传递不同的品牌调性，吸引不同偏好的消费者；尾部白牌厂商利用性价比优势，通过团购网站等渠道获得不在意品牌的消费者和市场份额。大家各取所需，避免了"内卷化"。

但打折促销分两种情况：如果某商品的渗透率无法再提高消费者基数，那么打折促销就是"内卷化"；如果某商品的渗透率还有很大的空间，通过打折吸引初次消费者，那就不是"内卷化"。

只要竞争能产生正效应，就不是"内卷化"。

教育陷入"内卷化"了吗

升学竞争被当作一种典型的"内卷化"现

象。因为录取人数是固定的，报各种辅导班，增加学习时间，并不能改变这个结果，但如果谁不投入，谁就会落选。

但这个推导逻辑是有问题的——学习 10 小时跟学习 5 小时的收获一样吗？参加 3 个校外辅导班跟不参加校外辅导班一样吗？

答案取决于学习的目的。

高考就是考大纲里的内容，无论学 10 小时，还是学 5 小时，都是那些内容。只是通过反复的训练去争取更高的分数，是无意义的"内卷化"。

如果高考没有大纲的限制，考查学生的知识储备和解决问题的能力，那么学习 10 小时，还是学 5 小时，报 3 个辅导班和不报班就有差别了，这就不存在"内卷化"了。

所以，升学竞争"内卷化"的原因是目标与规则的不匹配。高考这种典型的选拔型考试，采用的却是合格型考试的大纲模式，导致考试的区分度太低，学生陷入过度精细化的"内卷式"学习。

高考改革十多年前就开始了，但最终还是回到原点，真正的原因是两个字——公平。

如果高考没有大纲的限制，纯粹考查学生的知识储备和解决问题的能力，那必然是家境优越的学生占优势，而且无法杜绝"暗箱操作"。

高考的内容越固定，越形式化，越有利于公平普适原则，但也越容易出现"内卷化"。

改变规则

美国烟草业从 20 世纪 70 年代起被禁止在媒体上投放广告，很多人觉得这是因为禁烟。其实没那么简单。

真正属于社会禁烟运动的成果是要求烟草公司在广告中必须注明"吸烟有害健康"。当时吸烟的危害还并不为人所知，此法规一出，香烟销量连年下降，广告做得越多，销量下降得越快。

更糟糕的是，明知广告"有害"，却没有哪家烟草公司敢停止投放广告，这就是标准的广告投放"内卷化"。

各大烟草巨头觉得不能再这样下去，于是游说美国国会通过法案：禁止电视台和电台播放香烟广告。该提议自然获得各方赞同，并于 1971 年起执行。

广告不让播了，烟草公司的实际营收没有受到影响，营销支出却大幅减少，利润大增。实际上，烟草公司虽然不能播放广告，却可以通过赞助各种体育运动变相宣传。

这就是改变规则以避免"内卷化"。

事实上，高考改革加强语文科目的重要性，也有通过改变规则避免"内卷化"的作用。因为语文考试内容和难度很难被大纲限制，而对语文能力的培养更注重长期的学习与积累，很难通过培训来实现。

从外部打破"内卷化"

"内卷化"这个词最早被历史学家用于描述清代人口爆炸。当时科技水平没有跟上，整个经济体量没有变化，导致劳动力供大于求，越来越廉价，从而使新技术更没有性价比，这种恶性循环是一种典型的"内卷化"，是近代中国以全球第一的 GDP 体量却没有发展成资本主义国家的重要原因。

粮食品种丰富造成的人口爆炸在很多国家都出现过，为什么其他国家没有"内卷化"呢？很重要的原因是这些国家都是外向型的，换成我们熟悉的词语叫"对外扩张"，这就是近代殖民主义的背景：一方面缓解国内劳动力过剩的压力，一方面扩张外部市场。

一个完全封闭的系统，更容易出现"内卷化"，因为压力全部向内，所以对抗"内卷化"的方法是向外部扩张，把蛋糕做大。

个人如何避免"内卷化"

不过，作为身处"内卷化"系统中的个人，无力改变规则，也不一定有条件向外部释放压力，此时，如何避免陷入"内卷化"的处境呢？

1.不要去重复别人做得好的事情，要在别人做好的事情的基础上做别人做不到的事，如果找不到，那就下一条；

2.如果你努力的效率跟别人一样，那就换一个效率更高的方向努力，如果找不到，那就下一条；

3.找到你的优势，如果找不到，那就下一条；

4.如果再怎么努力都无法避免以上问题，那就找你喜欢的事去做。

可以说，所有的"内卷化"都是可以避免的，唯有一种避免不了——幸福感的"内卷化"。

如果你努力工作的目的是"赚一大笔钱，不再工作"，那无论什么工作，都会与幸福感形成此消彼长的关系，你付出的努力越多，幸福感越少；但如果不付出努力，收入下降，幸福感减少得更快。

是的，如果你不能从工作中得到快乐，那么无论身处什么环境，你都会陷入"内卷化"。

一位在高校负责学生就业的老师告诉我，"00后"的学生和往届的学生大不一样。

举个例子，他们不看老师发的通知，有事情直接发微信问老师。有时候，晚上十一二点也会发信息，而且要求老师立即回复。如果老师回复得慢，就会有学生把老师拉黑。一开始，这位老师很不理解，后来才恍然大悟：原来学生把我们当成了网站客服。

这是被算法喂大的一代。这让我想起顾城的一段故事。顾城到了新西兰的激流岛，想要养鸡，便从养鸡

被算法喂大的一代

● 何帆

场买回来200只鸡。结果，他发现这些鸡不吃不喝不动，饿了3天依然如此。

原来这些鸡只吃过传送带上被粉碎过的饲料。最后，他把饲料放在一块板子上，拉着板子边走边摇晃，

表演喂料的"流水线"，鸡这才开始吃饲料。

算法是强大的，也是可怕的：对个人来说，你不能战胜算法，算法就会战胜你；对社会来说，不控制算法，算法会腐蚀社会。

你还在为未来的竞争而焦虑吗

● 吴琪

我要讲述的故事，从美国一家著名研究型大学的医学院开始。这所医学院与美国其他大学的医学院一样，招收的都是成绩顶尖的学生。医生在美国社会中堪称勤奋、博学、社会责任感的代名词，他们充满奋斗精神，是典型的终身学习者。

在美国，进入医学院的竞争相当激烈，而在医学院学习和实习的压力，也不是一般人所能承受的。北京协和医院的一名医学生，曾到哈佛大学医学院的神经外科作为交换生实习。这里的学生基本上每天凌晨3点30分起床，吃过早饭之后3点45分出门，4点之前就到达医院，开始查房前的准备，4点30分早查房之前准备好全病房病人的信息，接受着每周100个小时高强度的严酷训练。

这名医学生，在哈佛大学学习期间，住在波士顿，由于没能找到搭顺风车的同学，只能乘坐凌晨4点的第一班公交车，等他到达哈佛医学院的时候，医院的住院医师都快写完病历了。波士顿凌晨4点的这一班车上大多是穿着浅蓝色工作服的医生，因此这一班车被波士顿人称为"医生专车"。

可是面对如此优秀勤奋的学生，美国某所医学院的院长和几位同事却开始担心，会不会是他们的医学教育出了问题：学生初入医学院的时候，大多怀有怜悯之心，但是在接受过专业的课程和实习训练后，这种怜悯心却在不断消退。"等到他

们毕业时，他们很容易把病人视为物品，可以修就修理，修不好就扔掉。"

院长和他的同事们开始反思：到底我们的教育出了什么问题？他们开始担心急功近利的学术文化，令医学生的学习动机不是治愈疾病，而是在竞争中击败对手。

这种竞争心态，使医学院里出现了这样的情况：当有教授偶尔把学术期刊放在图书馆不能外借的书架，并且要求学生阅读里边的论文时，到了第四名或第五名学生时，出现了偷偷用剪刀把文章裁下来据为己有的事情。这让教育者们感到特别痛心：如果大家共享论文，这些信息可能有朝一日会帮助某位医生治好一位病人。可是，有些学生的怜悯之心已经消失了。如果教育并没有让他们学到如何通过自我鼓励去学习，而是一心要在你死我活的竞争中获胜，那我们是在培养具有医德的医生吗？

院长和其他具有反思精神的老师认为，这种情况与传统教育的局限性紧密相

关。院长说，传统医学教育的情景是："头两年，学生坐在座位上，教授则坐在讲台上，手执教鞭，对着一具骷髅指点。学生的任务就是记住所有信息，在测试中把它们默写出来，并且能在实验室内运用。从第三年开始，学生跟第一个病人见面。我们奇怪为什么他们会像对待一具挂着的骷髅那样对待病人。因为这种单向灌输式的学习，根本没为学生提供任何自己主动去发现知识的经验。"

学生经过层层的激烈竞争才能进入医学院，又拼命奋斗以保住自己在这个行业的地位，他们的经历给予他们的意识是：只有打败其他人，自己才能成功。可是如果未来的医生，只盯着同行，只把奋斗的动力理解为在竞争中获胜，那么医生的职业道德又何在呢？医生如果对病人没有同情心和怜悯心，那么他们如何在给病人提供技术上的治疗的同时，又提供人性深层的抚慰呢？

意识到问题的院长和同事们一起，提议了一个新的教学方案。这个新方案的主要特征是，让学生从他们进医学院的第一天开始，就聚集在一个病人周围，围成一个小圈，为其诊病并开处方。

每个圆圈中都有一位导师和一名负责教学的医生。但是，导师既不告诉学生诊断结果，也不告诉学生如何开处方。导师的任务是，引导大家合作探讨医学生应该看到的伟大事物——病人和疾病之间的关系。这才是学生注意的核心问题，而不是学生个体之间你死我活的竞争。

在这项新计划执行 6 年之后，不仅没有人再把论文从期刊上偷偷剪下来，医学院还不断收到表扬学生如何帮助病人的感谢信，并且，学生考试的成绩不仅没有下降，还持续而缓慢地上升了。哪怕是刚刚进入医学院的学生，他们并没有多少医学知识，但是当他们围着一个病人时，他们也会联系自己生病的感受和看病的经验，为病人出谋划策。这种将冷冰冰的医学知识与个人经历、情感相连的方式，让学生意识到——医生的职责，绝不仅仅是为了战胜其他医生。医生眼里应该看到病人，看到病人的疾病，看到他们的痛苦、脆弱与期待。

正如美国教育学家帕克·帕尔默所说，这时候大家建立了一个学习的共同体。

这种对学习共同体的认知，背后也有自然科学理论的支撑。早期的生物学家认为，生活是个体之间从不间断的战斗，是你死我活的斗兽场。丁尼生的名言代表了早期生物学家的观点："动物的牙和爪都染满了鲜血。"而崇尚社会达尔文主义的学者，把人际关系看成是物竞天择、适者生存。

但在今天，我们对生物学事实的形象已经被转化了。生态学的研究提供了一张聚焦在合作共舞多于恐怖战斗的照片，这是一张包罗万象的生物网的照片。竞争和死亡从来没有从自然世界中消失，但是死亡现在被视为共同体生活的一部分，而不是个人生命失败的结果。

同样，我们对人类社会的理解，不应该停留在物竞天择的阶段，我们要意识到我们生活在一个共同体中，每个人都可以在这个共同体中获得自己成长的机会。一个人的成功，并不是建立在其他人被打败的基础之上。作为今天的家长，如果你还在为未来社会的竞争而恐惧，还在为自己的孩子比邻桌多考几分而奋斗，那就说明你已经远远落后于时代的认知了。

不生伤身之气

● 吴淡如

聊天时，朋友阿存苦笑着告诉我："我爸每年过生日，我都要送他一台电视机。"

"都不换一下？"我说，"也太没创意了。"

"我本来也想换个花样，"阿存说，"但是，他常看电视越看越生气，气得拿东西砸电视，所以他的电视常坏掉。上个月，他看某某人的政论节目，又拿酒瓶砸电视了。这样也好，我完全不必伤脑筋。"

哈哈，原来还真有人会气到砸电视。

你砸电视，电视里那个讨厌的人又不会痛，徒然减损了自己的财产，干么呢？可是，盛怒中的人总是想不到这些。世上的事情用损与利来组合，大致可分成几种：

一、利人利己，那一定要做。

二、利人损己，慈善家应该做。

三、损人利己，道义上最好不做。

四、损人损己或损人不利己——太笨才会做。

砸电视这种行为算第五种：很单纯地损自己，跟别人一点关系也没有。你以为损到了别人，其实只损到了自己。

是不是很好笑？且慢笑别人，日常生活中，我们虽然不一定会砸电视，但也常有类似的行为：别人根本不晓得，但自己气得要死。

第一种是所谓"愤世嫉俗"的性格，看什么都不顺眼，自怜自艾。

这种人因为先入为主的观念，对某些根本不认识的人或物生气，而且越想越气，气到影响自己的人际关系，从而陷入"老板骂老公，老公骂老婆，老婆打小孩，小孩踢狗"的恶性循环。

另一种则是生闷气。几乎每个人都生过闷气，徒然得内伤，很少有人能在生闷气的那一刻，意识到自己既好笑又无聊。

虽然绝大部分人不会因为政论节目砸电视，但有不少人会因为电视连续剧的情节而生气。很多节目制作人都知道，能够让大家"一边看一边骂"的情节，就是收视率的保证，因为观众就吃这一套。

你自己气得半死，别人又不知道，那么，这样的气最好不要生。电视不好看，快快关掉它便是了，你为什么要边气边看，为什么不选择离开，难道你有受虐癖吗？

气得半死却离不开，是我们的惰性。

婚姻生活中有受虐癖的人也不少，一边爱一边骂，气一辈子，也在一起一辈子。

第五章

偶尔怀念旧时光，只是当年风不在

每个人的傍晚都住着故乡的晚霞

● 程鬗眉

人们常说，在某个时刻，故乡会回来找你。

当我人到中年，面对故乡的故人，我知道这是时间保存到期、等候已久的礼物。

那一年，我们相聚在加州，我与亚男和显宗，跨越了三十五年的光阴。

到加州那天，阳光灿烂，海水正蓝，帆影漂游在天际。而此时我的家，已经在大洋彼岸的深夜里了，人们睡得正香。

第二天上午，我从旅馆出发，去亚男和显宗的家。我打开了汽车顶篷，阳光一浪又一浪地洒在我的肩上。我抱着一盆鲜花，是送给亚男的，她小时候是我们那个街区最美的姑娘。

当我把鲜花放在玄关的一刹那，一转身，我闻到了故乡红岸的味道。我不知道这个味道是从哪里发出的。我只是突然感到，我的故乡从天而降。

在很长一段时间里，我忘记了自己的故乡。我很年轻的时候，常常沉醉在别人的故乡梦里，"日出江花红胜火，春来江水绿如蓝，能不忆江南？"在我心里，江南的村庄才是正宗的"故乡"原典，是地地道道的乡愁来处。在我年轻时的定义中，"故乡"就是"故"和"乡"的结合体，然而我发现，我的故乡只有"故"，没有"乡"。

"乡"是什么？是遥远的小山村，是漫山遍野的麦浪，是村前流淌的小河，还

有在巷口倚间而望的爹娘。而我的故乡，是最不像故乡的故乡，它伫立在遥远的中国北方，那个地方叫"红岸"，那里的冬天漫天飞雪，那个地方盛产重型机器。我们的父辈亲手奠定了机械大工厂的基石，研制出亚洲第一台万吨水压机，因了这个钢铁巨人，红岸被载入史册。

我在那里长大，在那些熟悉的街区里，一群群少年走街串巷，疯狂生长。那个时候没有电话，大家相约的方式就是挨家挨户找人。在楼下大声喊彼此的名字，是那个时代最让我们感到快乐的事。

但是，这些仿佛都不是我年轻时认为的值得存忆的故乡。无处寻找稻花香和鱼米情怀，也无从怀想遥远、神秘又陌生的小小村落，更没有可归的田园，我觉得自己是被真正的故乡遗弃的人，年轻时的我曾为此感到羞愧。传说中的故乡，柔

软、浪漫、多情，但是我的这个所谓的故乡，寒冷、坚硬，它不配我的深情。

三十五年后，我们围坐在加州的房子里。

我们的目光在彼此的脸上游走，女孩曾经的妩媚，男孩曾经的不羁，渐行渐远。我高中毕业后负笈他乡，一别数年，我们都已忘记最后一次相见是何年何月。是啊，连故乡都不想要的少年，怎会记得少年事？而时光穿过长长的隧道，一个纵身就是三十五年。"三十功名尘与土，八千里路云和月"，我们总以为这些世事沧桑跟我们相距甚远，我们的人生怎么也攀不上诗词歌赋中的境界。

然而，兜兜转转看尽千帆，我们蓦然回首，却发现那些为之得意的年轻步调已经戛然而止，岁月蒙在我们脸上的面纱，是揭不掉的虚妄功名与拂不去的尘世之埃。那些皱纹、斑点、下垂的眼角，无不表明这些曾经年少的人也见证过八千里路途的云波皓月。

一样的目光，双手交握，三张曾经青春年少的脸。即便再过四十年，满脸风霜的人们依旧熟谙来路。

突然，亚男想到了什么，说："现在赶紧去看落日，还来得及。"我们几乎是跑着出去的，显宗最先打开车门，他登上驾驶座，一脚油门，将我们带到了海边。

大海边，云霞漫天，金色、橘色、黄色、红色，各种颜色混合交缠，汇成一波又一波金红色的晚霞。晚霞绵延数百里，好像要燃烧整片海。周围的人都默默不语，不知这里面有多少远离家乡的人，此时此刻，他们是否也会想起故乡的晚霞？

我和亚男围着同一条披肩——出门前她急急忙忙一把抓在手里的。来到海边我才知道，这里的傍晚有多冷，海风吹着衣着单薄的我，吹得我瑟瑟发抖。亚男用她的披肩围住我，我们一人抓住披肩的一角，两个身体紧紧地靠在一起。很快，我们感觉到彼此身体的温度，那温度是那样熟悉，那是很多年前红岸少女独有的温度吧！

回来的路上，夜幕已然降临，刚才那漫天的晚霞打开了我们的故乡密码。

其实那个叫"红岸"的地方，那一大片红砖楼房，一直若隐若现地在远处伫立着。它的名字像一个被编码的符号，是被一群人共享的密码，它一直处于屏蔽状态，一旦时机成熟，只要轻轻触动，就会激活我们全部的生命记忆。

故乡的一院房子曾经是我家和显宗家共同的居处。黄伯伯身材高大，黄伯母持家有方，他们将儿子培养得干干净净、玉树临风。亚男的父亲董伯伯多才多艺，会制作小提琴，我父亲到车间劳动时，董伯伯是我父亲的老师。也正是因了这样的师徒关系，在我们出生之前，两个年轻的母亲之间有过一段动人的友情，令董伯母几十年里念念不忘。当他们年逾八旬，董伯母不顾旅途劳顿，专门来北京与我的父母相聚。当两个年迈的母亲紧紧相拥时，我和亚男泪流满面。

少女时代的亚男酷爱英语，成了改革开放后我们工厂的第一个翻译，小小年纪便与父辈共事，她聪慧刻苦，深得父辈喜爱。显宗小时候聪明顽皮，数理化成绩尤其好，但是语文成绩差得出奇，他喜欢提刁钻的问题。

当我来到他们美国的家，却发现书柜里大多是中国典籍，涉及哲学、历史和文学，那个三十几年前的顽皮男孩，已经变成一个通透豁达的哲人。

这三十多年间，万水千山的漂泊，他们经历了那么多潮起潮落，却依然能够达观生活、热爱生命。我们在经历了那么多尘世光阴后，不惧山水迢迢，依旧能寻到故乡的知音。

就在我以为自己忘记了红岸的时候，因偶然的机会我重归故里。那一天，红岸的晚霞恰如其分地迎接了我，我也默契地接受了这份只有自己知道的深情——它曾经刻骨铭心地印在我的心里。少年时的傍晚，我经常在厂前广场雕像前的大理石上躺着，痴痴地等待晚霞的到来。我迷恋故乡的晚霞，有点儿像少年迷恋爱情——遥远、陌生，又惊艳无常。每当天边出现晚霞，我的心就一下子明亮起来，像一个在旅途中迷路的孩子，找到了心安之所。那时的我还不懂什么是忧伤，但是每当晚霞消失的时候，我幼小的心怀便充满了眷恋和寂寞。

那一刻我才发现，我的故乡，何曾被我遗忘！它只是被故意埋藏了，且藏得很深——因为深情，所以不敢触碰。当轻飘飘的年华滑过，当我感知了生命中的哀痛与忧愁，故乡的晚霞，如期而至。

离开加州的前一天傍晚，亚男做了家乡菜，显宗在院子的地炉里燃起篝火。空气中炊烟的味道，很像我们小时候楼顶的烟囱里飘出的味道。《浮生六记》里说"炊烟四起，晚霞烂然"，说尽了人间事。

我突然想起杜甫的《赠卫八处士》。我想象着一千多年前的唐朝，也是这样一个夜色如洗的晚上，杜甫就坐在我的对面，为我们的重逢写下这样的诗行：

"人生不相见，动如参与商"，参和商是完全无法产生交集的两个星宿，二者一出一没，永不相见。我到美国的计划中，原本没有加州这一程，途中偶看微信，见有人在同学群里问我是不是在美国，一看名字，是显宗。这就是命运的安排。假如那天我错过这条微信，有可能我们此生都不得重逢。

"昔别君未婚，儿女忽成行"，曾经青梅竹马的少年，在知天命之年，漂洋过海，偶然相聚。我的两个儿子和他们的一双儿女都已长大成人。

晚饭时，他们的小儿子下楼来，"怡然敬父执，问我来何方"。他的父母慢慢给他讲我们的童年趣事，以及更早的我们父辈之间的相识相知。

"明日隔山岳，世事两茫茫"，很快，我们又要面临离别，但这个别离已经不仅仅是"隔山岳"，而是去国万里的远隔重洋。

我惊叹于时光的雷同——杜甫，这个隔世的知音，穿越到了现代。我们在复演一千多年前"他乡遇故知"的戏码，而杜甫，就是这场相聚的见证人。

这是一个无法解释的偶然，让人心生喜悦，又有苍凉之感。我不知道人生会有怎样的因缘际会和悲欢离合，如果说生命是轮回，我们跨越万水千山，漂洋过海来相聚，这算不算命运的善意？

远离故乡许多年的我们，已经成为地地道道的异乡旅人，当我们不停地怀念故乡曾经的芳华绝代时，故乡已经为我们竖起少年的祭旗。

故乡到底是什么？

一位作家说："故乡就是在你年幼时爱过你，对你有所期许的人。"

借来的日子 ● 孙道荣

我妈给了我一只碗，让我去隔壁张婶家借点醋。我爸今天在池塘打水时意外抓到了一条鱼，这让已经很久没有吃过荤腥的全家人直流口水。烧鱼免不了用醋，可我们家除了盐，散装的酱油是唯一的调味品。

我借了醋回家，我妈将醋往快要熟的鱼身上一浇，"刺啦"一声，腾起一团白雾。我妈又用水将碗涮了涮，也倒进锅里。醋可是好东西，一点也不能浪费。醋味比其他气味跑得都快，很快，村里几乎所有的鼻子都兴奋地耸动起来。我妈用我刚去借醋的碗盛了半碗鱼，让我再送到张婶家。张婶不肯要，说："你们家娃多，难得吃一次鱼。"我就把我妈教我的话给她说了："我们没办法还你家的醋。"张婶只好收了。

经常要借的东西还包括农具：镰刀、锄头、铁锹、犁耙，这些家家都有。但到了收割季要抢收，我们这些娃放学后都要下地干活，家里的农具就不够用了。谁家的庄稼先收割完了，镰刀闲下来，别人就去借。我最喜欢去李大伯家借镰刀，因为他家的镰刀既轻快又锋利。李大伯曾经在镇上的机械厂干活，总是把自家的镰刀磨得锃亮，就算收割完稻子，他也会早起将镰刀磨一磨，好借给急等着镰刀用的人家。被借用过的镰刀钝了，他就再磨。

就连耕牛也是可以借的。包产到户后，田多的人家会自己养一头耕牛，而地少的人家，就几户合伙养一头耕牛。与抢收一样，播种也要抢时间，你家的地要耕，我家的地也急等着耕，那么多地，一头牛耕不过来，只能向耕牛闲下来的人家借。耕地是个苦力活，哪个主人不心疼自家的耕牛呢？所以，借人家的耕牛与借别的东西不一样，得对耕牛好，不光喂草料，还要给它加点细粮；平时，也要帮人家放放牛。

而借得最多的，是人。还是村集体时，全村人一起下地干活。播种的时候，男的犁地、挑秧、灌水，女的则先拔秧，后插秧；收割的时候，女的挥镰收割，男的将一担担稻谷挑去晒场。重体力活都是男的干，那些带点"技术"的轻活则由女的做，分工明确。后来单干了，一户人家，可能就只有一个男劳力和一个女劳力。插秧的时候，男的粗手大脚干不好，就需要借人——去村里借几个女劳力，一天工夫，地里的秧苗就都插上了。这一家的秧插完，那一家正好将地翻耕出来了，大家就呼啦一起赶去另一家插秧。收割的时候，要将几千斤湿稻谷一担担挑到晒场，一个男劳力做不了，或者来不及做，就去借一两个男劳力。今天我借了你家的人，明天你又借了我家的人，没人记账，但大家心里都有数。

这就是吾乡曾经的生活。我们曾经缺这少那，互相借盐、借醋、借镰刀，也借耕牛和人，仿佛日子就是这样借来借去的。我们生活在一个村庄，像祖辈一样鸡犬之声相闻，并说着一模一样的方言，互帮互助。我们是乡亲，这一辈子谁也离不开谁。

藏在岁月里的温暖

● 王 豪

南风暖融融地吹拂着。

田地里大片大片的油菜花开了，黄灿灿地夺人眼球；而荞麦宛若羞涩的少女，低着腼腆的脸，有些不知所措地站立着。此刻午后的暖阳照向大地，舒适得令人慵困。一条碎石路闪着石子特有的光泽延伸向远方。

这是 1937 年的春天。

路旁站着一对男女，他们牵着手，彼此默默无语。目光流转之处，一片春暖花开。

四周静得出奇。湛蓝湛蓝的天空中飘浮着大朵大朵的云，像极了酣睡的婴孩。南风依旧拂过野草，发出"沙沙"的声响，却是极微小的。

已然是春天的时节了，无名的碎花开了一地，那儿一簇紫色的，这儿一簇白色的，有着莫名芬芳的花在微风中摇曳，散发出淡淡的清香。

女孩微微踮起了脚尖。

她伏在男孩结实的肩上，瘦弱的肩一起一伏。男孩的模样十分坚毅却又柔情似水。

静静的河水淌过春天的臂弯，揽起几许冬日残余的冰寒；几只早已脱了漆的旧木船泊在河岸边。清清的水招摇着油油的水草，在金色的柔波里，穿行过黑黑的鱼儿，一圈一圈的水泡浮上水面。

女孩开始小声啜泣起来，却又不知什么时候停止了哭泣。

又是一阵轻柔的风，吹得花香四溢，大地的气息中却夹杂着战火的硝烟味儿。

女孩紧紧地抱住了男孩。

男孩身旁的一个布包上扎着一个小小的蝴蝶结，那粉红的颜色显然是女孩精心挑选的。

……

眼前的画面开始变得模糊，模糊得只剩下一双相拥在一起的人儿。

"这么多年了，我还记得那年的春天。春天呀，到处是花儿、草儿的香味儿……"祖母的声音如流水一般和缓，在轻诉着一段往事，"那是战火纷飞的年代。那年，你的祖父参了军……"祖母的声音变得有些伤感，"这一等便是 5 年。每年的春天，我都会去那一块花地走走、闻闻、听听、想想、念念……第 5 年的春天，他便回来了，我认得那黝黑的脸庞和怀里的小怀表……"

午后的暖意在祖母的脸庞上荡漾开来，崭新的相册悄悄地翻过一页。

"那会儿在农村，还是小伙子小姑娘呢，像你这样的年纪吧。饥馑的年代里，我们在春天一起去挖野菜，蕨菜、马齿苋……我们提着满满一篮的春光欢笑……"

祖母的眼里闪现出柔和的光芒。

相册的最后一页上，两人的笑意定格，却还是春天，只是时光褪去了青春的色彩，彼此在内心深处的相守温暖了岁月。

"你们在说什么呢？我也听听。"祖父爽朗的声音从阳台传来，带着微微的笑意。

午后的阳光偏了一个角度，泛黄的墙壁上，时钟在"嘀嗒嘀嗒"地走着……

还是从我父亲的工作说起吧。

父亲那时不过二十出头，噼里啪啦打得一手好算盘，这手艺帮了他大忙，让他无限风光地被招进都安镇供销社，谋到一份轻松又体面的工作——坐柜台当售货员。

那年年底，父亲却卷着铺盖打道回府了。

任凭爷爷奶奶怎么追问，父亲始终不开口。后来才得知，供销社遭了贼，一百二十八块钱在我父亲的手里弄丢了。父亲面临两个选择：一是赔偿；二是辞工，以工资抵丢失的钱款。这一百二十八块钱直接把父亲的胆子吓破了，他没头没脑地选择了辞工回家这条路。

用我奶奶的话来说，这就是我父亲的命。父亲命中注定要在米糠湾的土里刨食。

父亲从供销社带回来的，除了原先带去的铺盖、脸盆、水壶这些家什，还有一身的"毛病"。

米糠湾夏天的午后是忙碌的，太阳当头晒，得赶紧收谷子、晒谷子。午饭都送到地头，干活儿的人匆匆填饱肚子，丢下饭碗，又得接着忙田里的活儿。

我的父亲可不是，他必须回家吃饭。饭后，按部就班地先来一支烟。一支烟过后，他还要给自己安排个午睡。

午睡一事彻底把我母亲惹恼了："你以为你还是干部啊，还午睡！"

在母亲看来，农民就不该午睡。母亲的声音如惊雷，雷声之后，一瓢水直接泼向父亲的被窝。但父亲的沉默中有一种坚不可摧的力量，他在这种力量的保护之下，风雨不动安如山。

我不知道母亲是不是为嫁给父亲而后悔。她其实是被父亲的另一个"毛病"给蒙骗了。

父亲写得一手好字，他悬腕、提笔，不

在晦暗的日子里追光

● 廖玉群

用摆什么架势，下笔成字。父亲写得又快又好，我曾想，那些文字如果能发出声音，一定是奔马一般"嘚儿嘚儿"的有力的声音。那些字看起来如腾飞的骏马，像在跑，又像在飞。

我的母亲年轻时曾被那些奔马一样的字深深吸引，后来渐渐领悟到，在盐巴都要淡着吃的日子里，这个爱好是个吃钱的爱好。笔墨纸哪个不要钱？再说，一个侍弄土地的人，弄什么笔墨！母亲越来越觉得这爱好其实就是父亲的一个大毛病。好在父亲及时调整策略，以河水代替墨水，而且把一张旧报纸的功能发挥到极致，反复使用，才使得这个爱好幸存下来。

这个爱好终究没有辜负父亲，让他在晦暗的日子发了一次光。

临近春节的一个圩日，县文化馆在集市的圩亭举行现场写春联比赛。我父亲刚卖完菜，赶上了比赛。父亲一挥毫，博得人们的喝彩，还获得了十块钱的"巨额"奖金。

我父亲拥有了这十块钱的独立支配权，他决定用这笔钱来做一件他觉得最有意义的事情。父亲的决定出乎我们的意料，他不买肉，不买糖果，不买鞭炮，也不买年画，他要用这十块钱请我们去镇上的电影院看一场电影。

看电影？看那种一闪就过去的东西？那还不是和打水漂一样？母亲明确反对，可反对有什么用呢？

荞麦花开的时候，父亲总算兑现了他的诺言。那是我平生第一次在电影院里看电影，我才发现那个有声有影有光的世界，和露天电影完全不一样。我们的位置在电影院的正中间，放映师在调试时，把我们的影子都投到银幕上了。电影是咿咿呀呀唱戏的那种，父亲看得津津有味。我们看不懂，但声光影制造的效果也足够让我们兴奋了。等到结束，

我们意犹未尽，齐刷刷地站起来，借着光把影子又投射到银幕上一回。

回去的路上，我们仍津津有味地谈论着电影相关的细节。走进米糠湾时，小妹忽然出声叫起来："电影！我们走进电影里了！"这还是我们天天劳作的田地吗？天上的月光如同白色的荞麦花，地上的荞麦花如同天上的白月光，它们相互映衬，铺天盖地，形成一大片朦胧的银光，照进我们的眼里。那么美，比银幕上的还要美呢！一时间，我们都选择了沉默，一齐静默地站在那一大片银光里。

我的父亲，后来也像米糠湾每个老去的人一样，躺到山脚下那片荞麦地的后面去了。荞麦花年年开，白天黑夜，我无数次从荞麦地经过，却再也看不到像那晚一样散发着银光的月色和荞麦花了。

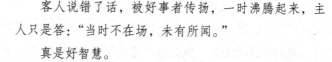

自　爱

● 亦舒

客人说错了话，被好事者传扬，一时沸腾起来，主人只是答："当时不在场，未有所闻。"

真是好智慧。

大多数人病在眼睛太尖，耳朵太灵，什么不应看到的东西，一概照单全收，不该听、不好听的话，偏偏抢着去"洗耳恭听"，听完看完又不能一笑置之，气，活该气。

也太乐于接受别人的侮辱了，简直当大礼承受，又把说是非者当送礼人般恩待，几乎感激涕零，奇哉怪也。

眼睛与耳朵都要安装开关，必要时使电流接不上，一点知觉都没有，就不会泄露风声。

岁月无多，光阴似箭，自然挑悦目的看、悦耳的听。好事者服务再佳，态度再诚恳，也可以对他说：有劳操心，不感兴趣。

爱己者人恒爱之。

口音中的故乡与异乡

● 陈蔚文

一

口音代表一个人的来历、一个人的行踪。这个时代人们的活动半径日益扩大，没等出生地的口音定型，便可能去外地读书工作，新的口音层层覆盖，如同五色杂陈的鸡尾酒。

高铁餐车上，两个男人就着小吃喝啤酒。啤酒下肚前，二人的普通话都挺标准，举止也颇矜持。几杯啤酒下肚之后，家乡附体。胖的那位，点评手中轻飘飘的薯片"吃着没劲儿"。"那啥，土豆烀着吃才香！"原来是东北人。他的同伴爽朗一笑："下了车，咱哥俩儿找个馆子好好滋润几口！"得，山东人。

多年前，在一辆去天津的长途车上，我见过一个男人打电话，粤语说得顺溜，我以为他是广东人。之后他改说东北话，依旧地道，连尾音都有股猪肉酸菜炖粉条的味儿，这时，他的用意就有些明显：他在炫耀他的语言能力。再后来，他和身旁的姑娘搭讪，用的是北京话，卷舌音讲得像他是胡同里长大的，姥姥、舅舅就住在前门与后海。尽管他的炫耀太张扬，但不得不承认，这家伙的确有非同一般的语言天分。他究竟是哪里人呢？快下车前，他接了个电话，是他妈打来的——"恁到了吗？吃了吗？吃类啥？是不是吃类馍？"他妈是个大嗓门儿，声音透过手机溢洒而出。他接完电话，后排的小伙子

热情地认老乡："大哥，恁是山东菏泽类吧？"

二

我父亲，浙江口音跟随他一辈子，在赣地定居生活这么多年，始终乡音未改。十八岁，他从浙中离家从戎，此后成为游子，江南故乡是他永远的惦念与回望。

他关心电视里一切有关故乡的新闻，餐桌上的食物也多是江南风味，还有他多年未改的固执乡音。他教我儿子念古诗，总是把"遥看瀑布挂前川"的瀑布念成"破布"，弄得我哭笑不得。还有"笋"的发音，他必念成"塆"的音，以致好长一段时间，我儿子以为"笋"就该是那个发音。

父亲在赣地生活几十年，居然没有讲过一句当地方言，他不会说，但能听懂。潜意识里，他是不是觉得学了赣地方言就是对故乡的背离？虽然在赣地生活的时间远多过在故乡的时间，但他的舌根固执地保留着吴语腔调。

若是和家乡金华的战友，或与亲戚通电话，那便是他表演"脱口秀"的时刻，滔滔不绝的家乡话，他说得忘我。我能听懂个七八成，"明天"叫"明朝"，"吃饭了没有"叫"切过咪"，"茄子"叫"落苏"（和战国时期的一个典故有关），"傻瓜"叫"矮朵"，"睡觉"叫"困告"，家乡网友开玩笑说，"告"字用得真是有仪式感——睡前的祷告。

而我母亲，虽在江西南昌出生长大，但她很少说南昌话，她在家说抚州方言，那是她父母的语言。我外公外婆年轻时从赣东抚州来到省会南昌，艰辛立足，养大一堆孩子，他们先后在南昌去世，又先后被葬回故乡。他们没有给子女留下多少财产，抚州话大概就算是遗产之一。作为长女的我母亲，没有

在抚州生活过，但从我有记忆起，她就在家里说抚州话——她父母终生使用的语言。

外公外婆去世后，母亲仍然说抚州话。她的兄弟姐妹中，只有她一人说抚州话，好像她作为长女，承担了传承父母家乡话的责任。

我和姐姐，既不大会说父亲说的浙江话，也不会说母亲说的抚州话，我们甚至也不大会说南昌话，因为在学校和家里，都没什么机会使用这种方言。我和姐姐一直说普通话，当然，也不纯正，它多少染上了浙江话、抚州话和南昌话的印迹。我掌握得并不熟练的南昌话多是在菜场、小食店学会的。

虽然未熟练掌握一门方言，但无论身在何处，听到浙江话、抚州话或南昌话，我都会有一种亲切感。有次在意大利旅行，在某个博物馆外，人群中传来南昌话——有对中年男女正用南昌话交流对今天中餐的看法，大意是吃不惯，回去了要好好补一下南昌的拌粉瓦罐汤。如他乡遇故知，我找到失联亲戚一般，当下便过去搭讪了几句。

这些时候，我才发现，不说方言的人也是有故乡的。只是，可能有不止一个故乡。像我，有三个故乡。

三

当人在使用不同语言时，会呈现出不同面目，这是多年前，我从一位相识者身上体会到的。一次聚会，他在席上侃侃而谈，臧否人物，指点时事，像他名片上印着的长长头衔一样，他的话语与名片完全匹配。他说的是普通话（尽管带着家乡口音）。手机响，他接起，是老家打来的，他马上转成方言，在屋子一角接电话，声音压着，还是听得出话里的忍耐，电话打了好一会儿。他向大家

解释，是老家的父亲打电话来，让他在省城办点事。在和父亲通话时，他脸上先前的意气风发不见了。他紧锁眉头，一只脚不停用力蹭着地，似乎想减轻些压力。大概，父亲托他办的事超出了他的能力范围，超出了他名片上印的那些头衔范围。

朋友说起，他单位有一个人，从某小镇考出，托了点关系，来到这单位。每回这人接老家来的电话，声音特别亢亮，一连串难懂的方言翻滚而出。他说普通话时并不会把声音调到这么亢亮。这是何故？他似乎在用方言证明一种"家乡自信"，那未免有些用力过猛的证明，让与他共处一室的同事不堪其扰。当放下电话，说回普通话时，他又恢复到一个常人的状态，音量适中。

在上海工作时，认识一位中年女编剧，每当情绪激动（比如特别高兴或生气）时，她一定会迸出几句家乡话，无论是在朋友聚会的餐桌上，还是在开会的会议桌上，迸出的那几句浓浓乡俚口音的语气助词表达着她的强烈情绪。普通话无法释放这些情绪，必须是家乡话，那牢固的、沉潜在她血脉里的方言，成为她释放情绪的最佳方式——我猜想，在和丈夫吵架时，她一定也用的是这口音。

同时，她又一直想逃离家乡。在她的描述中，那里有着粗糙的饮食、掐了一辈子架的父母、自私计较的哥哥姐姐。和她感情较好的奶奶去世后，她几年未回那个地处太行山的小镇。逢年过节给父母转点钱，以尽亲缘义务。平时，她几乎不和家里联系。

她和家乡联结最紧密的是口音，那是藏着她痛苦童年与成长的回忆之地。口音烙印般打在她身体深处，成为一种本能，在她情绪最强烈时迸发出来，成为她最直接有力的依赖。

回不去的才叫故乡

● 陈晓卿

故乡是什么？

字面上的故乡是指自己的出生地。但事实上，每个人心里还装着另外一个故乡——那是自己非常依恋的地方；是自己可以看不惯，但绝不允许别人骂的地方；是无论自己开心还是沮丧，都可以寄托情感的地方。

比起故乡的样貌，人们更容易记住的是故乡的口味。从科学的角度说，人的口味基本形成于童年时代，你童年时吃到什么，以后的口味就是什么。顽固的故乡口味依赖，源自神秘的童年味觉编码。

故乡的味道首先是地理意义上的，它标识着你的归属，每个人都站在自己建立的食物鄙视链的顶端。这种归属感牢不可破，尤其以有风味的经济发达地区为代表。一名北京的兄弟总结他们家的婆媳关系，太太和老太太亲如一家的和谐中，一直存在着餐桌上的口味博弈，因为他娶了一个上海美女。

故乡味道还证明着你口味的正宗。如果你对自己故乡的食物有着清晰的记忆，那么在一个饭局上，尤其是和你的口味正好吻合的饭局上，你就有绝对的话语权。故乡甚至关乎个人的尊严。在我看来，没有哪个地方的食物更好吃，但是一个故乡感非常强烈的人，他能把故乡的"口味正确"上升到倍数的水准。比如，哪个地方的辣椒最辣，这绝不是史高维尔指数能够标定的。羊肉更是这样，甘肃、宁夏都声称自己拥有世界上最好的羊肉。一个海南人过来插话，加积鸭、文昌鸡、和乐蟹、东山——羊字还没说出来，所有北方的网友不约而同地敲黑板：注意，我们在讨论羊肉的话题。

所以在饭局上，我经常会小心询问在座宾客的籍贯，稍一大意，就会对人际关系造成永久的伤害。因为中国太大，连汤圆、粽子、豆浆都存在甜党和咸党，鸿沟几乎与信不信中医、吃不吃转基因食品一样，一言不合，势同水火。南京人请客吃烧卖，一个呼和浩特人充满同情，什么，糯米馅儿

的？江苏现在经济形势不行啊，吃不起肉？旁边一个广东人打圆场，我们广东更可怜啦，烧卖连面粉都用不起，用鸡蛋擀皮儿，而且，只能当早点。

事实上，故乡的味道不仅仅是空间意义上的，也是时间意义上的，和你的记忆、你的成长有关。

每个人都有两个故乡，一个是空间的故乡，一个是时间的故乡。对于一个成年人，假如他的生长地在另外一个地方，那个地方十几年甚至几十年前的样子会永远刻在他的脑海里，而且被赋予更多的情感色彩，同样地也包括当年的味道。就像梁实秋的北京、郁达夫的杭州、张爱玲的上海、汪曾祺的高邮。与其说他们在怀念故乡的食物，不如说他们在回忆自己的成长。

所以有人说得好，回得去的叫家乡，回不去的才叫故乡。

天涯咫尺，故乡难寻。这几年，我和同事只做了一件事情——用食物给大家描绘一个美味的故乡。

她出身名门，精通文墨，俊慧灵秀，却不矜不伐，全无娇蛮之气。她命运坎坷，历经磨难，尝遍艰辛，却坚韧不拔，姿态傲然优雅。她一介女流，半生凄凉，孤苦无依，却慷慨豁达，引领女子诵诗作词。她就是历史上难得的才女，著名女词人商景兰。

爱人逝去空悲切

公元1605年，朝代更替，时局混乱，商景兰生于浙江绍兴。她的父亲商周祚为兵部尚书，因抗击倭寇备受百姓推崇。作为家中长女，她独得父亲宠爱。父亲教导有方，她自小习琴棋书画，诵诗词歌赋，小小年纪便有超然的气质与豁达的胸怀。

转眼间，景兰出落成了亭亭玉立的少女，不少青年才俊倾心于她，并上门提亲。父母千挑万选，将十六岁的她嫁给了出身书香世家的祁彪佳。

祁彪佳玉树临风，文武双全，二十岁高中进士，凭借不俗的学识和胆魄在官场扶摇直上，前途一片大好。祁彪佳对她用情至深，虽公务繁忙，却依然会抽空同她观灯赏月，莳花弄草，庭院深处洋溢着他们的浓情蜜意。他为她修建寓山别墅，伴着如画山水，景兰素手

人生实苦，唯有自渡

● 许朝暮

抚琴，他便吟诗唱和，缠绵爱意随微风倒映在粼粼波光中。沉浸在爱情中的商景兰，以为可以在爱人的庇护下，喜乐安康，一生无忧。

怎奈，时局动乱，清军南下，屡战屡胜，明朝的半壁江山已失。祁彪佳一片丹心，誓死效忠朝廷。商景兰却心急如焚——明朝大势已去，他若继续抵抗，必会招致杀身之祸。她日日劝夫君请辞，同她归乡隐居，甚至为此"日祝于佛前"。彼时的她，不过是一位弱女子，无暇顾及家国大事，只想着保护自己的夫君和家庭。然而，祁彪佳心系国家危亡，拼尽全力坚守阵地。明朝覆亡，他含泪写下遗书，自沉于家中水池。

祁家向来高风亮节，他选择以身殉国，既是为自己的无能谢罪，也是为自己的无愧做证。商景兰自然是懂的，懂他的深明大义，懂他的家国情怀，更懂他的坚定决绝。只是，他怎么能头也不回地弃自己于不顾呢？今后她该如何挣扎在这凄苦世间？

曾经诗情画意的浪漫，花前月下的美好，都成为锥心刺骨的痛。在时代的洪流中，人人都被裹挟前行，难以成为自己命运的主宰。那时的她，

尚且不知，崎岖险途才刚刚开启。

遍尝世间别离味

夫君亡故，明朝覆灭，接踵而至的噩梦，几乎要击垮商景兰。她夜不能寐，肝肠寸断，写下"存亡虽异路，贞白本相成"。然而，聪慧如她，绝不会放任自己在苦海中沉沦，更不会丢下祁家一了百了。

商景兰荣辱不惊，悉心将子女教导成才，看着他们成家立业。在她的言传身教下，子女们喜好学习，热爱诗词，个个才华卓绝，文采斐然。而且，儿女体贴孝顺，儿媳贤淑有礼，一家人和和气气，从未有过争执与吵闹。

世人对她钦佩不已，叹她有旷世诗才，善治家教子，又性情刚毅，堪称女子典范。

闲暇时分，她就独坐窗前，用笔墨泼洒心中的千愁万绪，日复一日，不移其志，且愈发坚定。无数个漫漫长夜中，她虽困于思念之情，却也因现世安稳、子女安康，对未来心怀希冀。

然而，许是天妒红颜，命运又一次将她推入深渊。

康熙六年（1667年），她最疼爱的小女儿德琼亡故。送葬途中，她泣不成声，几近崩溃。同年，次子班孙因涉及浙中"通海案"，被流放至宁古塔。她在家中苦等儿子三年，儿子却削发为僧，遁入空门，不久后，又先她而去。

长子理孙因班孙之事四处奔走，找遍门路为其脱罪，却一无所获。他郁气积心，患了一场大病，不治身亡。

中年丧夫，晚年丧子，人生竟步步坎坷，悲剧至此。她在自己的《琴楼遗稿序》中叹息："未亡人不幸至此。"

寓园比从前更加凄凉，秋叶七零八落，一如她的心境，区区一句"不幸"，何以尽述？

磨炼愈多，她的心性也愈发坚韧，她要替故去的亲人，看遍世间兴衰繁华，直到生命尽头。走下去，熬过去，定能迎来柳暗花明。

天不渡人便自渡

此时的商景兰，如同一株傲然寒梅，在严冬独自盛放。

她写四季轮回，写春天万物生长的喜悦，夏季霏雨绵绵的多情，秋来大雁南飞的惆怅，冬至踏雪寻梅的寂寥。

她写日夜更替，伴晨曦醒来，看檐头燕双飞，煮一壶温酒，听夜半虫鸣声。柳絮飞花，桃红李白，河流山川都是她笔下的题咏之物。

不过，她写得最多的依然是悼念夫君，哀叹流离。无处宣泄，无人倾诉，她以诗心看万物，将所思所想化作诗词，也渐渐解开了自己的心结。

她的佳作不仅被世人传诵，也深受家中女眷的喜爱。

商景兰望着一众女眷，实在不忍磨灭她们对诗的热情，埋没她们的才华，便大力倡导女性习文写诗。一时间，府内文学活动兴盛，她把族中女眷聚在一起，成立了诗社。

在诗社中，女性大胆展示才华，不吝付出努力，大家志同道合、并肩前行，找到了对生活的激情。民间纷纷效仿，开创了闺阁中聚会联吟的风气。

看着自己一手搭建的舞台愈发热闹，商景兰深感慰藉。同时，她的文学创作也达到了巅峰，成为明末清初最负盛名的女词人。

诸葛亮的财产去哪儿了

● 刘 路

三笔固定收入的价值

诸葛亮给刘禅上过一道奏表，公开了自己的家产，他说："成都有桑八百株，薄田十五顷，子弟衣食，自有余饶。至于臣在外任，无别调度，随身衣食，悉仰于官，不别治生，以长尺寸。若臣死之日，不使内有余帛，外有赢财，以负陛下。"

就是说，诸葛亮家里有800棵桑树、15顷田地，其他的就是一般的生活必需品。汉代的15顷地，相当于今天的700亩。这么一听，诸葛亮的家产好像也不少。

诸葛亮死后，人们发现，他家里真的就这点东西，别的什么都没有。所以，你了解的那个清廉的诸葛亮，是可信的。既然诸葛亮很清廉，为什么又说他的家产不少呢？别急，我们来算一算，诸葛亮到底有多少财产。

先来算算收入。因为史书中没有关于蜀汉官员收入的记载，我们比照东汉的情况来计算。为了方便，我们只计算诸葛亮当丞相以后的收入。

诸葛亮的日常收入，主要由5个部分组成。

第一部分叫俸禄，每个月都发，类似于我们今天的工资。诸葛亮每个月的工资，一部分是粮食，一部分是货币。粮食是175斛粟（小米），货币是1.75万钱。东汉官方的粮食价格是1斛小米价值100钱，按此折算，诸葛亮每个月的工资是3.5万钱，一年就是42万钱（暂时先以东汉五铢钱来核算）。

诸葛亮收入的第二部分，叫制度化赏赐。赏赐一般有两种：一种是大臣立了功，皇帝高兴，临时给立功者发的福利；还有一种是每年都要固定赏赐的，也就是制度化赏赐。东汉有春赐和腊赐制度。春赐就是年初立春的时候发的福利，相当于过节费；腊赐就是年底腊月的时候发的福利，相当于年终奖。

诸葛亮的春赐福利（过节费）应该有60匹帛，也就是丝织品。腊赐福利（年终奖）有20万钱、200斤牛肉、200斛粳米。帛若按每匹500钱计，60匹就是3万钱；200斛米，折合成粟约为333.33斛，约为3.33万钱。200斤牛肉忽略不计，再加上20万钱，两笔福利一起折算，大概是26.33万钱。

除此之外，诸葛亮收入的第三部分，是食邑收入。按照汉代的制度，如果被封了爵位，会享有一定户数的赋税。我倾向于诸葛亮被封的是乡侯，而赞同诸葛亮是乡侯者，一般认为在蜀汉有武乡这个地方，也就是诸葛亮的封爵可以带来实际收入。参考汉魏之际，乡侯的食邑以六七百户的居多，按照一户200钱算，一年也有13万钱左右。

综上，俸禄（42万钱）、制度化赏赐（26.33万钱）和食邑收入（13万钱）是每年的固定收入，年景好的时候，一年约有81.33万钱。

诸葛亮从章武元年（221年）四月担任丞

相，到建兴十二年（234年）八月去世，一共当了13年零4个月的丞相，工资（俸禄）总额大概是560万钱。其间经历了13次制度化赏赐，总额大概是342万钱。诸葛亮从建兴元年（223年）五月封侯，到建兴十二年（234年）去世，共11年，食邑收入是143万钱。这3个部分加起来，一共是1045万钱。

临时赏赐的价值

除此之外，诸葛亮还有两种不固定的收入。

一种是前面提到过的临时赏赐，就是刘备、刘禅临时赏赐给他的。目前能够看到的临时赏赐有两次。不是说就赏了两次，而是有记载的只有这两次。

一次是《三国志·蜀书》里说的，刘备平定益州以后，对诸葛亮、法正、张飞、关羽进行了一次大规模赏赐，每个人被赏黄金500斤、白银1000斤、钱5000万、锦1000匹。

先来算一笔形象一点儿的账。汉代1斤相当于今天的222克。500斤黄金，就是今天的111千克。假定1克黄金是350元左右，111千克黄金就价值大约3885万元人民币。

我们回到汉末三国时代，当时金银的比价是1:5，也就是说，1000斤白银，相当于200斤黄金。这样，500斤黄金和1000斤白银加一起，折算下来是700斤黄金。1斤黄金，东汉前期价值6000钱到1万钱。我们按6000钱保守估值，700斤黄金至少得有420万钱。

锦，按均价1匹500钱算，1000匹就是50万钱。刘备这一次赏赐，每人共计5470万钱。

还有一次临时赏赐，是刘禅赐给诸葛亮的。有本书叫《北堂书钞》，它里面引用了一封诸葛亮写给李严的信，就提到诸葛亮受赐8000斛粮食。

现在通行本的《诸葛亮集》里，提到这个数字时，一般写成"八十万斛"，但《北堂书钞》流传的版本很多，一些版本里并没有"万"字，还有把"十"写成"干"的。"干"和"千"又很容易混淆。因此，所谓"八十万斛"，很有可能是"八千斛"的误写。如果这8000斛粮食是粟，折算下来又是80万钱。

这两笔临时赏赐加在一起，是5550万钱。

不动产的价值

除了临时赏赐，最后一种收入，就是诸葛亮的15顷田和800棵桑树，它们也有产出。但是这个不太好算，我们暂时先不考虑。不过15顷田，合1500汉亩，东汉中期成都附近的田地价格，按照中等水平的田地算，是每亩1631.57钱。1500亩，也得有245万钱。

咱们把前面算过的都加起来，固定收入是1045万钱，史书记载的两次临时赏赐是5550万钱，固定资产估值是245万钱，3笔合在一起，是6840万钱。这是诸葛亮收入的下限，其实际收入还要比这个多。

当然这种计算很多是估值，因为史料有限，我们无法算出诸葛亮的确切收入。但很明显，如果仅从收入和资产上看，诸葛亮的财产，绝对要比他自己公开得多。

可问题是诸葛亮最后确实没剩下多少遗产，他自己整天忙着治国打仗，也没心思去大把花钱，那这些钱到底去哪儿了呢？裴松之注引的《云别传》记载过，赵云北伐失败回来，还有不少物资，诸葛亮曾经提议把这些物资分给将士。考虑到诸葛亮一向的性格和品德，以及蜀汉的财政状况和北伐的巨额花销，诸葛亮的巨额财产，他要么没领，要么捐出去了。

宋朝的"深夜食堂"

● 吴 钧

有一部日剧以"暖胃的美食、暖心的故事"收获了众多拥趸。作为一名历史爱好者，我来讲几个发生在宋朝"深夜食堂"的暖心故事吧。

我想讲宋朝的故事，是因为这类供"夜猫子"吃喝的都市"深夜食堂"，无论大排档，还是饭店，都是到了宋朝才普遍出现的。

宋朝之前，城市通常都实行夜禁。

入宋之后，官府缩短了夜禁的时间，"京城夜漏未及三鼓，不得禁止行人"，即夜里12点之前并不禁夜，

酒楼、饭店、大排档都可以营业。到了北宋后期，城市的夜禁制度更是完全松弛下来，宣布禁夜时间的街鼓再也没有响起。因此，宋朝的夜市非常繁华，"深夜食堂"很常见。比如在北宋的开封，"夜市直至三更尽，才五更又复开张。如要闹去处，通晓不绝"，"诸酒肆瓦市，不以风雨寒暑，白昼通夜，骈阗如此"；在南宋的杭州，"大街一两处面食店及市西坊西食面店，通宵买卖，交晓不绝"，"冬月虽大雨雪，亦有夜市盘卖"。

在宋朝的"深夜食堂"，

人们可以吃到各种美食："大街有车担设浮铺点茶汤，以便游观之人"；"又有沿街头盘叫卖姜豉、膘皮膘子、炙椒、羊脂韭饼、糟羊蹄、糟蟹，又有担架子卖香辣罐肺、香辣素粉羹、腊肉、细粉科头、姜虾……"按美国汉学家尤金·安德森在其著作《中国食物》中的说法："中国伟大的烹调法也产生于宋朝。唐朝的食物很简朴，但到宋朝晚期，一种具有地方特色的精致烹调法已被充分确证。地方乡绅的兴起推动了食物的精细化发展——宫廷御宴奢华如故，但不如商人和地方精英的饮食富有创意。"

北宋的东京城里，最繁华的"深夜食堂"当属樊楼。

宋初有个叫刘子翚的诗人，写过一首追忆北宋樊楼繁华的记事诗："梁园歌舞足风流，美酒如刀解断愁。忆得少年多乐事，夜深灯火上樊楼。"这樊楼的灯火之下，发生过多少让诗人感慨的故事啊！只是许多故事都

消失在历史长河的深处，只有少数故事在宋人的笔记与话本中流传下来。

我接下来要讲的几个暖心故事，就发生在樊楼的灯光下。

话说有一日夜晚，一位在京读书的福建李姓士子带了几个朋友来樊楼饮酒。直饮至下半夜，樊楼即将打烊，这位李姓士子才猛然想起，日间在樊楼隔壁的茶肆喝茶，落下一包金子。他记得，喝茶的时候，自己将那包金子搁在桌面上，因为朋友招呼他到樊楼欢饮，走得急了，竟然忘记带走。但此时已是深夜，李姓士子心想，茶肆中往来者如织，金子肯定已被人拿走，寻不回来了，于是没有再去询问。

过了几年，李姓士子重游东京，又跟友人到樊楼边的那家茶肆喝茶，想起往事，忍不住向友人感叹道："某往年在此，曾丢失一包金子，自谓狼狈冻馁，不能得回家。今日天与之，幸复能至此。"这话被茶肆的主人听到，过来行礼询问："官人说什么事？"李姓士子道："某三四年前，曾在盛肆吃茶，遗下一包金子，是时以相知（朋友）招饮，不曾拜禀。"茶肆主人又问："官人

当时穿什么衣服？坐在哪一张桌子？"李姓士子一一相告。

茶肆主人听后说："您遗下的包袱，我当时也发现了，也曾叫人将包袱送还您。只是您走得急，人潮中不可辨认，只好将包袱暂且保管下来，只道您次日必会来取，不想一晃三四年过去了。您的包袱我从未打开，拿着觉得很沉，想来应该是黄白之物。你且说说里面金子的块数与重量，如果相符，我取来还您。"

茶肆主人当下取了一架梯子，登上茶肆里的一间小棚楼，李姓士子也随至楼上。只见棚楼里堆了很多客人遗失的物品，每件物品都贴了标签，注明"某年某月某日某色人所遗下者"。楼角里有一个小包袱，"封结如故"，正是李姓士子所遗，上面也贴了标签，"某年月日一官人所遗下"。

下了棚楼，茶肆主人询问包袱内的金子块数与重量，李姓士子说里面有金子若干块、若干两。茶肆主人打开包袱相验，果然符合，便将金子全部还给了李姓士子。李姓士子要分一半给他，他坚决不收，说："我若见利忘义，匿而不告，官

人将如何？又不可以官法相加。我这么做，是常恐有愧于心也。"李姓士子又要请他到樊楼饮酒，"亦坚辞不往"。

这个真实的故事记录在宋人王明清的《摭青杂说》中，至今读来，仍深受感动。

又有一日，樊楼来了一位风度翩翩的客人，叫沈偕，是湖州的"富二代"。他来京师游学，听说东京的歌妓蔡奴"声价甲于都下"，便买了一大把珍珠，撒在蔡奴家的屋顶上，由此讨得美人欢心。这日入夜，沈偕便带着蔡奴，登上樊楼饮酒。沈公子很高兴，对樊楼里在座的客人说："大家尽欢，今晚我请客。"欢饮到深夜，沈偕"尽为还所直而去"，即替樊楼里所有的客人买了单。

这次请客，沈偕到底掏了多少钱，史料没有明说，但肯定不是小数目。因为樊楼可是京师酒肆之甲，每日饮徒常千余人。

樊楼夜间的热闹与喧哗，甚至将附近的皇宫也衬托得冷冷清清。一日深夜，宋仁宗在宫中听到丝竹歌笑之声，便问宫人："此何处作乐？"宫人说："此民间酒

楼作乐处。"说完，宫人又发了一句牢骚："官家且听，外间如此快活，都不似我宫中如此冷冷落落也。"宋仁宗说："汝知否？我因如此冷落，故渠（他们）得如此快活。我若为渠（像他们一样享受快活），渠便冷落矣。"

面对民间"深夜食堂"的喧闹，宋仁宗自觉地克制了自己纵情享受紫陌红尘的欲望，甘受"冷落"。因为他明白：只有自己保持克制，民间才能保持繁华。

其实皇宫之内也有豪华的"深夜食堂"——御厨，但这内廷的"深夜食堂"也是十分冷清的。又有一日深夜，仁宗皇帝觉得肚子饿，想吃烧羊，但寝宫未准备消夜，他只好忍着，哪知越忍越饿，以致失眠。次日早朝，仁宗的气色便不是很好。大臣上前询问："今日天颜若有不豫然，何也？"仁宗说："昨夜没睡好。"大臣还以为皇帝夜里沉溺于美色，便进谏说："陛下当保养圣躬，不可操劳过度。"

仁宗一听就明白了，忍不住笑道："只是夜来微馁，偶思食烧羊，既无之，乃不复食，由此失饥。"大臣说："何不叫宫里的御厨供应？"仁宗说："朕思之，于祖宗法中无夜供烧羊例，朕一启其端，后世子孙或踵之为故事，不知夜当杀几羊矣！故不欲也。"

宋仁宗的"深夜食堂"故事告诉我们：身居高位者更须自持，而平民百姓的正当欲望应当受到尊重。这也是宋朝市井能繁荣起来的原因之一。导演们以后如果想拍一部宋朝版的《深夜食堂》，不妨将我讲的这几个故事拿去。

像容忍自己一样容忍他人

● 〔美〕约瑟夫·F·纽顿

很奇怪，我们对自己过错的审视，往往不如看待别人所犯的过错那么严重。正如德国神学家肯比斯所言："我们很少用同样的天平去衡量邻居。"我想，这大概是因为我们对导致过错的背景了解得很清楚，以至于我们对于别人的过错不能原谅，对于自己的过错就比较容易原谅，从而使我们常把注意力集中于人家的过错上。即使我们有时不得不正视自己的过错，也总觉得它们是可以宽恕的，这是因为，无论我们自己是好是坏，我们只能容忍自己。

可是轮到评判他人时，就完全不同了。我们会用另外一副眼光去品评他们，往往使旁人体无完肤，一点也不留情面。举一个小小的例子，假使我们发现旁人说谎，我们的谴责是何等严酷啊，可是，我们有哪个人能说自己从没说过一次谎，也许还不止100次呢！

人性中掺杂着伟大与渺小、善与恶、崇高与卑微。我们彼此都差不多。也许有些人性格较强，机会较多，因此可以更自由地表现天性，但在骨子里，人性是相似的。就以我个人来说，我绝不比大多数人更好或更坏，假使要我把日常生活中的每一举动，以及脑海中的每一意念都记录下来，世人一定会惊讶我是堕落败坏的魔鬼了。明白了以上道理，会使我们容忍他人，如同容忍自己一样。

既然责己不必太严，对于他人的过错，即使是名闻天下的贤达，也可以带几分幽默感的。

清代皇帝吃什么

● 橘玄雅

饮食文化学者邢渤涛曾经在相关文章中讲述过一个改革开放初期的故事，说香港有位富翁来到广州某酒家，甩出一万元钱，要吃一顿饭。厨师采购数千斤鲤鱼，只取用鲤鱼的须，做成一盘"龙须菜"，让数千斤的鲤鱼成了下脚料。富翁吃了之后，自诩这种龙须菜是御膳的档次，只有清代皇帝方才吃得到，满意而归。其实，就算是在清代的宫廷，御膳也绝对不会是这种吃噱头的东西。那么清代皇帝的三餐，究竟是什么样子呢？

让我们具体看看清代皇帝一天的食谱吧。以下为光绪二十一年（1895年）正月初一日的《膳底档》，这份《膳底档》记载了这一天光绪帝的所有饮食情况。

上进元宵各一品。上进油盐火烧各一品。上传粳米、焖米粥各一品。上要窝头十个。（以上是早点）

养心殿进早膳。用填漆花膳桌摆：口蘑肥鸡、三鲜鸭子、肥鸡丝炖肉、炖吊子、肉片炖白菜。后送汆丸子锅子、煨羊肉片汆黄瓜、豆秧汆银鱼、汆鲜炸汁、小葱炒肉、口蘑罗汉面筋、烹掐菜、挂炉鸭子烹肉、豆腐汤、白糖油糕、枣糖糕、棋子汤、老米膳、稀膳、旱稻粳米粥、甜浆粥、焖米粥、小米粥。

上进二碗老米膳，一碗粳米粥。

添安早膳一桌：

火锅二品：金银奶猪、口蘑烂鸭子。

大碗菜四品：燕窝"庆"字八宝鸭子、燕窝"贺"字什锦鸡丝、燕窝"新"字口蘑烂鸭子、燕窝"年"字三鲜肥鸡。

怀碗菜四品：燕窝鸭条、熘鸭腰、荸荠蜜制火腿、什锦鱼翅。

碟菜六品：燕窝炒锅烧鸭丝、肉片焖玉兰片、肉丁果子酱、榆蘑炒鸡片、盖韭炒肉、炸八件。

片品二品：挂炉鸭子、挂炉猪。

饽饽四品：白糖油糕、苜蓿糕、苹果馒首、如意卷。

燕窝三鲜汤。（以上是早膳）

午正。上进果桌一桌，二十三品。（以上是午点）

养心殿进晚膳。用填漆花膳桌摆：口蘑肥鸡、三鲜鸭子、肥鸡丝木耳、肘子炖吊子、肉片炖白菜。后送大炒肉、鸡汤白菜、煨羊肉氽黄瓜、豆秧氽银鱼、鲜虾丸子、肉片炖萝卜白菜、排骨、酱爆肉、镶冬瓜、熏鸡丝、熘脊髓、里脊丁黄瓜酱、肉片焖云扁豆、冬笋丝炒肉、爆三样、炒首蓿肉、炸汁、小葱炒肉、口蘑罗汉面筋、烹掐菜、苏造五香肉、猪肉丝汤、脂油方脯白蜂糕、豆腐汤、老米膳、稀膳、旱稻粳米粥、焖米粥、小米粥。

上进二碗老米膳，一碗粳米粥。

添安晚膳一桌：

火锅二品：野意锅子，苹果炖羊肉。

大碗菜四品：燕窝"江"字海参烂鸭子、燕窝"山"字口蘑肥鸡、燕窝"万"字锅烧鸭子、燕窝"代"字什锦鸡丝。

怀碗菜四品：燕窝金银鸭子、山鸡如意卷、大炒肉炖榆蘑、荸荠蜜制火腿。

碟菜六品：燕窝炒炉鸭丝、炸八件、煎鲜虾饼、青韭炒肉、青笋晾肉胚、熏肘子。

片盘二品：挂炉鸭子、挂炉猪。

饽饽四品：白糖油糕、首蓿糕、苹果馒首、如意卷。

燕窝八仙汤。（以上是晚膳）

晚用：羊肉片氽冬瓜、口蘑火肉、煨老菜、肉片炖萝卜白菜、肉片焖云扁豆、炸汁、熏肘子、香肠、老米膳、焖米粥、小米粥。（以上是夜宵）

总计早点五品，另叫一品；早膳二十三品，添安早膳二十三品；午点二十三品；晚膳三十五品，添安晚膳二十三品；夜宵十一品。一共是一百四十四品。

从《膳底档》可以看出来，清代皇帝的饮食，虽然排场很大，菜品很多，但是说到底，食材都是比较普通的鸡、鸭、猪、羊等，而且口味一般也都是比较平和的，很少有酸、辣等刺激的味道。

这既最大程度保留了食材原有的味道，也是清代贵族饮食的一种习惯。另外，清宫十分注意饮食安全，肉多数剔骨，鱼一般去刺，烧烤也都是将肉削下来，尽可能地避免让食用者被骨、刺伤到。这种烹饪习惯，也被今日我国的国宴所继承。

需要注意的是，清代皇帝每餐基本都有大量荤食，对这一点现代人很难理解。毕竟我们是崇尚健康饮食的。而在清代，由于生产力低下，贫富差距较大，吃肉其实是很多平民遥不可及的事情。

根据一些学者的研究，清代江南的广大农民，一年之中能够吃到猪肉或者羊肉的天数只有二十天而已，剩下的三百余天，除了偶尔吃吃鱼肉或者鸡蛋，其余基本都是素食。所以，在当时的那种环境之下，顿顿吃肉，既是生活追求，也是彰显贵族身份的一种方式。自然而然，当时的贵族也就不认为经常吃素是健康的表现了。

其实从很多方面来讲，我们今天的日常饮食，虽然在排场上肯定不及清代皇帝，但是在营养和健康方面，反而会比他们更有优势。

白居易：一个人的成长，就是杀死心中的孙悟空

● 江蕴屿

浔阳江头，白居易送别好友，黯然神伤之际，忽然听到一阵琵琶声。这琵琶声有多动听呢？白居易这样形容："主人忘归客不发。"寻常人突然听到船上传来的琵琶声，可能停下来听一会，然后就走了。可白居易是个狂热的音乐爱好者，他必须要见一见这弹琵琶的人。这一见，两人的话匣子关不上了，说完了，白居易失声痛哭，原来"同是天涯沦落人"啊！

此时的白居易，不再意气风发，而是用"沦落人"来形容自己。几年前，白居易宁愿得罪权贵，也要大胆直言，而今天的他求的只是一个明哲保身。短短数年，为何他的人生态度有了如此大的转变呢？

听过这样一句话："一个人的成长，就是杀死心中的孙悟空。"我想，如果白居易看过《西游记》，听到这句话时，一定会感同身受。

开了挂一般的前半生

白居易的前半生异常精彩。16岁时，白居易写了一首《赋得古原草送别》，这首诗在当时引起了很大的轰动，就连长安的大名士顾况都连连称赞："有这样的才华，在长安落脚不是什么难事。"

29岁，白居易第一次参加进士考试，便考中了进士。进士考试的难度可是"地狱级"的，有些人考了一辈子也没能考中进士，所以古人有"五十少进士"一说，50岁考中了进士都算是年轻的呢！

在此次考试中，考中进士的共17人，白居易是这些人中最年轻的一位。按照习俗，考中进士的人要在慈恩寺题名，意气风发的白居易在慈恩寺写下了"十七人中最少年"的诗句。在他看来，美好的前程在向他招手。

当然了，考中进士只是普通人进入官场的一张入场券了，要想获得官职，还要参加吏部组织的"公务员考试"。"公务员考试"的难度也很高，但白居易又考中了，后被授予秘书省校书郎一职。不过，校书郎的官阶很低，只有九品，所以白居易决定继续"考公"。三年后，白居易辞去了校书郎一职，再一次参加了吏部组织的"公务员考试"。白居易又一次考中，被授予了盩厔县（今西安周至县）县尉一职，相当于现在的县公安局局长。

在此期间，白居易写下了流传千古的《长恨歌》。机缘巧合之下，这首《长恨歌》传到了唐宪宗手里。唐宪宗一看，竟有这么

有才华的人，于是，给白居易升了官，将他任命为翰林学士，主要负责起草诏书。

第二年，唐宪宗见白居易表现不错，又给他升了官，任左拾遗。左拾遗是什么官呢？看名字也能够了解大概：皇帝身边（左）拾起（拾）遗漏东西的人（遗）。也就是说，皇帝决策上有什么失误、遗漏的地方，由他们负责提醒。左拾遗的官阶虽然不高，但靠近政治权力中心，有很大的话语权。

白居易意识到施展抱负的机会来了。

我的眼里容不下一粒沙

当时，安史之乱已经过去 40 多年，但国家仍旧没有从颓败中恢复过来，朝中的风气也十分不堪。白居易身为左拾遗，自然不能装作看不见，于是，他频繁上书，痛斥朝廷中的不良风气。

白居易不光跟皇帝说，还把他看到的问题写到诗里，并大力主张"文章合为时而著，歌诗合为事而作"，也就是说，文人写文章不能无病呻吟，而是要关切社会，用自己的力量去影响社会。

此时的白居易，就像还未戴上金箍时的孙悟空，无所畏惧，眼里容不下一粒沙子，只要他认为错误的事情，哪怕做错事的是玉帝老儿，他也要捅破天讨一个说法。

谁都知道"忠言逆耳利于行"，可到了自己身上，便不是那么回事了。一开始，皇帝并没有计较白居易那些"逆耳"的话，但时间一长，皇上实在受不了了，因为只要他做错了事，白居易就要在耳边"念经"。为了让自己的耳根清净些，唐宪宗随便找了个借口，将白居易革职。

你以为白居易这就怕了吗？并没有。尽管不干左拾遗了，但看到不公的事，白居易还是要说上一说。

公元 815 年，宰相武元衡被刺身亡，由于后面牵扯的势力太大，满朝文武没有一个人敢对这件事发表意见。只有白居易跳了出来，上书皇帝，请求彻查此事。结果呢？白居易反倒受了责罚。理由是，他既然不再是左拾遗，就没有了谏言的权利。朝臣们可算抓住了白居易的把柄，纷纷弹劾，最终，白居易落得了一个越职言事的罪名，被贬到了江州，做一个没有实权的司马。

改变不了现实，那就改变自己

这一次贬官对白居易的打击很大。他不明白，为什么正直之人要遭受不公的待遇。元稹是这样，裴垍是这样，自己也是这样。与此同时，他也明白了，自己的力量太过渺小，想凭他一人之力中兴大唐，改变朝廷的不良风气，无异于痴人说梦，甚至有可能陷入万劫不复之地。

既然改变不了现实，那就改变自己。慢慢地，白居易学会了明哲保身，不再过问政事，过起了写写诗、喝喝酒、礼礼佛的生活。

从白居易身上，我们何尝不是看到了自己的影子？曾经，我们心中也住着一个无所畏惧的孙悟空，他桀骜、执着、爱打抱不平，固执地坚守着自己的理想。然而，现实却如同一座无法逾越的大山，很多事情我们根本无法改变，只能随波逐流。最终，我们不得不认清现实，杀死心中的孙悟空，也杀死了那个被称为"理想"的东西，开始和这个世界妥协。

有人说，人总要学会接受，接受自己不能改变的，接受自己的无能为力。的确，进退有度，学会妥协，是认清现实后的通透与释然，更是经过磨砺后的成长与智慧。

王阳明：所有大彻大悟的人，都曾无药可救

● 江蕴屿

"什么才是一个人觉醒的关键"？有人说，一个人的觉醒，1% 依托别人提醒，99% 则来自"千刀万剐"。

心学开创者王阳明，被称为中国 500 年来唯一做到"立德、立言、立功"三不朽的圣人。然而，既便是像王阳明这样的圣人，也曾自傲，也曾无可救药。

那么，一个人拥有什么样的智慧，经历什么样的事，走过什么样的心路历程才能从无可救药到大彻大悟，不妨让我们读一读王阳明的故事。

自傲的人，往往无可救药

放在今天，王阳明就是妥妥的别人家的孩子。他父亲王华是状元，官至兵部尚。王阳明自幼聪明，7 岁便能写诗。可是，就是这样一位天资聪明，出身书香门第的孩子，却很叛逆。

7 岁时，王阳明迷恋上了象棋。为了下棋，王阳明废寝忘食，甚至荒废了学业。父亲多次苦口婆心地教导，王阳明就是不听。无奈，父亲只得偷偷趁王阳明睡觉的时候，把棋盘给烧了，把棋子扔进河里。第二天，王阳明发现象棋不见了，便作诗一首，以表达对父亲的不满。父亲王华好说歹说，终于把王阳明送进了学堂。可王阳明在学堂里也不安生，他不但顶撞老师，还逃学。

有一次，教书先生问王阳明："何为天下第一等大事？"王阳明回答道："我知道你想告诉我，读书考取功名才是第一等大事。可是，我却认为成为圣人才是读书的首要目的。"

王阳明在学习上的动力，完全取决于他的兴趣。父亲的规劝和老师的教导并让不能王阳明收心。

王阳明 17 岁的时候，还曾翘课一个月，跑到边境做了一个多月的边防调研。回家后，他自信满满地写了两篇关于如何加强边防的文章，希望他父亲能够转交皇帝。面对儿子的一腔热忱，父亲冷冰冰地告诉他："你现在空有抱负，但是并没有平台给你施展。"听了父亲的话，王阳明才明白，他只思考了最终

目标，却忽略了实现目标的必要步骤。

虽然王阳明意识到了问题，但他还是为自己的心高气傲付出了代价。他20岁参加科举，经历两次失败，直到28岁才考中进士。

真正的成长，还需在事上磨

28岁中进士，其间还两次失败，对于出身状元家庭的王阳明来说是沉重的打击。但年轻气盛的他，还是热情地开始了他的工作。

他的第一份工作是为王越修建陵园，由于工作出色，王阳明很快便被调职到刑部工作。初入职场便顺风顺水，王阳明以为只要认真工作，凭借出色的才华，定能实现自己的抱负。但就在入职后的第6年，王阳明却因为仗义执言，差点丢掉性命。

1506年，宦官刘瑾统揽了朝中大权。为了铲除异己，朝中一些正直的官员被以莫须有的罪名逮捕入狱。王阳明写了一篇奏折，为这些官员辩护。岂料，奏折被刘瑾知晓。王阳明便被陷害，后贬为贵州的龙场驿丞。

令王阳明想不到的是，即便被排挤出京城，刘瑾还不满意。王阳明在去龙场的路上，还被刘瑾安排的人截杀，好在王阳明及时发现，跳入江中，伪装成自杀，才逃过一劫。劫后余生的王阳明开始怀疑，是否应该继续做官，他也对未来产生了惧怕。于是，他调转方向，偷偷跑回南京，询问父亲的意见。面对儿子的前程，父亲给出的建议是："既然是朝廷的命令，肯定也是职责所在，你还是去吧。"

到了龙场，王阳明才发现，这里的条件远比想象的恶劣。这里瘴气遍布，治安混乱。更加令人绝望的是，明明这里是一处驿站，却没有一间可以容身的居所。

如果是一般的官宦子弟，面对如此绝境，恐怕早已萌生退意。可是，经历生死的王阳明勇敢地接受了。没有房子，他就找了一处石洞居住。治安环境不好，他便发挥自己的特长，在当地开办一些讲学活动。渐渐地，他逐渐适应了龙场艰苦的环境。

如果说，王阳明初入官场的顺境有运气的成分，那么，他能在龙场艰苦的环境中挺过低谷，则源于他经历挫折之后心态的变化。

向内求，人才能逐渐顿悟

在经历了少年科举失利，中年官场的尔虞我诈之后，王阳明对自己的人生愈加困惑。

在龙场，他开始思考自己的过往得失，并研读《大学》《中庸》《易经》等经典著作，以期在困境中寻找心灵和思想的出路。为了能够安静地思考，他甚至命人凿了一口石棺。一有空闲，他便读书，或者干脆躺在石棺中思考人生的意义和价值。

1508年，也就是王阳明被贬龙场的第二年。一天夜里，正在石棺中静坐的王阳明，突然惊醒，手舞足蹈地从石棺中走出。他心中的云雾终于散开，内心获得了光明，他终于悟出人的内心是万事万物的根源，只要修炼内心，就能跨越困难和障碍。在此基础上，他提出了"知行合一"的观点。

纵观王阳明的一生，他最终取得了举世瞩目的成就，成为中国历史上少有的圣人。但是，他也曾自傲到无可救药。

究其原因，正是他经历的挫折，让他内心变得坚韧。当他在龙场认真读书，认真思考之后，他才逐渐拨开心中的迷雾，最终大彻大悟，悟出了"心即是理"的心学。

我，苏东坡，人生再难，不过八万餐

● 江蕴屿

当代诗人余光中采访的时候曾说："如果要去旅行，我不要跟李白一起，他这人不负责任，没有现实感；跟杜甫一起呢，他太苦了，会太严肃；可是苏东坡就很好，他真是一个很有趣的人。"

苏轼有多有趣呢？但凡他接触过的事物，他都能做到极致：诗跟黄庭坚并称"苏黄"；词跟辛弃疾并称"苏辛"；文章跟欧阳修并称"欧苏"；书法跟黄庭坚、米芾、蔡襄合称"宋四家"；更不用说在吃这件事上的热衷，中国菜谱上，有六十六道都是因他而起。

苏轼的人生如此璀璨，活成了大多数人心目中的诗与远方。可很多人不知道的是，苏轼一生三起三落，流放的足迹遍布大江南北，青年时期，他的父母先后离世，加之壮年丧妻，中年丧子，再悲苦的戏剧人生也不过如

此，可在苏轼眼中，人生再难，不过八万餐，率真豁达、积极向上，才是主旋律。

意气风发名动京师

苏轼，字子瞻，号东坡居士，因此也称苏东坡，在文人气息浓郁的北宋时期，最不缺的就是书香门第，梅州苏家也是其中之一。得益于门荫，家境优渥的苏家不会因为吃穿发愁，苏轼的父亲苏洵就是远近闻名的闲散公子，终日嬉游、抓鸡、逗鸟。

好在浪子回头金不换，苏洵二十七岁时突然奋发读书。不得不感叹苏洵的天赋。苏洵开悟虽然晚了点，但胜在认真。

苏家这么好的学霸基因，也遗传到了苏洵的两个儿子身上，大哥苏轼，小弟苏辙，一个比一个聪慧，三人被后世并称为"三苏"。嘉祐元年（1056年），苏洵带着苏轼、

苏辙两兄弟进京参加科举考试，两兄弟双双高中，尤其是苏轼，取得了礼部初试第二、复试第一的好成绩，要知道在这一届进士中，后来有九位当了宋朝宰相。能在这群人杰中杀出重围，苏轼的实力可见一斑。

这么出色的表现，自然也得到了主考官欧阳修的赏识，他毫不吝啬地评价苏轼："此人善读书，善用书，他日文章必独步天下。"有了欧阳修的称赞，苏轼一时间名动京城。

正当父子三人准备一展抱负的时候，苏轼母亲突然病故的消息传来，苏轼、苏辙怀着悲痛的心情跟随父亲回乡奔丧。三年守丧期满后，三人才再次回到汴京任职。之后在参知政事欧阳修的推荐下，苏家两兄弟参加了皇帝亲自主持的为选拔人才中的人才而特设的制科考试。

整个两宋三百一十九年，制科考试只举行了二十二次，高中的只有四十一人，而这四十一人中就有苏轼、苏辙两兄弟，并且苏轼还是北宋开制科百年以来第一个三等成绩，因为当时一二等成绩是虚设的，所以三等成绩相当于头等。

官海沉浮三起三落

成绩斐然的苏轼必然受到重用，几年间从正八品的大理评事，做到了从六品的直史馆，直史馆任职一两年后就会委以重任超迁官阶，而此时，苏轼的父亲苏洵病逝，苏轼再次回乡守孝，等三年之后还朝，朝廷已不同往昔。王安石在宋神宗的支持下，开始了新政变法。

对于王安石"一刀切"的变法改革，大量保守派势力强烈反对，"新旧之争"闹得满城风雨，朝野一时间风声鹤唳。苏轼因为上书变法的弊端，得罪了保守派势力，后被外放，不服气的苏轼当然得怼回去，这一怼就怼出了个"乌台诗案"，苏轼被发配到黄州，当了个毫无实权的团练副使。

被贬的苏轼半点没有伤春悲秋，没事就到城外赤壁溜达，这一溜达，就溜达出了"大江东去，浪淘尽，千古风流人物"。《赤壁赋》《后赤壁赋》《念奴娇·赤壁怀古》等佳作都是这段时间在黄州写的。

元丰八年（1085年），支持变法的宋神宗去世，宋哲宗即位，太皇太后高氏垂帘听政，起用保守派司马光为相，全面废除变法。坐了多年冷板凳的苏轼，在短短一年多的时间内，又从无实权的从八品团练副使高升到正三品翰林学士。

苏轼对于保守势力的把变法贬得一无是处的行为并不认同，并且大力抨击了当时的腐败问题。这种态度让保守势力对他恨得牙痒痒，苏轼只得申请外调，跑到杭州躲清静。

没有党争困扰，苏轼在杭州待得很是惬意，吹着和煦杨柳风，修着西湖长堤，吃着东坡肉，他感叹"人生如逆旅，我亦是行人"，笑对大多数人以为的失意人生。

树欲静而风不止。清静日子没过两年的苏轼又被起用，召回朝拟任吏部尚书。可就因为苏轼这耿直的脾气，导致这次回京只在吏部尚书的位置上坐了七个月，之后又在颍州知州、扬州知州、兵部尚书的位置上各干了一个月，待得最久的是礼部尚书，长达九个月。

元祐八年（1093），反对变法的高太后病逝，宋哲宗亲政，再次起用新党，这回新党变本加厉地报复旧党，苏轼当然也逃不过，不出意外又被赶出京城，先贬惠州，再贬儋州，一处比一处偏远。面对贬谪，几经沉浮的苏轼越来越豁达，在惠州"日啖荔枝三百颗，不辞长作岭南人"，在儋州"九死南荒吾不恨，兹游奇绝冠平生"，直到宋徽宗即位，苏轼才得以北归。

人生逆旅逝者如逝夫

在北归的途中，苏轼的人生画上了句号，享年六十六岁。纵观苏轼的一生，一直被苦难包裹：最意气风发之时，父母相继离世；守孝归来，朝堂"新旧之争"；到官场三起三落，早已宠辱不惊。

在风萧雨瑟间，苏轼也会偶尔感伤"十年生死两茫茫""人生几度秋凉"，但更多的是"一点浩然气，千里快哉风"的逍遥、"竹杖芒鞋轻胜马，谁怕？一蓑烟雨任平生"的豁达、"大江东去，浪淘尽，千古风流人物"的豪迈，以及"此心安处是吾乡"的坦然。

人生本就如逆旅，再多的苦难，也会随着光阴一同远去，谁都只来人世间走一遭，万般的苦难，也不过八万餐。千帆过尽的苏轼，收起了不多的忧郁，变成了那个千年间才情第一的东坡先生。

孤独是我们的"出厂设置"

● 陈海贤

同样是远离人群，为什么有些人这么容易感到孤独，另一些人却能处之泰然？

根据马斯洛的说法，人的动机虽然千差万别，但最终可以分为两种：一种是弥补"匮乏"的动机，另一种是满足"成长"的动机。"匮乏"导向的人，在生命早期，有一些基本的需要没有得到满足，这些需要大都来自父母或生命中重要的人的爱。于

是，他们常常一边对人深怀疑虑（因为失望过），一边不断向他人寻求安全和爱（因为缺乏）。当他们感到孤独时，他们想借由他人来逃避孤独。而"成长"导向的人，可能是因为不缺爱，也可能是因为足够自恋，他们不需要太多别人的肯定和赞许，对别人的依赖程度也相对较低，有时甚至会觉得他人就是羁绊。他们用与事情的联系代替了与人的联系，所以才能安心做事，享受孤独。

"匮乏"导向的人，虽然努力与人接近，却更容易孤独。"成长"导向的人，有能力独处，却自然而然会吸引一些朋友。是因为他们才华出众吗？不是。是因为他们发展出了不同的人际交往模式。

我有一个来访者，在短短的3年内，换了近10个男朋友。每当一个人的时候，她就会被巨大的空虚和孤独感紧紧抓住，这时候只要身边有任何一个男士向她示好，她就会全身心扑上去。这些恋爱无一例外地以这样的模式开始：她想讨好和依赖他，把他想得分外美好，愿意为他做任何事。但也无一例外地以这样的模式结束：她发现了他的"真面目"，而他远离了她。

她想在爱情里消解孤独，而她也只在短暂的时间里做到了——就是在刚恋爱的时候。通过把他们幻想得无比美好，她跟自己的幻想谈起了恋爱。她需要爱，但这种"需要"并不是爱本身。她只想找一个拯救者，能把她从孤独中拯救出来。

"匮乏"导向的人更容易通过占有、讨好、服从或者控制的方式来努力跟他人融为一体，以消减自己的孤独。可是，孤独是我们的"出厂设置"，我们只能面对，却无法消除它。而"成长"导向的人，更能发展一段独立的人际关系。不是利用、交换、崇拜或者占有，仅仅是我是一个人，而你也是一个人。

陶渊明：心里种花，人生才不会荒芜

● 江蕴屿

什么样的人生才是值得的？可能一千个人口中，有一千个不同的答案：有的人看得见高山，勇于攀登便是人生的路途；有的人向往田间沃野，春耕秋收便是极好的归宿；有的人醉心庙堂深远，皓首穷经致仕为官也是人生美事。无论何种，在纷乱的世界里，有自己的选择和追求，都是值得的人生。心里有所向往的事，人生才不会荒芜。但大多数人并不是一开始就能选择正确的道路，或者因为现实所迫，无法追寻心中的美好，直到千帆过尽，才能勘破世间嘈杂，得偿所愿。

东晋就有这么一位诗人，二十岁因为家境贫寒而出仕谋生，历经五次为官又辞官，直到四十岁解印归田，才终于过上心心念念的田园生活，从此以后喝酒写诗就成了他生活常态。他的文章诗词质朴清澈，令人心驰神怡，后世文人墨客扎堆的唐宋大家也对他推崇备至，苏轼为他而作的诗篇就有一百多首。这位就是"古今隐逸诗人之宗"，不为五斗米折腰的田园诗人陶渊明。

少无适俗韵无奈而游宦

陶渊明，名潜，字元亮，号五柳先生。他生活的时代，是历史上最为动荡的时期，晋朝统一后，掌权者之间的"八王之乱"以及"五胡乱华"接踵而至，最终西晋被匈奴人所灭。因战争四起，被迫南渡，司马氏在士族门阀的支持下建立起了东晋。

两晋时期，士族门阀的声望达到顶峰，"上品无寒门，下品无士族"，旧时王谢的门前燕，还没飞入寻常百姓家。稍微有点学识名望，被举荐后就能入朝为官。但入朝为官这种事，对于望族出身的陶渊明还真没有吸引力，早年间曹操诛孔融，司马

家杀嵇康，名士大儒、天下学子对出仕并不感兴趣，故而崇尚道家学说，刮起了一股清谈之风，谈星空谈宇宙，就是不谈国事。这种情况直到东晋王室衰弱，士大夫掌权后才有所好转，但身处乱世，很多人依旧选择隐世不出。陶渊明显然也被这种"魏晋风度"所影响，向往的是"性本爱丘山"，期望的是在这浊世里，种下一朵清静自然的花。按照封荫制度，陶渊明自然可以出仕为官，不经磨难永天真，可如果真这样，后世就少了一位诗道大家。

陶渊明八岁的时候父亲过世，家道开始中落，他在《有会而作》里写"年少即逢家困乏"，因为生活所迫，陶渊明不得不开始了他的"游宦"生涯。

陶渊明是有多不情愿出仕呢？他在《饮酒》里是这样说的："道路迥且长，风波阻中途。此行谁使然？似为饥所驱。"意思就是：东奔西跑是为了什么？不就是想吃口饱饭吗？抱着这种心态，陶渊明这官是做得相当不自在，通常是哪里有需要，就跑哪家府衙去打杂，也就是所谓的"游宦"，几番折腾下来，陶渊明觉得他适应不了官场，又躲回家去了。

屡仕屡辞终不入宦海

到了快而立之年，陶渊明开始向现实妥协，他学富五车，总得"奉上天之成命，师圣人之遗书。发忠孝于君亲，生信义于乡间"，于是他出任了江州祭酒。如果放在盛世，祭酒可是教化一方的清贵官职，可那时战乱频发，陶渊明被冷眼相待，没干多久就辞官回家，之后，哪怕州里再召他做主簿，他都不愿出门。

陶渊明三十四岁的时候，好友桓玄邀请

其出任镇军参军，桓玄极为欣赏陶渊明的才华，这次陶渊明老老实实干了三年，虽然他经常抱怨行军的痛苦，经常表达对家乡的思念，比如《庚子岁五月中从都还阻风于规林（二首）》里说的"行行循归路，计日望旧居"和"自古叹行役，我今始知之"，感觉时刻怀念"静念园林好，人间良可辞"。之后，因为母亲离世，陶渊明回家丁忧三年。

正是因为这次丁忧，让陶渊明躲过一劫。桓玄竟然威逼晋安帝禅位，建立了桓楚政权，建国一年就被北府军刘裕所灭。听闻桓玄篡晋，陶渊明站出来表示反对，后被刘裕封了官，也是这段时间，陶渊明见识了东晋官场的黑暗，看透了官宦生活，在《乙巳岁三月为建威参军使都经钱溪》中写道"园田日梦想，安得久离析"，在朝堂无休止的争斗中，陶渊明再次辞官归家。

归园田居世外桃源

后来家中族老看到陶渊明终日游戏田野，便举荐他去彭泽县当县令，但上任没多久，战火四起，亲人离世，让陶渊明发出"悟已往之不谏，知来者之可追。实迷途其未远，觉今是而昨非"的感叹，他决定脱离官场归隐田园。

归隐后的陶渊明跟以往名士归隐清谈不同，他是真正地躬身田野，脚踏实地地当起了农夫，是"种豆南山下，草盛豆苗稀"，是"久在樊笼里，复得返自然"。

身处乱世中，面对家道中落，战火不断，陶渊明也曾迷茫痛苦，在出世与入世间摇摆不定，所以才会五次入仕又五次辞官，但他最终找到了想要的"世外桃源"，归隐田园间的悠然自得，是年少时在心里种下的花，终于开满心房，也让他的人生不再荒芜。

"社恐"的福利

● 青 丝

西班牙一个患有社交恐惧症的妇女为了避免跟人打交道，假扮盲人，时隔28年才被识破。看到这则新闻的瞬间，我自动"脑补"了许多细节：有人以为她看不见，流露出厌恶、嫌弃的神情，或以次充好、偷偷把劣质商品卖给她，她只能假装什么都没看见——类似的片段肯定会让她有一种人生如戏的深刻感受。

在"社恐"这个词流行之前，我一直没意识到自己也有社交恐惧症，反而以为喜欢独处是一种礼物，可以不受社交关系的干扰，让自己处在一个更客观的角度看清事物的真相。英国利物浦约翰摩尔斯大学文化史教授乔·莫兰在《羞涩的潜在优势》里就认为，有社交尴尬和社交焦虑的人更容易成为业余人类学家，因为这一类人更善于观察。

回想起来，一切早有征兆。我幼时最喜欢看《鲁滨孙漂流记》，常幻想自己能像鲁滨孙那样独自在一个荒岛上生活，还与小伙伴互相编故事糊弄对方。我杜撰过有人不小心在荒野一脚踏空，掉入地底深处一个巨大的人造堡垒，里面食物、水、生活用品一应俱全，不幸的人被迫与世隔绝地度过了一生……多年后我看到很多网络小说用的也是同样的套路，感觉自己就像一个赶了早集的人。

事实上，也不是没有这样生活的人。19世纪，英国波特兰公爵不想跟任何人打交道，包括家里的仆人，为此他在自家城堡下面挖掘了长达15英里（约24千米）的隧道，弯曲回转如同迷宫，绕过一切须与人见面的场合。很多"社恐"的人，以独处作为测定自己的精神仍然存在的标尺，就像美国艺术家艾格尼丝·马丁说的："生活中最好的事情都是在独处时发生的。"

我的"社恐"症状虽然没有这么严重，但也会为一些尴尬的相处而感到焦虑。有一次独自去郊外远足，途中遇到一个半生不熟的人，很热情地要跟我结伴走完全程。我浑身不自在，不断假装系鞋带，或停下来喝水，脑子始终在盘算如何才能各走各的路。

不过，"社恐"尽管有时会让人极为沮丧，但也会给予人一些好处作为补偿。斯坦福大学心理学教授泰勒认为，"社恐"患者由于缺乏社会存在感，反而更容易投入自己感兴趣的事物当中，坚定自己的选择，不易被外界干扰。换句话说，与社交场上的焦点、喜欢被他人注视赞赏的"社牛"相反，"社恐"的人身处一个封闭的系统，会很自然地在这个内在框架里寻求超越，因为人类自我成就的欲望写在基因里。达·芬奇、牛顿、爱因斯坦、达尔文……无不如此。

用萧伯纳的话做总结：理智的人会适应环境，不理智的人则要环境适应自己，但历史是由后一种人创造的——这也是至今尚未创造任何成就的我，常用于自我安慰的金句。

生活的决定性瞬间

● 梁永安

我给学员们讲"如何创造小说中的决定性瞬间"，这是个有针对性的主题。一部好小说被人记住，往往不是因为故事整体，而是因为其中的关键性瞬间。这个瞬间可能出现在小说的任何地方，拉紧并决定着整部小说的走向。

《了不起的盖茨比》中，发了大财的盖茨比邀请昔日恋人黛西来家里做客，在心情如此复杂的时刻，他笨拙地向她展示自己的衬衫：他拿出一堆衬衫，一件一件扔在我们面前，薄麻布衬衫、厚绸衬衫、细法兰绒衬衫，都抖散了，五颜六色，摆满一桌。我们欣赏的时候，他又继续抱来其他的，那些柔软贵重的衬衫被堆得越来越高——条纹衬衫、花纹衬衫、方格衬衫，珊瑚色的、苹果绿的、浅紫色的、淡橘色的，上面用深蓝色的线绣着他的姓名。突然，黛西发出了很不自然的声音，一下子把头埋进衬衫堆里，号啕大哭起来。

"这些衬衫这么美，"她呜咽着说，她的声音在厚厚的衬衫堆里被闷哑了，"我看了很伤心，因为我从来没见过这么……这么美的衬衫。"这一段看上去仿佛不起眼，却凝聚了整部小说的全部悲剧能量：在那个"爵士时代"，衬衫是男性社会地位和财富的象征，黛西虽然也是有钱人，此刻却被盖茨比的财富震撼了。她对盖茨比并非没有一点儿感情，但被"这么美的衬衫"彻底替代。盖茨比的徒劳，在这一刻被决定性地预告了。

讲这个主题，其实我心里另有一份感情。在商业大潮中，高楼万丈、霓虹闪闪，人被空前地扁平化，宛如迷宫中的蚂蚁，只能走由社会外力规定的路径，而没有自己的决定性瞬间。人虽然不可能天天伟大，但能不能拥有闪电般的刹那，做出决定自己一生的选择？

离开课堂，我坐在西湖边，看绿水漾漾，远山绵绵。晚风掠过心头，撩起满地落叶，化为远去的幻影。多年前的一个除夕之夜，杭州下大雪，西湖只见黑白两色。离开热闹的朋友家，我一个人沿着湖边漫步，视野所及之处，一片洁白，杳无人迹。寂静中隐约传来脚步声，回头望，是一对年轻的恋人沿湖岸走来，他们牵着手，不言不语。我停下脚步，默默看他们走过，悄然明白爱情是一种天籁，不必用语言装饰，纯净的心就能听见。那一刻，我看到了另一个西湖，它隐藏在喧哗与火红之后，只等待一次默契的相遇，给你永恒的瞬间。